NAMI

un voyage à soi

Symbole du mouvement perpétuel de la vie, *Nami* signifie vague en japonais. C'est aussi la maison d'édition qui donne vie à une littérature de l'intime. Une littérature qui nous parle de nos joies, de nos peines, de nos défis et de nos choix.

À travers des romans français, francophones ou étrangers, nous vous invitons à célébrer à nos côtés l'inimitable pouvoir de la littérature et à découvrir des plumes uniques, de nouveaux horizons et des personnages en quête d'eux-mêmes.

CONCOURS DE PÂTISSERIE AU CAT CAFÉ

De la même autrice, aux éditions Nami :
Noël au Cat Café, 2024

Titre original : *Cake Off at the Cat Café*

Représentation internationale : Susanna Lea Associates

Traduit de l'anglais par Suzy Borello

Pour la traduction française :

76, boulevard Pasteur
75015 Paris – France

ISBN : 978-2-493816-96-2
Maquette : Camille Carlos

Pour suivre notre actualité, rejoignez-nous sur Instagram (@editionsnami) !

Nami s'engage pour une fabrication écoresponsable !
Amoureux des livres, nous sommes soucieux de l'impact de notre passion et choisissons nos imprimeurs avec la plus grande attention pour que nos ouvrages soient imprimés sur du papier issu de forêts gérées durablement.

Rachel Rowlands

CONCOURS DE PÂTISSERIE AU CAT CAFÉ

Roman

Traduit de l'anglais par Suzy Borello

NA
MI

À mon mari, qui rend la vie plus douce
– et plus riche, des seules manières qui comptent

RÈGLEMENT DU CHATPUCCINO CAFÉ

1. Si un siège est occupé par un chat, interdiction de déplacer le chat.

2. Merci de ne pas porter les chats, les éloigner de leurs équipements ou les acculer dans un coin. Mais n'hésitez pas à les câliner et à les caresser.

3. Lavez-vous soigneusement les mains avant et après avoir touché les chats.

4. Les photos sont les bienvenues – mais pas de flash !

5. Ne donnez pas à manger aux chats. Recouvrez votre nourriture à l'aide des couvercles fournis de sorte à éviter les pattes baladeuses.

6. Ne vous promenez pas avec vos boissons chaudes. Nous vous les apporterons à table.

7. Marchez, ne courez pas ! Évitons d'écraser queues et pattes !

8. Seuls les enfants âgés de onze ans et plus sont autorisés à entrer. Surveillez les vôtres de près, et ne les laissez pas tripoter ni escalader les accessoires pour chats.

9. Les cigarettes, vapoteuses et pointeurs laser sont interdits.

10. On ne dérange pas un chat qui dort. (Le sommeil est d'or.)

11. Vous tomberez peut-être amoureux d'un chat.

12. Tomber amoureux d'un être humain est optionnel.

1

PENCHÉE AU-DESSUS DU GÂTEAU, Clem agrippait la table métallique avec une telle vigueur qu'elle en avait les jointures blanches. Malgré le pâle sourire qui effleurait ses lèvres, elle était tendue. Elle s'en était pourtant bien sortie : deux étages nappés de turquoise clair, avec une pelote de fausse laine et du fil comestible qui s'enroulait autour de la partie centrale. Elle avait créé des versions miniatures des chats du café ; ils dansaient vers les bords, se blottissaient, dormaient et jouaient sur le glaçage. Le nom d'Emmie était écrit en lettres argentées, et « Joyeux anniversaire » serpentait en dessous. Un ruban blanc apportait la touche finale.

Lorsqu'elle le découperait, ils découvriraient un succulent cœur chocolaté enrichi d'une crème à la menthe aérienne à souhait. Emmie avait un faible pour le chocolat à la menthe. Clem avait tout goûté elle-même, et la pâtisserie aurait un parfum de glace choco-menthe qui fondait sur la langue. Parfait pour l'été, qui n'allait pas tarder. Mais plairait-il à Emmie ? Et aux autres ? Clem agrippa la table métallique de plus belle. Ils se rendaient tous au restaurant – Clem et ses collègues de *Chatpuccino*, le bar à chats dans lequel elle œuvrait comme pâtissière. Pour sa part, elle était généralement trop stressée pour sortir avec ses collègues, mais elle n'avait pas pu décliner cette invitation-ci, car c'était elle qui avait fait le gâteau d'anniversaire.

Sylvie, la gérante de *Chatpuccino*, entra dans la cuisine d'un pas affairé, ses talons claquant sur le carrelage.

— Maintenant, je peux le voir, Clem ? demanda-t-elle.

Clem se retourna vers sa patronne, qui se dressait sur la pointe des pieds pour tenter d'apercevoir sa création, les plafonniers faisant briller sa crinière auburn. À la place de son habituel tablier *Chatpuccino* orné de félins dodus, Sylvie portait une longue robe noire, des babies lustrées et un collier d'argent, et ses cheveux étaient relevés en un chignon élaboré.

— Je te promets de ne pas regarder si tu n'as pas encore fini ! poursuivit cette dernière, tout en faisant semblant de se cacher les yeux. Mais nous ne devrions pas tarder et…

Clem éclata de rire.

— Inutile de tricher. Tu peux regarder. Il est terminé.

Sylvie écarta les mains, et Clem s'effaça pour qu'elle puisse contempler son œuvre.

Sylvie étouffa un cri.

— Oh, Clem ! Il est incroyable !

Elle se précipita vers le gâteau pour l'étudier sous tous les angles. Elle désigna un petit chat noir assis fièrement sur le deuxième étage, sa queue enroulée autour de lui.

— Tu as même ajouté la tache en forme de diamant sur son front !

— Évidemment. C'est son trait distinctif.

— Il est parfait ! Mignon comme tout, et admirablement abouti. Elle va adorer.

— Je l'espère.

— Tu n'aurais pas dû te donner tant de mal, ma chérie, fit Sylvie, l'air soucieux. Tu te démènes déjà beaucoup au travail !

— Ça ne me dérange pas. J'aime ça. Et Emmie a tout fait pour que je me sente la bienvenue quand j'ai débuté ici, alors…

Clem esquissa un sourire embarrassé. Emmie était la nièce de Sylvie ; elle travaillait comme serveuse à *Chatpuccino* et vivait au-dessus du café dans l'un des appartements de sa tante.

Sylvie prit brusquement Clem dans ses bras et, après une seconde d'hésitation, celle-ci lui rendit son étreinte. Elle se réjouissait que le gâteau lui plaise autant. Mais le parfum entêtant de sa patronne lui donna un léger haut-le-cœur, et elle se sentit de nouveau fébrile. Elle s'écarta et baissa les yeux sur son tablier.

— Je ferais mieux de me changer, déclara Clem. On part bientôt ?

— Oui, file. Il n'y a personne en salle de pause.

— Je vais d'abord emballer le gâteau.

Une fois que Sylvie l'eut aidée à le déposer dans une boîte, puis dans un sac assez grand, Clem quitta précipitamment la cuisine pour se rendre en salle de pause.

Elle avait toujours pensé que cette pièce gaie et lumineuse ressemblait à une chambre d'enfant : une table entourée de chaises en plastique aux couleurs vives, un frigo vert céladon couvert de magnets en forme de patte de chat, et des photos encadrées des félins aux murs. Un jour, pour rire, Sylvie avait ajouté une section « Employé du mois » avec un portrait de Binx roulé en boule qui levait ses grands yeux verts en direction de l'objectif. Tout le monde avait trouvé cette photo si drôle qu'elle était restée.

Après avoir ôté son tablier et son filet à cheveux, Clem enfila à la hâte les habits qu'elle avait apportés pour le repas d'anniversaire d'Emmie : une de ses robes marron préférées, avec des motifs de petits renards orange, et une paire de chaussures plates. Un coup de brosse dans ses longueurs et sa frange, puis elle alla vérifier son allure dans la glace près de la kitchenette. Une touche de rouge à lèvres *nude*, et elle cala son sac sur son épaule.

Marquant une pause près de la porte, elle inspira un grand coup.

Contente-toi d'être toi-même, lui avait dit sa mère lorsqu'elle avait commencé à travailler ici quelques années plus tôt. Clem faisait de son mieux, mais elle avait parfois du mal à s'y tenir, surtout maintenant, quand elle avait la tête qui bourdonnait à la seule idée de sortir de sa zone de confort.

Elle retrouva Sylvie dans la salle principale du café. Le soleil se déversait par les grandes vitres de *Chatpuccino*, inondant de son jaune beurre les arbres à chat plaqués contre les murs et les tables en bois éparpillées de-ci de-là. Endormi sur un fauteuil couleur crème, Thomas, le matou roux, était si gros qu'à côté, Lilian en tombait presque du siège, même si cela ne semblait pas la déranger – la tête renversée dans son sommeil, elle exhibait la blancheur de son menton duveteux. Cette vaste salle comprenait un coin bar et un tableau noir avec les menus. Plusieurs rangées de présentoirs en verre étaient disposées sur le comptoir, remplis de quelques biscuits pastel en forme de chat préparés par Clem. Une porte latérale donnait sur une pièce plus cosy, le Chatlon, où des marches menaient à l'étage.

— Emmie arrive avec Jared, lui annonça Sylvie, qui pianota sur son téléphone avant de le ranger dans son sac à main. Prends le gâteau, je vais te tenir les portes et les barrières.

— D'accord, acquiesça Clem en soulevant précautionneusement le sac en question. Merci.

— Va-t'en, canaille ! s'exclama Sylvie.

Elle chassa d'un geste Salem qui, après avoir foncé vers les chevilles de Clem, se réfugia sous un siège pour les observer en fouettant l'air de sa queue.

Le café était équipé d'un système à trois portes pour s'assurer qu'aucun chat ne puisse s'échapper, et Sylvie tint la barrière pour Clem. Elles franchirent le sas, poussèrent une autre porte, et traversèrent la petite boutique de souvenirs, puis l'accueil, qui était vide puisque l'établissement était fermé. Une fois qu'elles furent passées devant la grande affiche sur laquelle figurait le règlement du café et qu'elles gagnèrent la rue, Clem eut de nouveau le tournis. On était vendredi soir, et le restaurant serait forcément bondé. Elle imagina tous les regards braqués sur leur table pendant qu'ils chantaient *Joyeux anniversaire* à Emmie, toute l'attention tournée vers son gâteau, et elle regretta, bêtement, de ne pas avoir de prétexte pour rentrer à la maison. Pour se blottir sur le canapé avec sa chatte, Misha, une série Netflix et une tasse de thé, chez elle, où elle se sentirait en sécurité.

C'était le mois d'avril, peu après Pâques, et le cerisier en fleur devant le café déversait ses pétales sur la route et les trottoirs comme pour les saupoudrer de sucre glace.

Tout va bien se passer, se dit-elle en tâchant de dominer ses inquiétudes, comme on le lui avait appris. *Personne ne va me juger*. Elle s'efforça de se concentrer sur le bruissement du cerisier, sur le doux chuchotement de ses pétales, qui semblait vouloir la réconforter.

Leur taxi ralentit à leur approche.

— Viens, ma chérie, lança Sylvie en regardant des deux côtés avant de traverser la route, tout en époussetant les quelques pétales qui lui étaient tombés sur les épaules. Il va falloir faire attention à ne pas renverser le gâteau sur tes genoux !

*

Comme Clem s'y était attendue, le restaurant était rempli. Il s'agissait d'un des seuls établissements à Oakside qui n'était pas un pub, aussi était-il prisé par les gens du coin comme par les touristes et les randonneurs qui visitaient le comté de Cumbria toute l'année. Il était assez grand pour accueillir des groupes, qui étaient nombreux ce soir-là. Lorsqu'elles franchirent le seuil, le bruit leur agressa les tympans. Les tables voisines étaient entourées de clients qui mangeaient et buvaient, tandis que des serveurs s'activaient en portant des assiettes et des plateaux chargés de boissons fraîches. Clem agrippa le sac contenant le gâteau et talonna Sylvie pendant qu'on les escortait jusqu'à leur place. Elle ne cessait de se répéter son mantra en boucle, même si son corps, tendu, était prêt à prendre la fuite. *Tout va bien se passer.*

On les guida à travers un passage voûté qui donnait sur un grand espace, où une table trônait sous un étalage de feuillage, de fleurs artificielles et de lanternes en papier, baigné dans une lumière verte. Emmie était déjà là avec son petit ami, Jared, et elle se leva d'un bond pour les accueillir, enveloppant

Sylvie dans ses bras. Elle avait coiffé ses cheveux châtain clair en bouclettes, et Jared avait ramassé les siens en une queue-de-cheval élégante. Il salua Clem d'un geste, et elle le lui rendit.

Clem balaya la pièce du regard ; les tables étaient pleines à craquer, et tous les clients étaient coude à coude. Un serveur les frôla, faillit percuter le sac de Clem et lâcha des excuses avant de foncer en cuisine. Elle posa le sac sur leur table et se glissa sur un siège à haut dossier, sentant dans sa poitrine une oppression dont elle essaya de ne pas tenir compte.

— C'est quoi, ça ? Ça a l'air gros, lança Emmie en se penchant pour serrer l'épaule de Clem faute de pouvoir se frayer un passage jusqu'à elle.

Clem ouvrit la bouche, mais Sylvie répondit à sa place :

— On te montrera quand tout le monde sera là, pas vrai, Clem ?

Sa patronne lui décocha un grand sourire avant de s'installer en face d'Emmie.

Clem hocha la tête, reconnaissante pour cette distraction – peut-être que, si elle parlait, elle réfléchirait moins, ne remarquerait pas les rires qui fusaient de la table d'à côté.

— Tu as passé un bon anniversaire, Emmie ? demanda-t-elle.

— Excellent, merci ! répondit l'intéressée en souriant à son petit ami. Jared m'a apporté le petit déjeuner au lit – des œufs pochés. Je suis incapable d'en faire, mais les siens sont toujours parfaits. L'avantage d'être avec un ancien cuisinier.

Elle lança une œillade affectueuse à Jared, qui lui serra la main sur la table.

— Tu as eu des beaux cadeaux ? demanda encore Clem.

Parler avait du bon ; parler l'aidait à oublier sa nervosité.

— Oh oui, une nouvelle machine à autocollants, quelques jolis feutres pour mes illustrations…

Les convives derrière eux explosèrent de rire, et Clem tressaillit lorsqu'un homme abattit son poing sur la table. *Du calme*, se dit-elle. *Ils rient, c'est tout.* Ce qu'elle devrait faire plus souvent, si seulement son cerveau le lui permettait. *Ils ne se moquent pas de toi. Relax. Amuse-toi. Profite.* C'était ce qu'elle était venue faire. Elle afficha un sourire forcé et, les mains crispées sur ses genoux, inspira profondément.

Les autres employés arrivèrent au compte-gouttes : Faye, qui travaillait au café à mi-temps tout en étudiant à l'université de Cumbria, et Matt, un nouveau serveur qui avait été recruté depuis peu et que Clem ne connaissait pas encore très bien – il était tellement grand que son crâne frôlait presque le faux feuillage suspendu au-dessus de leurs têtes. Il lui sourit en prenant place à côté d'elle. Kaitlyn aussi les avait rejoints ; elle s'occupait de l'accueil et de la boutique de souvenirs. Elle agita la main pour saluer Clem et s'assit de l'autre côté de la table. Les seuls qui manquaient étaient Miles et Sophie, les soigneurs qui veillaient sur les chats, car ils n'avaient pas pu se libérer.

Clem tripota sa serviette en regardant ses collègues papoter. Lorsqu'une serveuse vint prendre leur commande, elle demanda un verre de vin blanc à la limonade et opta pour le plat le moins salissant du menu.

Avant que la serveuse ne reparte, Sylvie lui fit signe de s'approcher et lui chuchota quelque chose à l'oreille. La femme hocha la tête, s'empara du sac avec le gâteau et s'éloigna.

Les plats arrivèrent, et tout était délicieux. Clem se concentra sur le goût de chaque bouchée, réconfortée à présent qu'elle se remplissait le ventre de riz et de rouleaux de printemps. Matt lui parlait du club de lecture qu'il gérait avec Sylvie au café.

— Le prochain livre à l'honneur parle d'une personne sans-abri qui devient amie avec un chat, lui expliquait-il avec entrain. Sylvie me l'a conseillé et je l'ai lu d'une traite – du coup, on s'est dit qu'on le soumettrait au club. Ça montre comment les animaux peuvent nous aider dans les coups durs…

Les chats, enfin un sujet de conversation qui n'effrayait pas Clem. Et sûrement la raison pour laquelle son poste à *Chatpuccino* était le seul qu'elle ait réussi à conserver. Faisant abstraction du reste de la salle, elle hocha la tête.

— Il y en a aussi un sur l'amitié entre un chat et un chien, une histoire vraie. J'ai oublié le titre. Je le retrouverai…

Clem but une gorgée de son vin à la limonade, dont l'acidité lui piqua la gorge. Ils sirotèrent tous deux leurs verres en silence pendant qu'on bavardait autour d'eux.

— Tu n'avais personne pour t'accompagner ce soir ? s'enquit Matt en jetant un coup d'œil à Emmie et Jared, qui se tenaient la main avec affection. Ou quelqu'un t'attend chez toi ?

Clem secoua la tête.

— Non, il n'y a que moi.

Pas question de préciser que le « quelqu'un » qu'elle retrouvait le soir était sa mère, et qu'elle vivait encore dans le cottage familial à près de vingt-cinq ans. Jusque-là, elle s'était débrouillée pour qu'aucun de ses collègues ne l'apprenne, et avait la ferme intention que ça continue, même si, à Oakside, tout finissait par se savoir.

— Pareil pour moi, soupira Matt en faisant tourbillonner ce qu'il lui restait de bière. Rien que des chats et des livres.

Enfin, c'est mieux comme ça, non ? (Il vida son verre et lui fit un clin d'œil.) Les chats valent mieux que les humains.

— Buvons à ça, approuva Clem en entrechoquant son verre avec le sien.

Les paroles du jeune homme lui restèrent en tête comme un écho persistant. Faye aussi était venue seule, mais Clem savait qu'elle fréquentait quelqu'un de sa fac.

Même si elle finissait par rencontrer un garçon, que penserait-il du fait qu'elle vivait encore chez sa mère à vingt-cinq ans ? La prendrait-il de haut ? Lorsqu'elle était plus jeune, vingt-cinq ans lui avait paru si vieux, si loin. Elle s'était imaginée mariée avec un enfant à cet âge-là, ce qui lui semblait désormais risible. Elle avait encore l'impression d'être une enfant elle-même, et ne se sentait pas prête à assumer ce genre de responsabilités.

Le cours de ses pensées fut interrompu par un chant qui se fit entendre autour de la table, d'abord tout bas, et puis de plus en plus fort à mesure que tous s'y mettaient. *Joyeux anniversaire…* Clem se joignit aux autres, mais sa voix s'entrecoupa lorsqu'elle vit un serveur apporter le gâteau surmonté de bougies.

Tous acclamèrent et applaudirent, et Emmie poussa un cri de joie quand on posa le gâteau devant elle. Une fois qu'elle eut soufflé les bougies et que les rires et les chants se furent apaisés, elle se tourna vers eux, les yeux brillants.

— Ce gâteau… Il est incroyable ! s'exclama-t-elle. Clem ! C'est toi qui… ?

Sylvie pivota vers Clem, le visage rayonnant.

— Mais oui, bien sûr que c'est notre Clem ! Elle l'a fait pour toi. J'allais payer quelqu'un, persuadée qu'elle en aurait assez de la pâtisserie et qu'elle n'aurait pas envie de travailler sur son temps libre, mais elle a insisté.

Clem sourit avec, dans la poitrine, une petite pointe de fierté qui grandit lorsqu'elle lut l'émerveillement dans le regard des convives.

— Je n'en aurai jamais assez de la pâtisserie, affirma-t-elle en toute sincérité. J'ai été heureuse de faire ce gâteau. Et tu le mérites ; tu travailles si dur.

— Clem, merci ! s'extasia Emmie. Il est presque trop beau pour qu'on le mange.

— Oui, hein ? renchérit Jared. Et regarde comme ces chats sont ressemblants !

Il montra la petite silhouette glacée de Salem et la tache blanche en forme de diamant sur son front.

— Bon, tu n'es pas obligée de le manger tout de suite, concéda Clem. Mais si tu as envie de goûter au fourrage chocolat-menthe...

— *Chocolat-menthe ?* répéta Emmie en la dévisageant, avant d'étudier le gâteau comme pour déceler une preuve de son contenu. Clem, honnêtement, on dirait un rêve... Merci.

— Avec ce talent-là, tu devrais ouvrir ta propre entreprise de pâtisserie, déclara Kaitlyn. Mes enfants donneraient n'importe quoi pour en avoir un comme ça à leurs anniversaires.

— Ça me plairait, avoua Clem, les joues en feu.

Son corps tout entier était désormais gagné par une chaleur bienheureuse, la petite pointe ayant pris l'ampleur d'une vague. Voilà pourquoi elle faisait de la pâtisserie. Pas seulement pour voir ses créations prendre vie – le puzzle qui consistait à tout faire comme il fallait, à amalgamer les ingrédients ensemble –, mais pour la joie qu'elle éprouvait quand d'autres prenaient plaisir à savourer le fruit de ses efforts.

— En parlant de talent, lança Sylvie. J'avais une question à te poser, Clem.

— Oui ?

— Tu as déjà entendu parler de *C'est ma fournée* ?

— L'émission de pâtisserie diffusée sur internet ?

Clem avait vu les clips, et deux ou trois épisodes – elle publiait elle-même de brèves vidéos de ses propres réalisations, et *C'est ma fournée* revenait souvent sur les réseaux. Il s'agissait d'un concours de pâtisserie présenté par un influenceur, et où des petits commerces s'affrontaient pour remporter de l'argent. Elle était surprise que Sylvie en ait entendu parler.

— Oui, c'est bien ça. La prochaine saison se déroulera ici, dans le Lake District.

— C'est pas vrai !

— Ça fait des jours qu'on nous tague en nous suggérant d'y participer. Et je me suis dit… Eh bien, tu es tellement douée, ma chérie ! Je pense que tu brillerais, et que tu pourrais représenter *Chatpuccino* dans le cadre de ce concours.

— Tu veux que moi, je participe ? s'étonna Clem, le souffle coupé.

— Oui. La récompense est de 100 000 £. La somme est à partager entre le pâtissier victorieux et le commerce. Le concours se fait à deux, toi tu t'occuperais de la partie pâtisserie et moi je superviserais en tant que gérante du café, mais ça, tu as déjà dû le voir dans les émissions. Ça nous permettrait de réaliser quelques aménagements pour rendre *Chatpuccino* plus facile d'accès. Et toi, tu ferais ce que tu veux de ta part.

Clem fut saisie d'une exaltation mêlée d'appréhension. Une folle excitation, parce que… quelle aubaine ! Sa vie pourrait changer du tout au tout. Elle serait à même de monter sa propre entreprise de pâtisserie, comme elle en avait toujours rêvé, peut-être de reprendre ses études, de se payer une formation commerciale pour apprendre les ficelles du métier. Et, enfin… de quitter le cottage de sa mère.

Mais… se rendre au restaurant avec ses collègues lui avait déjà demandé un gros effort. Comment participer à une émission qui serait visionnée par des centaines de milliers de spectateurs ? *Si je me présentais au concours et que je fichais tout en l'air ?* Elle tâcha de retourner cette pensée, d'inverser ses réflexes dictés par l'anxiété. *Si je ne fichais pas tout en l'air ? Si je réussissais ?* Mais cette idée-là ne semblait pas aussi convaincante que la première.

— C'est que… L'émission est très suivie, bredouilla Clem, sachant que Sylvie attendait une réponse de sa part. Il y a des pâtissiers mille fois plus talentueux que moi, alors je ne serais sûrement pas sélectionnée…

Elle n'avait pas envie d'exprimer le fond de sa pensée devant tout le monde.

— Ne te déprécie pas comme ça, protesta Sylvie. Tu es incroyablement douée !

Avant que Clem ait pu répliquer, la tablée voisine, qui avait commandé d'autres verres après leur plat principal et leur dessert, se leva pour partir. Il y avait si peu de place que Clem dut avancer légèrement sa chaise pour laisser passer un homme particulièrement corpulent.

— Merci, grommela-t-il. (Il s'arrêta alors qu'il était derrière elle et baissa les yeux.) Jolie robe ! Des renards ! C'est de la saloperie, mais au moins ils bouffent les rats, hein ?

Avec un rire tonitruant, il plaqua une main affreusement chaude sur l'épaule de Clem, qui sentit son cou s'embraser. Alors qu'il reprenait son chemin, il accrocha avec son pied la chaise de la jeune femme, luttant pour se redresser dans le petit espace.

Et puis, sans qu'on sache trop comment, la bière qui restait dans le verre de l'homme se déversa sur la poitrine de Clem et imprégna les renards sur sa robe. Le rire du client résonnait encore dans la tête de la jeune femme. *Ha, ha, ha.* Comme de l'eau dégoulinant du plafond d'une grotte.

La brusque sensation humide et collante fit monter son anxiété en flèche, comme un dragon prêt à cracher du feu. Il lui griffa la gorge, l'enserra jusqu'à bloquer tout oxygène.

Il fallait qu'elle sorte de là, et vite.

2

L'HOMME SE CONFONDIT EN EXCUSES tout en continuant à se tasser pour passer derrière le siège de Clem. L'odeur entêtante de la bière lui fouettait les narines. Matt essayait de l'aider à éponger en lui jetant des serviettes et en criant aux autres de lui donner les leurs.

— T'inquiète, Clem, ça va aller ! disait-il.

Le bruit, le remue-ménage, les regards qui convergeaient vers elle, le coup inattendu que Sylvie venait de lui faire – elle avait l'impression de s'être changée en biscuit extrêmement friable, prêt à se désintégrer entre les doigts du premier venu.

Une fois que l'autre groupe fut enfin parti, Clem recula sa chaise dans un raclement et balbutia :

— Toilettes.

Elle attrapa son sac et sa veste avant de s'éloigner à une allure telle qu'elle manqua de percuter une serveuse portant deux assiettes de nouilles fumantes. Pour se rendre aux sanitaires, il fallait traverser la salle voisine et gravir un escalier en bois. Elle dépassa précipitamment d'autres rangées de tables, tête baissée. L'air lui semblait lourd et poisseux.

Lorsqu'elle fit irruption dans les toilettes, celles-ci étaient par chance désertes – et propres. Les mains tremblantes, elle aspergea sa robe d'eau en espérant effacer l'odeur de l'alcool, et frotta l'un des petits renards orange. Cela lui rappela le gros rire moqueur de l'homme et ses commentaires qui lui avaient égratigné les oreilles.

« Jolie robe ! Des renards ! C'est de la saloperie, mais au moins ils bouffent les rats, hein ? »

Il plaisantait, tâcha-t-elle de se convaincre. Mais ce souvenir la ramena en arrière, à son amie Genie, aux rires qui avaient éclaté à ses dépens. C'était comme si quelqu'un la tenait serrée dans son poing.

En positionnant sa robe sous le sèche-mains, elle ne s'en sentit que plus nauséeuse, et regretta brusquement d'avoir mangé autant. *Oh non, par pitié, ne vomis pas.* Elle ne pouvait songer à rien d'autre qu'à son chez-elle, à sa chatte Misha, à sa chambre, si douillette, si confortable.

La porte des toilettes s'ouvrit à la volée, et Clem lui tourna obstinément le dos, car elle ne voulait pas qu'une inconnue voie ses mains tremblantes et le drôle d'état dans lequel elle s'était mise. La cacophonie du restaurant envahit la pièce : les conversations sonores, les enfants qui pleuraient, le bruit des couverts sur les assiettes, les verres qu'on reposait. Cela la mit à cran.

Quand la chaleur et le rugissement du sèche-mains s'estompèrent, une voix hésitante lança :

— Clem ? Tout va bien ?

Cette voix, elle la connaissait. Et elle n'avait aucune envie de se retourner – c'était tellement gênant –, mais elle redressa les épaules et essaya d'afficher une expression neutre, même si elle était plus proche de la grimace. Clem pivota pour faire face à Emmie, qui avait l'air inquiète.

— Ça va, lui assura-t-elle.

Sa voix était une coquille vide qui la trahissait, et sa poitrine était serrée dans un étau qui l'empêchait de respirer.

— Tu es sûre ? J'ai vu ce qui s'est passé.

— C'est seulement… L'odeur…

Clem montra la tache humide, là où la bière avait éclaboussé sa robe. Elle voulut prendre une grande inspiration, mais l'odeur était encore présente, comme si elle essayait de s'immiscer à l'intérieur de ses narines. Une boule, dure et douloureuse, se forma dans sa gorge. Elle n'avait pas envie de s'effondrer là, devant Emmie, et encore moins le jour de son anniversaire. C'était censé être une fête.

— Tiens, dit Emmie.

Clem ne l'avait pas noté tout de suite, mais celle-ci avait apporté son petit sac en forme d'étoile, calé dans le creux de son coude. Emmie ouvrit la fermeture Éclair et fureta à l'intérieur pour en sortir un paquet de lingettes qui, fidèle à son esprit, était décoré de rubans roses et d'un dessin de chat.

— Prends-les, dit-elle. Elles sont parfumées, alors elles te seront peut-être utiles ?

— M-merci.

Clem s'en empara, les mains crispées, en espérant qu'Emmie ne remarque pas leur tremblement.

— Garde-les. Fais un brin de toilette. (Emmie referma son sac à main et sourit en calant une mèche de cheveux derrière son oreille.) Je ferais mieux d'y retourner. Matt voulait que je coupe le gâteau, mais je tenais d'abord à m'assurer que tout allait bien. Prends ton temps, je te garderai une part.

— D'accord… Merci, Emmie.

Emmie repartit, la porte claqua derrière elle, et Clem laissa ses épaules s'affaisser. Elle ne se sentait pas plus calme qu'avant, même en frottant une lingette parfumée sur sa robe. Emmie devait sans doute trouver ça ridicule de réagir ainsi à un incident aussi anodin. Pourrait-elle regarder les autres en face après ça ? Elle ignorait si elle en était capable. Sa gorge la brûlait.

Elle sortit son téléphone et fit défiler sa galerie de photos, en quête d'images de Misha. Adossée au mur, elle lança une vidéo – sans le son – de la chatte sautillant frénétiquement sur son lit pour bondir sur les plis des draps. Elle regarda aussi la suivante : assise sur les genoux de Clem, Misha la fixait en clignant amoureusement des yeux dans un tressaillement de ses longues moustaches blanches, pendant qu'elle caressait sa tête rayée. Elle tâcha de s'imaginer chez elle à cet instant, ce pelage soyeux sous la pulpe de ses doigts.

Les vidéos l'apaisèrent un peu. Suffisamment pour qu'elle se sente en mesure de quitter les toilettes.

Elle commanda d'abord un taxi – elle n'avait pas pris la voiture pour pouvoir boire un verre de vin – avant de descendre l'escalier, de se faufiler entre les tables et de pousser la porte pour sortir, rassurée à l'idée que les autres ne puissent pas la voir depuis leur emplacement. Une fois dans le taxi, elle enverrait un texto à Sylvie pour lui dire qu'elle était désolée, mais qu'elle avait dû rentrer plus tôt. Elle était sûre qu'Emmie comprendrait. Elle avait dû deviner que Clem n'était pas dans son état normal. Et puis, elle était restée pour le plat principal, c'était l'essentiel, non ? Si elle essayait d'y retourner maintenant, après cet incident… Non, elle ne le sentait pas.

Elle patienta dehors, au coin de la rue, sous l'avant-toit. Les effluves d'alcool qui émanaient de ses habits la mettaient mal à l'aise, même si la senteur citronnée des lingettes les masquait en partie. L'air printanier était doux, mais pas encore lourd, et elle savoura la brise qui agitait les arbres de l'autre côté de la rue en apportant un semblant de fraîcheur.

Ses mains n'avaient pas cessé de trembler, et chaque éclat de voix qui jaillissait du restaurant la faisait grincer des dents. Elle jeta un coup d'œil à son écran d'accueil, au petit visage rayé de Misha, mais cela n'eut pas le même effet qu'auparavant. Elle farfouilla dans son sac pour chercher le chewing-gum à la framboise qu'elle gardait toujours sur elle.

— Où est-il ? marmonna-t-elle dans sa barbe.

Ses tremblements la rendaient maladroite, si bien que sa petite brosse à cheveux et son rouge à lèvres lui échappèrent, et tombèrent par terre avec fracas.

Elle s'apprêtait à se pencher pour les ramasser quand quelqu'un la prit de vitesse. Lorsqu'elle leva la tête, un homme se tenait devant elle dans la lumière déclinante. Clem n'aurait su dire si la difficulté qu'elle éprouvait subitement à respirer était due à son angoisse, ou à ces yeux verts perçants bordés de longs cils noirs.

Il était plus âgé qu'elle, enfin, peut-être pas de beaucoup, et son teint pâle était réchauffé par les rayons du soleil couchant. Sous ses cheveux châtain foncé en bataille – ébouriffés avec art, comme exprès –, ses sourcils étaient épais, et il avait une barbe de trois jours. Dire qu'il était beau à tomber aurait été bien en dessous de la réalité.

— Attention, ne perdez pas vos affaires, lança-t-il avec aisance en les lui tendant.

— M-merci, répliqua-t-elle, et elle les lui prit des mains en faisant de son mieux pour ne pas les lâcher tandis qu'elle les fourrait dans son sac, son téléphone calé sous l'aisselle.

— Tout va bien ? s'enquit-il doucement, avant de jeter un coup d'œil au restaurant comme pour reconstituer la trajectoire de Clem.

L'avait-il vue foncer dehors ? L'idée que d'autres inconnus aient pu assister à sa petite débâcle lui donna le vertige. Mais quand il avait ramassé ses affaires et lui avait demandé négligemment si elle allait bien… Cela l'avait presque calmée, apaisée, mise à l'aise. C'était de l'inquiétude qu'elle lisait sur son visage, pas de la moquerie. Elle eut un rire chevrotant, soulagée qu'il ne soit pas du genre à s'amuser de sa vulnérabilité.

— Je vais bien. Merci.

Elle trouva enfin son chewing-gum et le sortit de son papier avant de le glisser dans sa bouche, en se focalisant sur sa saveur sucrée. Elle avait beau se sentir plus calme, ses mains tremblaient encore lorsqu'elle se redressa en tenant son téléphone, qui faillit lui échapper. Son taxi n'allait pas tarder et, alors, elle pourrait fuir cette soirée, même si elle ne pouvait s'empêcher de penser qu'il était dommage de laisser un homme aussi beau. Elle avait presque envie de rester, attirée par ces yeux vert forêt.

Il se tourna à moitié vers le restaurant et hésita.

— Vous êtes venue accompagnée ? demanda-t-il. Vous n'avez pas l'air bien. Voulez-vous que je…

— Oh ! N-non, je viens d'appeler un taxi, alors je rentre chez moi de toute façon… Mais merci.

Son taxi était là, près du trottoir. Elle fit volte-face et se dépêcha de monter dedans. Lorsqu'elle regarda par la vitre, l'homme retournait à l'intérieur du restaurant. Il retrouvait sûrement une petite amie – avec cette allure-là, elle n'avait pas le moindre doute qu'il était déjà pris.

Incapable de le chasser de ses pensées, Clem reporta son attention sur son chewing-gum et sur le parfum de framboise qui lui inondait la langue.

*

— Tu rentres tôt ! lança la mère de Clem dès que celle-ci franchit le seuil de leur petit cottage.

C'était là tout le problème d'une porte principale qui donnait directement sur le séjour : impossible d'entrer en douce, ni de gagner sa chambre sans se faire repérer.

— Je ne t'attendais pas avant au moins une ou deux heures. Tout s'est bien passé ?

Clem suspendit son sac et sa veste aux patères dans l'entrée et contourna le porte-parapluie pour s'avachir dans un fauteuil à la gauche du divan. Assise au milieu du canapé, sa mère, une tasse de thé à la main, affichait un air inquiet. Le téléviseur au-dessus de la cheminée en briques diffusait un documentaire de David Attenborough, dont la voix apaisante emplissait la pièce sur fond de gazouillis d'oiseaux. Sa mère attrapa la télécommande pour réduire le volume.

— Ne baisse pas Attenborough pour moi, protesta Clem en s'enfonçant dans son siège. C'est le nouveau que tu voulais voir, c'est ça ?

— Oublie ça. Comment s'est passée ta soirée ?

Clem tripota un fil sur le coussin écrasé à côté d'elle. Elle était rentrée en taxi avec la vitre ouverte, ce qui avait calmé ses nerfs. Quand le cottage avait fini par apparaître, elle se sentait déjà mieux.

— Je suis rentrée plus tôt. Après le dessert. Ils ont sorti le gâteau, et un type a renversé son verre sur ma robe. Il riait, et…

Elle laissa sa phrase en suspens. Cela semblait si bête à présent, avec du recul, dans la chaleur douillette du cottage.

— Mais tu as tenu jusqu'au dessert ! se réjouit sa mère. C'est bien. Et tu y es allée, même si tu n'en avais pas envie.

— Si, j'en avais envie, précisa-t-elle. Malgré mon cerveau qui essayait de me dire le contraire. Je m'en veux de ne pas être restée.

Elle avait envoyé un SMS à Sylvie dans le taxi du retour pour s'excuser d'être partie si vite, prétextant une migraine. Elle regrettait aussi ce mensonge.

— Bon, ce sera peut-être pour une prochaine fois. Un pas après l'autre. Par paliers, tu te souviens ?

— Je me demande seulement combien de temps je vais devoir rester coincée sur ce palier-ci.

Sa mère vida sa tasse de thé et la reposa sur la table, à côté d'une pile de magazines. Elle était abonnée à la même revue sur la nature depuis l'enfance de Clem ; l'espace sous le lit en était rempli, et elle devait souvent en recycler par manque de place. Clem était étonnée que ce périodique existe encore.

— Tu devrais être fière, affirma sa mère. Ce n'était pas facile pour toi.

— Je sais, concéda sa fille en regardant David Attenborough déambuler dans une forêt mouchetée de lumière. C'est seulement que… euh… Sylvie… Elle m'a demandé de m'inscrire à un concours de pâtisserie. Pour représenter le café. *C'est ma fournée*, ça s'appelle.

— C'est merveilleux !

— Oui, mais… Ce sera sur internet.

Elle lui expliqua rapidement le concept de l'émission.

— Clem, ce serait une excellente occasion pour toi ! Je sais que tu aimes le café, mais ce n'est pas vraiment ce que tu veux faire, si ? Pas éternellement, en tout cas.

Elle n'avait pas tort. Autrefois, elle avait voulu travailler dans la sauvegarde des animaux, avant que cela ne devienne impossible pour elle. Elle s'était donc tournée vers la pâtisserie dans le but d'apaiser son anxiété ; il s'était avéré qu'elle adorait ça, et qu'elle se voyait continuer dans cette voie. Ses rêves s'étendaient au-delà de *Chatpuccino*, elle s'imaginait même monter sa propre entreprise de pâtisserie.

— Je… Je ne sais pas si j'en suis capable, admit-elle. Regarde ce qui s'est passé ce soir. Je suis rentrée tôt parce qu'il y avait des gens qui riaient, et que quelqu'un a renversé son verre sur moi.

À cet aveu, sa gorge se noua. Quelle idiote ! Sa mère secoua la tête, un doux sourire sur ses lèvres.

— Tu dois croire en toi. C'est ce qui te permettra d'atteindre tes rêves. Ne te dénigre pas. Parfois, la vie peut prendre une voie inattendue.

Clem eut un sourire hésitant. Sa mère était photographe, initialement spécialisée dans les paysages et les animaux sauvages. Mais, lorsqu'elle avait décidé que la photographie serait son gagne-pain, elle avait troqué les moutons, faucons crécerelles et cerfs élaphes contre des photos de mariage et des portraits familiaux en pleine nature. Cette solution avait été la plus rentable, et elle lui avait réussi, car son travail la comblait toujours autant.

— C'est peut-être de ça qu'il s'agit pour toi, Clem, déclara sa mère. Tu suivras une voie à laquelle tu ne t'attends pas.

— Tu as vu la mère de Jared, ou quoi ? lança Clem en riant.

Elle ne l'avait jamais rencontrée, mais Emmie lui avait parlé de ses dons de liseuse de tarot.

— Tu en veux encore ? demanda-t-elle en désignant la tasse que sa mère venait de vider.

— Oui, pourquoi pas. Merci.

Clem se rendit dans la petite cuisine. Là aussi, l'espace était restreint, avec un fatras d'étagères surchargées et d'appareils jonchant le plan de travail, dont le batteur électrique de Clem. Le rebord de fenêtre était couvert des plantes de sa mère, les murs ornés de photographies d'animaux encadrées de bois, parfois de travers. Clem avait fait plus de gâteaux ici qu'elle n'aurait su compter, mais elle brûlait d'envie de posséder un lieu rien qu'à elle.

Elle fit chauffer la bouilloire et s'affaira pour leur préparer du thé à toutes les deux. Après avoir donné la tasse à sa mère, elle se replia dans sa chambre. Misha l'y attendait, endormie, roulée en boule sur l'oreiller près de la tête de lit en bois. En entendant sa maîtresse entrer, la chatte bâilla et sauta par terre pour l'accueillir en s'enroulant autour de ses chevilles. Toute la tension de Clem s'envola aussitôt.

— Salut, mignonne, dit-elle en posant sa tasse pour lui gratouiller le menton.

Misha enfouit le museau dans ses mains en montrant les dents, comme pour sourire avec bonheur sous ses caresses.

Clem eut un petit pincement au cœur. Elle était heureuse d'être rentrée. Mais le sentiment qu'elle éprouvait de devoir passer à autre chose… Elle n'arrivait pas à le chasser. La plupart des gens de sa connaissance étaient partis de chez leurs parents, ou s'étaient carrément installés ailleurs, délaissant les monts de Cumbria pour des villes comme Londres, Édimbourg ou Manchester.

Il fallait qu'elle grandisse, mais voilà où elle était, plantée au milieu de sa chambre d'enfant, avec le couvre-lit imprimé de hérissons sur le lit une place calé contre le mur ; les piles de livres consacrés aux animaux et à la pâtisserie sur l'étagère légèrement penchée ; son panneau de liège couvert d'idées pour des gâteaux et cookies en forme de chat ; le bureau en bois auquel elle s'asseyait depuis le lycée, tout usé et rayé. Sous le lit étaient entreposés des manuels de fac pour un cours sur la protection animale qu'elle n'avait jamais terminé.

Il fallait que ça change. Simplement, elle ignorait comment s'y prendre, ni même si elle en était capable.

3

DEPUIS LA PETITE ALCÔVE à l'intérieur du restaurant, Lucas regarda le taxi s'éloigner. Il espérait que la femme à la robe aux renards allait bien ; elle tremblait, et ses jolis yeux trahissaient sa peur, comme si elle venait de se faire acculer en pleine rue par un ours.

— Qu'est-ce que tu regardes comme ça ? demanda Dwayne en tendant le cou pour scruter l'extérieur par la vitre.

La pluie qui crépitait sur la fenêtre confirmait l'adage selon lequel en avril, on ne devait pas se découvrir d'un fil.

Dwayne, que Lucas connaissait depuis l'université, était un homme large d'épaules, au teint mat, au crâne dégarni et à la longue barbe touffue. Il portait toujours un haut de couleur vive ; ce jour-là, il avait opté pour un chemisier bleu imprimé de petits alligators. Lucas ignorait comment il s'y prenait pour paraître aussi cool malgré son sens vestimentaire douteux.

— Rien, répondit-il vivement.

— Attends, c'était une fille ? Où ça ?

Dwayne, toujours penché, observait la rue.

Celui-là pigeait tout bien trop vite, mais sans doute était-ce dû au fait qu'ils se connaissaient depuis leur première semaine de fac.

— Non, prétendit Lucas.

— Je sais toujours quand tu mens, affirma Dwayne en se fendant d'un grand sourire. Allez, quoi ! Tu lui as demandé son numéro ?

Le visage de la femme ressurgit dans l'esprit de Lucas. Comment se faisait-il qu'il se rappelle chacun de ses traits avec autant de précision ? Il fallait dire qu'elle était renversante : une crinière de jais brillante qui lui frôlait les épaules, des yeux couleur café crème, et des lèvres couleur pêche. Il se demanda à quoi sa bouche pouvait ressembler lorsqu'elle souriait ; elle avait paru si nerveuse, si agitée. À cause de quoi ?

— Ce n'était qu'une inconnue, répondit-il. Pourquoi j'aurais pris son numéro ?

— Parce que c'est ce qu'on fait quand on flashe sur quelqu'un ?

Dwayne éclata de rire, vida ce qu'il lui restait de bière et en essuya la mousse sur sa barbe.

— Quand est-ce que j'ai dit que j'avais flashé sur elle ? protesta Lucas en levant les yeux au ciel.

— Ta mine languissante t'a trahi, lança son ami. Tu aurais dû lui parler.

— Je ne cherche pas à me caser, Dwayne.

Mais le visage de la femme était gravé dans son esprit ; elle était belle. Il n'arrivait pas à se rappeler la dernière fois qu'il avait éprouvé une telle attirance.

Dwayne haussa ses sourcils d'un air interrogateur.

— Tu ne veux pas te caser, et pourtant tu as une chienne, ce qui est un sacré engagement…

— Justement. Une chienne me suffit, merci.

Dwayne gémit. Lucas chassa la jeune femme de son esprit – elle n'avait aucune importance. Lui et Dwayne ne vivaient même pas à Oakside, mais à Windermere, où ils tenaient le *Papatte Café*. Ils étaient venus rencontrer un fournisseur de café dans ce restaurant, qui se trouvait à mi-chemin. Leur rendez-vous venait de se terminer.

— J'ai déjà trop de responsabilités comme ça, souligna Lucas. Et je ne parle pas de ma chienne. Gérer notre affaire, payer un loyer ridiculement élevé, essayer d'économiser – et je tiens à aider mes parents. Tu sais que la famille passe en premier. Ça a toujours été le cas. Une petite amie serait de trop.

Il était gagné par une légère irritation chaque fois qu'il songeait à sa dernière copine en date. Elle avait beau savoir pour son père, elle lui en avait voulu de garder son téléphone sur lui en permanence, ou de le poser sur la table s'ils étaient au restaurant. Et s'il ne répondait pas à ses messages dans la demi-heure, elle le prenait comme un affront personnel, plutôt que d'accepter qu'il était un adulte à la vie bien remplie. En plus de quoi, elle ne comprenait pas qu'il soit aussi impliqué dans le *Papatte Café* ; elle décrétait qu'il perdait son temps, et gaspillait son diplôme de cinéma en continuant de travailler dans la restauration. Pire encore, elle lui avait hurlé dessus un jour où il avait annulé un de leurs rendez-vous – son père souffrait, et sa mère était trop prise par son travail pour sortir lui acheter des antidouleurs.

Si avoir une petite amie impliquait de négliger la famille qui avait besoin de lui – et la carrière qu'il se construisait –, alors, il n'en voulait pas.

— Tu passes à côté de quelque chose, déclara Dwayne. Un jour, tu le comprendras.

Lucas secoua la tête ; il n'avait pas le sentiment de gâcher sa vie en refusant de replonger dans le grand bain des relations amoureuses. De toute manière, c'était infesté de requins.

*

— Salut, lança Lucas à travers le *Papatte Café*.

Une bourrasque humide accompagna l'arrivée de deux nouvelles clientes. Le frottement des pattes de chien sur le plancher éclipsait presque les conversations des randonneurs qui, assis autour d'une table, rechargeaient leurs batteries avec du café colombien et des roulés à la cannelle en attendant d'attaquer le sentier de Brant Fell. Une femme d'un certain âge s'approcha du comptoir. Vêtue d'un imperméable, ses cheveux grisonnants coiffés en une queue-de-cheval, elle était flanquée d'une compagne plus jeune. Deux chiens tiraient sur leurs laisses en agitant vigoureusement la queue et en laissant pendre leurs langues avec excitation – l'un noir comme l'ombre, l'autre couleur caramel. La plus jeune des femmes tâchait de les retenir.

— Qu'est-ce que je vous sers ? leur demanda Lucas.

— Un crème pour moi, répondit la plus âgée des deux en inspectant la vitrine où étaient exposées les pâtisseries et viennoiseries, accompagnées de petites étiquettes écrites à la main. Et un thé. Allez, je me laisse tenter par une focaccia à l'ail et à la tomate, ça m'a l'air délicieux. Tu veux manger quelque chose ? demanda-t-elle à son amie – ou à sa fille ? –, qui fit « non » de la tête.

— Ça marche. Je l'ai faite ce matin, précisa Lucas avec un sourire charmeur.

Tandis qu'il s'emparait d'une assiette et attrapait la focaccia à l'aide de pinces, il ne put s'empêcher d'entendre leur conversation. La plus âgée parlait vite et d'un ton sec.

— … mais elle est trop jeune pour souffrir de « douleurs chroniques ».

Elle avait prononcé cette formule en levant les yeux au ciel et en mimant des guillemets, comme si elle parlait de l'existence d'une licorne ou du monstre du Loch Ness.

— Bon sang, de nos jours, on dirait que tout le monde a quelque chose ! Franchement, elle exagère.

— Je doute qu'elle…

— Crois-moi, si. J'en ai déjà rencontré d'autres dans le genre. Des tire-au-flanc, des paresseux, qui ont la flemme de bosser dur, comme nous autres.

Lucas lâcha la focaccia – et l'assiette suivit le même chemin, s'écrasant à ses pieds en mille morceaux. Les femmes levèrent la tête, surprises, et le silence s'abattit sur le café. Les deux clientes s'adressèrent à lui, mais il ne les entendit pas, tout était soudain assourdi autour de lui. Quelqu'un poussa une acclamation moqueuse de l'autre côté du café, et les bruits et discussions reprirent.

Dwayne accourut depuis le fond et évalua la situation en une fraction de seconde.

— Attends, je vais passer le balai. Tu n'as qu'à t'occuper de la commande…

— Non, mais qu'est-ce que c'est que ce service ? marmonna la femme, assez fort pour que Lucas l'entende. On aurait mieux fait d'aller ailleurs, comme je te le disais.

Lucas se força à bouger et, avec un petit rire, il alla préparer les boissons. Le sifflement de la machine lui écorcha les oreilles, mais il était en pilote automatique. Lorsqu'il posa enfin un plateau sur le comptoir – avec une nouvelle focaccia sur une assiette intacte, ainsi que le thé et le café –, il se força à sourire, le visage crispé. Cela n'aiderait sûrement pas le *Papatte Café*, mais c'était comme ça. Il ne lui arrivait pas souvent de perdre son sang-froid ; il fallait qu'il se ressaisisse.

Le temps que les deux femmes emportent leur plateau et s'installent confortablement près de la fenêtre, Dwayne avait tout nettoyé.

— Ça va, mon vieux ?

— Oui, t'inquiète.

Mais non, ça n'allait pas. Les commentaires dans le genre… Cette femme n'avait pas la moindre idée de ce qu'elle disait.

— Si tu prenais une pause ? lui suggéra Dwayne. Tu n'arrêtes pas depuis ce matin.

Le *Papatte Café* leur appartenait à tous les deux. En théorie, Dwayne en possédait la plus grande part, puisqu'il avait avancé la majeure partie de la somme grâce à un héritage, et Lucas avait contribué à hauteur de ce qu'il pouvait, ce qui équivalait à pas grand-chose. Ils avaient cependant tout planifié ensemble – en avaient parlé pendant des années avant de tenter le tout pour le tout –, et Dwayne avait refusé d'envisager que Lucas ne devienne pas son associé et cogérant, malgré la disparité de leurs investissements.

— Merci, lâcha Lucas.

L'incident n'avait rien à voir avec sa matinée chargée, mais il se garda d'en parler à Dwayne ; répéter ce qu'il avait entendu ne ferait que l'agacer encore plus. Il poussa un profond soupir, comme si cela pouvait chasser son irritation.

— Je dois appeler mes parents, de toute manière. Hier, j'étais trop occupé.

— Comment ils vont ?

— Pas super. Maman est stressée.

— Si je peux faire quoi que ce soit…

— Merci, mais à moins d'un miracle, il n'y a pas grand-chose. On a déjà fait tout ce qui était à notre portée.

Il dégrafa son tablier, posa une main sur l'épaule de Dwayne avec reconnaissance.

Dans un bruissement de vestes et de cirés, les randonneurs sur le départ firent vibrer le plancher sous leurs pas lourds. Quelques-uns remercièrent Lucas au passage ou lui adressèrent des sourires et hochements de tête ; l'un d'eux fourrait les restes de son roulé à la cannelle dans sa bouche et en époussetait les miettes sur sa veste. La porte se referma derrière eux.

Lucas traversa la pièce du fond qui, bien plus vaste, était tapissée de photos artistiques encadrées de chiens de diverses races, des dalmatiens jusqu'à de minuscules caniches en passant par des bergers allemands. Elle donnait sur un patio où des tables et des chaises avaient été installées sous une pergola en bois. Il sortit et longea le bâtiment pour gagner l'ombre des arbres.

Ils y avaient aménagé un endroit pour Reina, la golden retriever de Lucas. L'espace était séparé du reste par une haute clôture et un portail verrouillé. Autrefois, il s'était agi d'un passage reliant l'avant à l'arrière, mais ils en avaient déjà un de l'autre côté, aussi avaient-ils réaménagé celui-ci. Il déverrouilla la barrière pour entrer.

Le lieu parcourait l'édifice sur toute sa longueur, et ils en avaient fait une sorte de jardin pour permettre à Reina de gambader pendant qu'eux travaillaient – comme ça, elle ne restait pas enfermée seule à la maison toute la journée, et Dwayne ou Lucas pouvaient la promener pendant leur pause-déjeuner. Il lui arrivait de la faire entrer, mais ce n'était pas toujours possible, car il ne pouvait pas la surveiller en permanence. Le sol était tapissé d'un mélange de copeaux de bois et d'écorce, et on y avait construit une niche, sur laquelle Lucas avait cloué une plaque ornée d'une couronne jaune. Le mini-jardin de Reina était bordé de gueules-de-loup roses, rouges et jaunes plantées dans des pots, et était ombragé afin de demeurer au frais même au cœur de l'été.

Dès qu'elle le vit, Reina lui fonça dessus avec entrain, agitant sa queue touffue d'un côté et de l'autre. Il s'accroupit pour lui gratter les oreilles, et elle fourra sa truffe noire dans ses mains.

— Salut ma grande, dit-il. J'espère que tu ne t'es pas sentie trop seule.

Elle lui lécha les doigts, puis le visage, avec vigueur.

— Gentille chienne, reprit-il en furetant dans sa poche avant de lui lancer une friandise.

Elle bondit dans l'air pour la happer entre ses dents.

— Bien rattrapé !

Il prit une corde à nœud dans la niche et s'amusa un peu avec elle avant d'attraper son téléphone. Il faisait beau ce jour-là et, malgré le treillis feuillu qui abritait le petit jardin, le ciel bleu tacheté de nuages passait à travers les trous.

Sa mère décrocha dès la troisième sonnerie.

— Allô ? aboya-t-elle.

Elle semblait toujours agacée lorsqu'elle répondait au téléphone – sûrement parce qu'elle s'attendait à ce qu'on lui donne un nouveau fardeau à porter. Reina inclina la tête en entendant sa voix par le haut-parleur.

— Tu me parlerais comme ça si j'étais le héros de ta dernière série Netflix ? répliqua-t-il nonchalamment.

Les feuilletons de sa mère étaient ses échappatoires ; récemment, chaque fois qu'il appelait, elle évoquait les « Vikings sexy » qui les peuplaient. Il aimait la taquiner à ce sujet.

— Oh, arrête, décocha-t-elle, mais d'un ton plus enjoué à présent. Ça va, au travail ?

— Ça va…

— Ton père voulait que je te présente des excuses, l'interrompit-elle.

Il sentit que cela l'avait turlupinée.

— Ton anniversaire…

— Aucun problème, affirma-t-il aussi sec. Je comprends.

— Si, c'est un problème, insista-t-elle. Il ne t'a pas vu depuis des siècles, et on aurait dû être là.

Il aurait aimé qu'ils n'aient pas à répéter les mêmes mots en boucle chaque fois que son père devait rester alité. Et puis, Lucas avait l'habitude ; son adolescence avait été ponctuée de ces conversations, surtout quand l'état de son père s'était aggravé, telles des toiles d'araignées s'agglutinant sur leurs existences. La remise des diplômes de Lucas à la fin de son cursus universitaire avait été la plus importante des occasions qu'avait manquées son père. Ce jour-là, il avait été sujet à une crise particulièrement intense. Lucas ne lui en tenait pas rigueur, et à présent, ces absences à répétition ne le tracassaient plus trop. Il était surtout pris de colère quand il entendait les commentaires stupides de gens qui n'y comprenaient rien. Son père avait travaillé dur pendant des décennies – il avait été jardinier, avait géré sa propre affaire – jusqu'à ce que son corps se mette à réagir de manière inattendue. Il n'était plus capable de ce genre de travail manuel ; d'ailleurs, il ne pouvait plus travailler.

— Franchement, maman, ne t'en fais pas pour ça, affirma Lucas. Comment va papa ?

Il l'entendit pousser un lourd soupir à l'autre bout du fil, accablée par des milliers de soucis.

— Il a du mal à marcher. (Sa voix frémit, comme secouée par l'impact de ses propres paroles.) On a reçu une lettre, ils l'ont encore rejeté. Il n'obtiendra aucune aide financière pour son… état.

Elle hésita en prononçant ce dernier mot, car ils ne savaient toujours pas vraiment ce qui clochait.

— *Quoi ?* s'écria Lucas.

Reina lui avait rapporté sa corde, aussi l'attrapa-t-il pour jouer avec elle. La chienne émit un grondement bas et tira de son côté ; il tint bon.

— Rien du tout ? s'obstina-t-il. Mais pourquoi ? Il souffre constamment !

— On n'a pas décroché assez de points selon leur système, expliqua sa mère, abattue. Visiblement, la lettre du médecin disant en quoi ses douleurs l'affectaient n'a eu aucun effet. Et on attend encore d'être dirigés vers un spécialiste…

Lucas serra la corde de Reina si fort que la chienne tira avec plus de férocité. Ils avaient toujours exécuté cette danse-là. Les symptômes de son père s'étaient aggravés à mesure que Lucas grandissait, et les médecins l'avaient mis sur le compte du stress, du surmenage ou de blessures faites au travail – tout en sachant, au fond d'eux, que ce n'était pas le cas. Quelque chose d'autre était à l'œuvre, et ils n'arrivaient pas à mettre le doigt dessus ; c'était comme chercher une aiguille dans une botte de foin.

— Il n'y a pas d'autres possibilités ? s'enquit-il.

Reina parvint enfin à lui arracher le jouet des mains, et l'entraîna dans sa niche pour le mâchouiller.

— Eh bien, je pourrais le forcer à se trouver un boulot et à souffrir encore plus, répondit sa mère avec sarcasme. (Un rire ironique lui échappa.) Franchement, on dirait que c'est ce qu'ils veulent.

Lucas secoua la tête sans un mot.

— Et puis, avec le loyer qui augmente…, ajouta-t-elle doucement. Je ne sais pas comment on va faire pour s'en sortir.

Elle travaillait au refuge pour chats à mi-temps, et exerçait également un poste de surveillante pendant la saison des examens, ainsi elle était flexible si son mari avait besoin d'elle. Tout cela était si injuste qu'il en avait mal au crâne ; ses mains le démangeaient de tout arranger.

— Le propriétaire est au courant pour papa, répondit Lucas en fronçant les sourcils. Qu'est-ce qui lui prend d'augmenter le loyer ?

— Il dit qu'il n'a pas le choix, expliqua sa mère. Son prêt immobilier a été revu à la hausse, et ça se répercute sur notre loyer.

Lucas fit la grimace. Il avait entendu d'autres subir la même chose ; il avait espéré que cela ne leur arriverait pas, mais espérer était loin de suffire. Voilà pourquoi il souhaitait leur apporter une certaine sécurité, pouvoir faire quelque chose, n'importe quoi. Même si ni les souhaits ni les espoirs ne l'amèneraient où que ce soit.

— Mais ce n'est pas votre responsabilité ! s'indigna-t-il. Je vais en parler au propriétaire.

— Non, Lucas. Je ne veux pas que tu causes d'ennuis.

— Que je… Quel genre d'ennuis veux-tu que je cause ?

— Je n'ai pas envie qu'on se retrouve à la porte !

— Ça risque d'arriver quand même si vous peinez à…

— Que veux-tu que je fasse d'autre ? répliqua-t-elle d'un ton agacé. Si je tiens à calmer le jeu pour l'instant, c'est pour ne pas avoir à déménager. On ne peut pas se permettre une nouvelle location actuellement. Tes grands-parents sont dans une résidence médicalisée et leur appartement est minuscule. Toi, tu es en colocation avec Dwayne. Ma sœur vit à l'étranger. Il n'y a nulle part où aller.

— Je suis sûr que ça ne dérangerait pas Dwayne si…

— Non, trancha sa mère. Il y a à peine la place pour vous deux et Reina dans cette maison.

Lucas fronça les sourcils. Il aurait très bien pu dormir sur le divan, mais elle avait raison : faire tenir quatre personnes, dont un malade qui était pris de douleurs chroniques, plus un chien, dans un petit logement ? Ce n'était sûrement pas la meilleure solution, et ce ne serait pas juste pour Dwayne. Lucas avait emménagé avec lui parce qu'il semblait logique financièrement de partager les factures et d'avoir un endroit où discuter des affaires du *Papatte Café*.

Il regarda Reina humer l'air en agitant gaiement la queue. Difficile d'atteindre une telle joie, même s'il l'aurait aimé. Décidément, les chiens avaient la vie facile.

Ses parents louaient leur maison depuis qu'il était petit, et c'était leur chez-eux. De quel droit la leur reprendrait-on maintenant ? Il aurait dû être en mesure de leur venir en aide.

Mais que pouvait-il leur donner ? Il n'avait pas assez d'argent pour payer deux loyers par mois.

— Je suis désolé pour vous, maman, dit-il faute de mieux.

— On trouvera bien une solution, déclara-t-elle doucement. Pardonne-moi de m'être agacée. Je suis si…

— Ce n'est pas grave, lui assura-t-il. Et ton travail de correctrice ? Ça ne vous serait pas utile ?

— Eh bien… (Elle eut un rire rauque, et il l'imagina balayer ses cheveux en arrière, comme elle le faisait toujours lorsqu'elle réfléchissait.) Je n'ai pas pu finir la formation. Elle est en pause le temps que je trouve l'argent nécessaire pour boucler le dernier module. Et je ne serai pas en mesure de chercher de travail auprès des éditeurs des publications universitaires tant que je ne l'aurai pas achevé – la première chose qu'ils me demanderont, ce sera mes diplômes.

Tant de paperasserie, tant d'obstacles et d'obstructions. Et ils allaient bientôt manquer de solutions. Il ne savait pas quoi ajouter.

Ils se dirent au revoir et, quand Lucas raccrocha, ce fut comme si un poids supplémentaire lui pesait sur les épaules. Il devait bien y avoir une issue. Quelque chose qu'il puisse faire pour les aider.

4

— JE DOIS RETOURNER TRAVAILLER, Reina, annonça Lucas en s'agenouillant pour gratouiller la golden retriever derrière les oreilles.

Tout en haletant, elle lui lécha les mains avec sa langue rose.

— À plus tard.

Il empocha son téléphone et quitta le jardin. La salle principale du *Papatte Café* était tranquille, car il faisait beau ce jour-là – le temps idéal pour explorer les monts – et, au comptoir, Dwayne fixait l'écran de son téléphone. Le plancher était impeccable et exempt de toute trace de pattes ; il avait dû faire le ménage.

Quand Lucas s'approcha, il lui fit signe de venir.

— Il faut absolument que tu voies ça, lança Dwayne en lui fourrant son téléphone sous le nez.

— Quoi donc ?

Une publication parlait d'un truc du nom de *C'est ma fournée*. Le post en question était de couleur vive, agressive, dans des tons de rose, de vert et de jaune, accompagné d'une grande image criarde où valsait un amas de gâteaux, de biscuits, de donuts et de pains, une explosion de viennoiseries multicolores. La légende disait :

« *C'est ma fournée* : l'émission de pâtisserie itinérante où des petits commerces rivalisent entre eux pour remporter la récompense ! Prochain lieu de tournage : le Lake District ! Qui produira les meilleurs gâteaux et empochera 100 000 £ ? »

Lucas agrippa le téléphone de plus belle.

— Cent mille livres ?

— Eh oui. La moitié pour le pâtissier vainqueur, l'autre pour la boutique, précisa Dwayne, en montrant un paragraphe que Lucas n'avait pas encore lu.

Les yeux sombres de Dwayne brillaient des prémices d'une idée.

— On pourrait participer. Toi, tu…

— Je me servirais de cet argent pour aider mes parents, compléta Lucas.

Sa main se crispa sur le téléphone. La somme proposée était vertigineuse, plus élevée que tout ce qu'il avait pu voir au cours de sa vie. Plus que tout ce qu'il aurait pu imaginer.

Lucas considéra la publication. Il pourrait s'agir de la solution tant espérée ; cet argent lui permettrait de les aider plus efficacement qu'il n'avait pu le faire jusqu'à présent. Ils seraient à même de réaliser un bilan de santé pour son père, de verser un acompte pour une nouvelle maison, s'il s'alliait avec sa mère pour déposer un dossier. Il pourrait leur donner tout ce qu'ils méritaient ; il pourrait tout arranger.

— Tu es partant ? lança Dwayne, un sourire jusqu'aux oreilles.

Le cœur de Lucas battait à tout rompre.

— Pas besoin de le demander. Bien sûr que je suis partant.

*

La première fois qu'elle retourna travailler à *Chatpuccino* après l'anniversaire d'Emmie, Clem resta dix bonnes minutes dans le parking, assise au volant avec, serrée dans sa main, une boule antistress en forme de chat qu'elle gardait dans sa boîte à gants.

Le sol était jonché de pétales roses tombés du cerisier, et ils saupoudraient le capot de son véhicule comme des vermicelles sur un cupcake.

La veille avait été son jour de congé, et elle l'avait passée à réfléchir à l'invitation de Sylvie à participer à *C'est ma fournée*, ainsi qu'à cette soirée d'anniversaire qu'elle avait quittée si précipitamment. Emmie lui avait envoyé un texto disant qu'elle espérait que ça allait mieux, et qu'elle lui avait gardé une part de gâteau. Clem s'en voulait terriblement.

Elle prit une grande inspiration et entra. Kaitlyn n'était pas encore là ; Clem avait tendance à arriver avant les autres pour commencer ses préparations en avance. Dans la salle principale du café, les distributeurs étaient déjà remplis d'eau et de croquettes, et le téléviseur diffusait une vidéo de souris entrant et sortant d'un petit trou en forme de porte. Assise sur le plus haut des arbres à chat, Duchess, la ragdoll du café, fixait la souris qui s'affairait à l'écran, ses superbes iris bleus à peine visibles tant ses pupilles noires étaient dilatées. À un étage inférieur dormait Lilian, la chatte calico, le museau enfoui dans sa queue.

Eric, leur matou rayé, s'approcha de Clem et émit un long miaulement en guise de bonjour.

— Salut, répliqua-t-elle en se baissant pour le caresser derrière les oreilles.

Il produisit une série de ronronnements sonores et se frotta contre elle.

— Navrée, je n'ai pas trop de temps pour ça, bonhomme. Le devoir m'appelle.

Elle lui accorda quelques grattements sous le menton avant de se diriger vers la salle de pause.

Sylvie s'y trouvait déjà, assise devant un ordinateur portable ouvert. Un autre appareil, fermé cette fois, reposait à côté – il était réservé aux membres du personnel.

— Clem ! (Le regard de Sylvie s'éclaira.) J'espère que tu vas mieux ?

— Oui, merci, répondit Clem en s'approchant du frigo pour prendre un jus de pomme.

À l'intérieur, elle trouva aussi une part de gâteau emballée dans du film alimentaire, avec un mot indiquant *Pour Clem*. Elle sourit, malgré le pincement de culpabilité qui l'assaillit – c'était sûrement Emmie. Elle le mangerait plus tard.

— Tu as réfléchi à cette émission ? demanda Sylvie, les doigts figés au-dessus de son clavier. Après ton départ, Emmie est tombée d'accord avec moi. Elle pense que tu as d'excellentes chances de gagner.

Clem rougit. Elle sortit la brique de jus de fruits et referma la porte du frigo.

— Vraiment ?

— Oui ! Ne t'en fais pas, tu n'as pas à te décider tout de suite. La date limite pour les inscriptions n'est pas avant la semaine prochaine. Si tu prenais le temps d'y songer ?

Clem hocha la tête tout en se servant un verre de jus de pomme. Elle se savait plutôt bonne pâtissière – après tout, elle avait des fans sur internet, certes peu nombreux, mais fidèles, qui adoraient ses créations, et elle avait tellement appris depuis le début. Mais un concours ? Ce serait pour elle une première. Et qui attirerait *beaucoup* plus de gens. Tenait-elle à être connue d'autant de monde ? Cette seule idée l'effrayait. Elle redressa quelques magnets sur le frigo.

— Ça risque de faire beaucoup, répondit-elle enfin, le dos tourné à Sylvie. Beaucoup d'attention, je veux dire.

Sylvie se radoucit. Elle ferma le clapet de son ordinateur, et se leva pour traverser la kitchenette et s'approcher de Clem.

— Je sais que ces choses-là te paraissent difficiles.

— C'est si flagrant que ça ?

— Tu étais timide comme tout la première fois que je t'ai fait passer un entretien ! déclara Sylvie affectueusement en lui tapotant l'épaule. Si peu sûre de toi. Mais tes pâtisseries parlent d'elles-mêmes. Tu as du talent, il faut seulement que tu en prennes conscience. Ne te rabaisse pas sous prétexte que tu n'aimes pas attirer l'attention sur toi, ma chérie.

C'était précisément ce qu'elle faisait, pas vrai ? Clem but une gorgée de son jus de pomme frais. Sylvie était perspicace.

— J'ai un coup de fil à passer, déclara cette dernière. Et puis je m'occuperai de l'ouverture. Tu sais ce que tu vas faire aujourd'hui ?

Clem hocha la tête.

— J'ai pas mal de donuts d'avance, je les décongèle régulièrement selon les besoins. Je vais préparer d'autres fournées de cookies. Peut-être commencer à plancher sur les madeleines-chats dont je t'ai parlé ? Ce sera sûrement assez rapide, alors je devrais pouvoir en prévoir de plus grandes quantités.

— Oh oui ! Appelle-moi dès que tu les as terminées, que je les voie.

— Ça marche.

Sylvie lui sourit et quitta la salle de pause. Clem s'apprêta à gagner la cuisine, mais s'arrêta le temps de jeter un coup d'œil à l'ordinateur du personnel, qui avait été décoré avec une collection de stickers amusants – des chats gris qui sirotaient du bubble tea ; des félins soulevés par des ballons roses ; et des citations disant : « Chatmedi » et « Mon chat vous juge ». Elle sourit – le dernier était le sien car, d'après Emmie, chacun devait y aller de son autocollant préféré.

Clem s'assit à la table avec son jus de pomme, alluma l'ordinateur et fit apparaître la page du concours *C'est ma fournée*. On y voyait une photo du pâtissier qui en était à l'origine, Ronan – connu en ligne sous le nom *Les douceurs de Ronan*. Il y découpait ce qui ressemblait à une bougie blanche dégoulinant d'une cire crémeuse, sauf qu'il s'agissait en réalité d'un gâteau qui, coupé en deux, révélait diverses strates de génoise au chocolat garnies de crème.

« *C'est ma fournée* sera diffusé en streaming pour le public de Ronan, entre autres. Les vainqueurs des éditions précédentes ont pu décrocher des contrats pour des livres de recettes, rédiger des rubriques dans des revues spécialisées, lancer leur propre affaire, collaborer avec des marques établies et figurer dans des émissions de télé-réalité. »

Clem but une autre gorgée de jus de pomme dans l'espoir d'apaiser sa nervosité. Cette occasion… Elle lui offrirait les bases pour enfin faire ce dont elle avait toujours rêvé. Exploiter ses talents de pâtissière, monter son affaire, devenir plus indépendante. Mais était-ce seulement à sa portée ?

Ne te rabaisse pas sous prétexte que tu n'aimes pas attirer l'attention sur toi, lui avait dit Sylvie.

Elle se devait de foncer. Pas vrai ?

Avant qu'elle ait pu y réfléchir davantage, elle compléta le questionnaire – nom, adresse, coordonnées, informations sur le cat café, liens vers ses profils de réseaux sociaux.

Une fois qu'elle eut terminé, elle se figea. À quel point Ronan était-il connu, au juste ? Elle avait vu passer un certain nombre de ses publications, présentant des pâtisseries incroyablement réalistes qui ne ressemblaient même pas à des gâteaux, mais n'avait jamais prêté grande attention au nombre de ses fans. Clem sortit son téléphone.

Il avait plus d'un million d'abonnés. Partout dans le monde.

Elle en eut le tournis. De son côté, elle avait, quoi ? Quelques milliers de followers tout au plus, tous adorables, mais… Plus on se fait connaître, plus on s'expose à des propos malveillants. Elle n'avait jamais été assez célèbre pour recevoir des commentaires négatifs, mais elle savait que cela arrivait à d'autres, et l'idée d'exploser un jour l'avait toujours terrifiée.

Subitement envahie par les scénarios potentiels de ce qui pourrait se passer si elle candidatait, elle eut du mal à respirer. Avec la hausse de son nombre d'abonnés, les moqueries et critiques iraient crescendo – tout serait disséqué, son apparence, ses compétences, sa personne. À chaque nouvel épisode, elle serait filmée, scrutée, toute catastrophe ou erreur capturées de manière permanente.

L'air lui parut irrespirable, et elle sentit ses poumons se bloquer. Gagnée par la panique, elle se leva d'un bond et, une main sur le ventre, se mit à arpenter la salle. Elle compta chaque souffle : inspirer par le nez, expirer par la bouche. Il lui fallut dix minutes de respiration ventrale avant d'être suffisamment calmée pour se rasseoir.

Pour l'instant, son petit coin du monde était sûr et douillet. Voulait-elle courir le risque d'inviter d'autres personnes comme Genie dans sa vie, des gens qui se moqueraient d'elle et la rabaisseraient ? Des gens qui démoliraient le peu d'assurance qu'elle était parvenue à se constituer ?

Non. Elle n'avait vraiment pas besoin de ça.

Elle chercha l'icône « Supprimer » sur le site de *C'est ma fournée* – elle effacerait sa candidature. Elle ne participerait pas.

Clem était sur le point de cliquer quand elle entendit qu'on l'appelait. C'était la voix de Miles, leur soigneur. Elle se leva pour le saluer dans le couloir.

— Salut, Clem, dit Miles.

Il était petit, avec une tignasse châtain clair et des yeux bleus brillants qui avaient le don de la mettre à l'aise.

— Sylvie est au téléphone. Tu pourrais m'aider à administrer quelques médicaments ? Rien de très compliqué. Il faut seulement maintenir Kitty et la calmer le temps que je la traite. En général, elle ne pose pas de problème, mais je préférerais qu'elle ne s'agite pas, vu qu'il s'agit d'une injection pour son allergie.

— Bien sûr, répondit Clem. Allons-y.

Après avoir aidé Miles avec Kitty, Clem fila se laver les mains, puis gagna la cuisine, car elle devait commencer ses préparatifs pour la journée.

5

Lucas avait proposé à sa mère une promenade, histoire de lui offrir un répit – il n'avait rien trouvé de mieux. À cette heure relativement matinale, son père n'était pas encore levé – il faisait souvent la grasse matinée, puisqu'il ne fermait généralement pas l'œil de la nuit à cause de ses douleurs –, et mère et fils effectuaient le tour du lac Windermere. Il avait beau n'être que dix heures et demie, le ciel était d'un bleu éclatant, une grande étendue d'azur parsemée de nuages cotonneux qui flottaient comme des flocons de laine. Les pluies d'avril semblaient enfin ralentir à présent que la fin du mois approchait. Ils avaient suivi un sentier menant dans les bois qui cernaient le lac, où les arbres se dressaient sur un terrain moussu. La surface de l'eau scintillait de tous ses feux, et des rochers affleuraient près de ses rives tels les morceaux d'un puzzle.

— Merci de m'avoir emmenée ici, dit sa mère en remplissant ses poumons d'air. J'en avais besoin. Je sors trop peu souvent.

— De rien.

Lucas savait, tout au fond de lui, qu'elle aurait aimé pouvoir venir avec son mari, sortir de la maison en sa compagnie, avoir l'impression de faire autre chose qu'endurer. Mais son père souffrait trop, et passait désormais le plus clair de son temps au lit ou sur le canapé.

— Tu devrais t'inscrire à un club ou je ne sais quoi, suggéra-t-il. Ça te ferait du bien. Tu verrais un peu autre chose.

— Tu as raison, admit-elle en soupirant alors qu'ils avançaient d'un pas lourd dans leurs chaussures de randonnée. Mais je suis si souvent fatiguée, à cause du travail et de tout ce qu'il y a à faire, et... Bon, tu sais comment ça se passe. Ton père s'en veut, il aimerait pouvoir aider.

Le téléphone de Lucas vibra dans sa poche, mais il n'en tint aucun compte. Sa mère s'était arrêtée pour contempler l'eau du lac, les carrés de mousse qui se déversaient sur les rochers et les petits cailloux éparpillés le long des berges comme des pièces de monnaie. Elle sortit son téléphone et le brandit en l'air.

— Une photo pour ton père, déclara-t-elle en prenant un cliché.

Ses cheveux, ramassés en une queue-de-cheval, avaient pas mal poussé ; elle avait eu pour habitude de les coiffer en d'élégantes ondulations, mais cela ne lui était pas arrivé depuis longtemps. Son balayage aussi s'était estompé – elle ne pouvait plus s'offrir ce genre de luxe.

Pendant qu'elle prenait un autre cliché sous un angle différent, Lucas sortit son propre appareil.

Il faillit le lâcher. Il ne pouvait pas lire le message complet sans presser sur la notification, mais les premières lignes étaient assez éloquentes.

« RE : Inscription à l'émission *C'est ma fournée* dans le Lake District

Merci de vous être inscrit à *C'est ma fournée* ! Nous sommes ravis de vous avoir sélectionné pour… »

— C'est pas vrai, dit-il à haute voix.

— Quoi ? demanda sa mère en se retournant, blême. C'est ton père, il s'est réveillé ?

— Non, pardon.

Il s'en voulut de lui avoir causé du souci, mais sa stupéfaction finit par reprendre le dessus, et il éclata de rire.

— Le concours… Je viens de recevoir une réponse. Tu ne devineras jamais !

— Tu as été sélectionné ? s'écria-t-elle, d'une voix de plus en plus stridente.

Elle se précipita et tendit le cou pour regarder son écran. Elle était minuscule à côté de lui.

— Je veux voir !

Il ouvrit le mail de sorte qu'ils puissent le lire ensemble. Ce ne fut pas immédiat – ils restèrent un moment bloqués sur un écran blanc –, et il craignit d'avoir perdu le signal quand, enfin, le message apparut :

« Merci de vous être inscrit à *C'est ma fournée* ! Nous sommes ravis de vous avoir sélectionné pour un casting face caméra. La date, le lieu et les détails sont précisés en pièce jointe. Nous vous demanderons de participer à un bout d'essai et de créer une de vos spécialités dans le cadre du casting. Nous avons hâte de vous accueillir ! »

— J'en étais sûre ! s'exclama sa mère en se cramponnant à lui comme une enfant surexcitée.

Lorsqu'elle s'écarta, il étudia son visage : les poches grises sous ses yeux verts, les plis et les ridules qui semblaient s'être creusés après les six derniers mois, marques de stress et d'inquiétude. Mais, derrière tout cela, une lueur d'excitation, de joie pour son fils.

— Tu le mérites, déclara-t-elle, rayonnante. Tu travailles tellement dur, jusqu'à tard. Il est temps que tu sois reconnu à ta juste valeur.

— Ce n'est pas pour ça que je veux le faire, protesta-t-il en balayant ces commentaires d'un revers de main et en rangeant son téléphone dans sa poche.

C'est pour vous que je le fais, eut-il envie d'ajouter. Elle chercherait sans doute à le convaincre de garder l'argent pour lui. Mieux valait qu'elle ignore ce qu'il comptait en faire s'il raflait la mise.

— Je sais... Tu es bien trop fier pour ça. Tu tiens de ton père.

Ses lèvres tressaillirent, comme si elle allait pouffer.

— Quoi qu'il en soit, tu le mérites quand même.

Un rayon de soleil perça le voile nuageux qui s'était brièvement formé au-dessus de leurs têtes, et le lac Windermere brilla comme une surface marbrée. Diverses perspectives lui traversèrent l'esprit à toute allure, tellement vite qu'il peinait à les suivre. Ce qui s'offrirait à lui s'il gagnait... Il serait en mesure de verser un acompte pour une maison, même petite. Plus jamais ses parents n'auraient à craindre d'être mis à la porte. Et il pourrait s'installer avec eux, leur transmettre une partie de ses revenus, les aider à rembourser l'emprunt immobilier. Son père aurait le loisir de se détendre et de gérer sa douleur en paix. Ils auraient de quoi s'offrir des rendez-vous médicaux dans des organismes privés. Il allégerait leurs problèmes. L'espoir enfla en lui, comme s'il cherchait déjà à s'échapper pour concrétiser ses projets.

— Je vais gagner ce concours, lui promit-il.

— Je serai fière de toi même dans le cas contraire, déclara-t-elle. (Ils poursuivirent leur promenade, faisant craquer les brindilles sous leurs chaussures.) Tu n'as rien à me prouver.

— Je sais, mais je gagnerai malgré tout.

Pour toi et pour papa, songea-t-il.

Son père était effectivement quelqu'un de fier, qui rechignait à accepter de l'aide, ou à admettre quand il peinait ou souffrait. Il avait toujours été ainsi, aussi il ne lui révélerait pas comment il comptait dépenser cet argent. Non, il se contenterait de gagner, et puis de mettre ses projets à exécution.

*

Au cours de la semaine qui suivit, Clem vit très peu Sylvie, qui devait passer par le refuge pour chats, puis se rendre à une remise à niveau sur les soins félins dans un hôtel de Leeds. Elle était assise dans le Chatlon à la fin d'une longue journée et, les pieds calés sur le cuir marron, consultait les réseaux sur son téléphone en cherchant des idées de gâteaux. Le café étant fermé, elle avait congelé une nouvelle fournée de donuts-chats fourrés à la fraise et nettoyé la cuisine. Avant de rentrer chez elle, elle aimait se détendre un moment dans cette pièce, entourée des chats. Dehors, il pleuvait à verse, le vent martelait les gouttes sur les carreaux, et elle n'avait aucune envie de prendre le volant. Le poêle à bois était vide ; il ne faisait pas froid mais, de l'autre côté de la vitre, les giboulées d'avril faisaient rage.

Dans le Chatlon régnait une ambiance douillette. À côté de Clem, Baron, roulé en boule sur l'accoudoir du divan, ronronnait doucement tandis qu'elle passait les doigts sur son pelage soyeux. Debout sur le dossier du canapé, Jess enfouissait son museau dans les cheveux de Clem en essayant occasionnellement de les manger.

Avec un rire, elle tendit le bras derrière elle pour lui gratouiller la tête.

— Les cheveux ne sont pas comestibles, Jess, dit-elle à la chatte noire et blanche qui ronronnait encore plus fort que Baron. Il faut que tu arrêtes de vouloir les dévorer, je ne suis pas un gâteau !

Elle se pencha et fit défiler l'écran de son téléphone en marmonnant :

— Mais c'est vrai que ça a l'air bon, ça, non ?

Une femme tenait une assiette chargée de puddings-chats blancs et la secouait d'un côté et de l'autre jusqu'à ce que les têtes commencent à s'agiter et les oreilles à remuer. Il pourrait s'agir d'un ajout amusant au menu estival du café.

Elle inscrivit cette idée sur son application de prise de notes, ferma Instagram et fit apparaître ses mails. Elle avait été tellement absorbée par ses recherches pour des nouveaux gâteaux qu'elle ne s'était pas donné la peine d'y jeter un coup d'œil.

Quelques newsletters auxquelles elle était abonnée, du courrier indésirable, et…

Clem se redressa subitement et, raide comme un piquet, manqua de s'étouffer. Les mains tremblantes, elle cliqua sur le mail pour l'ouvrir, et en parcourut le contenu à une vitesse vertigineuse. Elle relut, et relut encore.

« Merci de vous être inscrite à *C'est ma fournée* ! Nous sommes ravis de vous avoir sélectionnée pour un casting face caméra. La date, le lieu et les détails sont précisés en pièce jointe. »

La suite apportait des indications qu'elle parvint à peine à saisir, incapable de se faire à l'idée qu'elle ait pu être choisie parmi une flopée de postulants dont elle n'avait même pas fait partie.

Que se passait-il ? Elle avait pourtant effacé sa candidature… non ? Miles l'avait interrompue et elle avait dû l'aider avec les chats, alors peut-être pas, après tout. Elle était en tout cas sûre à cent pour cent de ne pas avoir cliqué sur le gros bouton « Envoyer ».

Jess s'était remise à lui manger les cheveux.

— Jess, soupira Clem, trop à cran pour vraiment l'arrêter.

Devait-elle contacter *C'est ma fournée* pour leur faire savoir qu'il y avait eu erreur ?

Sylvie apparut sur le seuil et s'appuya contre l'encadrement de la porte, le sourire aux lèvres à la vue de Jess qui léchait et mâchait les mèches de Clem. Elle portait une tenue décontractée, un jean et un T-shirt blanc. Toutefois, pour un œil entraîné, les détails félins se repéraient facilement : un collier en or délicat avec un pendentif en forme de chat, et la barrette qui maintenait ses cheveux en arrière ressemblait à une petite patte noire.

— Ça doit être l'odeur de ton shampoing, déclara-t-elle en désignant de la tête Jess, qui essayait d'attraper une autre bouchée de cheveux à l'aide de ses dents. Elle les aime quand ils sont tout juste lavés.

Clem s'éloigna des pattes de Jess.

— Je ne savais pas que tu étais de retour.

— Je suis arrivée il y a quelques minutes, expliqua sa patronne, dont le sourire s'élargit. Je n'ai pas eu l'occasion de te voir avant mon départ, mais je suis tellement heureuse que tu aies décidé de candidater pour *C'est ma fournée* ! Ne t'en fais pas, je t'aiderai tout du long.

— C-comment ? s'affola Clem en se redressant.

Baron, offensé qu'elle ait pu bouger, sauta par terre et s'étira sur le tapis en agitant sa queue touffue comme celle d'un écureuil. Jess appuya les pattes sur les épaules de Clem en essayant encore d'atteindre ses cheveux, et la jeune femme la repoussa avec douceur.

— Qu'est-ce que tu veux dire par là ? insista-t-elle. Je n'ai jamais candidaté.

Sylvie pâlit, et la joie qui avait orné ses traits s'estompa en laissant place à de la confusion.

— Oh mon Dieu, Clem, je suis navrée ! Avant de partir, j'ai vu que tu avais laissé le formulaire ouvert sur l'ordinateur du personnel. Il était entièrement rempli mis à part la section qui me concernait, alors j'ai supposé que tu avais oublié de me le demander… (Sylvie agita nerveusement les pieds.) J'ai envoyé la candidature.

Ce fut comme si Clem venait de sortir affronter le typhon printanier. Ses oreilles bourdonnaient et un souffle glacé la parcourait. Elle n'avait pas dû supprimer la page comme elle l'avait cru, sans doute trop distraite par Miles. Quelle idiote ! Elle aurait dû vérifier et revérifier après coup. À la place, elle avait foncé en cuisine pour se mettre au travail, oubliant tout de cette candidature.

Clem se leva, son téléphone encore serré dans sa main crispée, le mail lui faisant l'effet d'un feu qui lui brûlait la paume. Elle était prise dans un ouragan de doutes qui rugissaient autour d'elle. *Je n'en suis pas capable*, fredonnaient ses pensées.

— Ça va ? s'inquiéta Sylvie en s'approchant. Clem, je sais que c'est intimidant, mais je pense que ça te ferait un bien fou.

Clem secoua la tête frénétiquement, prise de terribles nausées.

— Tu as vu le nombre de followers qu'a Ronan ?

— Oui, j'ai fait des recherches, avoua Sylvie, le teint pâle comme la craie. Mais, Clem, tu ne seras pas seule. Je resterai là, à tes côtés, je te soutiendrai.

— Ou alors, je pourrais retirer ma candidature...

— C'est vraiment ce que tu veux ? Tu avais commencé à remplir le formulaire. Une part de toi devait le vouloir, ma chérie.

Clem ne put protester. C'était vrai qu'en un sens, elle en mourait d'envie. Seulement, la peur était plus forte, plus bruyante, et noyait tout le reste à coups de « et si », de scénarios catastrophes et de milliers d'inquiétudes. C'était ce qui rendait toute décision compliquée. Elle avait du mal à distinguer ses désirs et son raisonnement du bavardage anxieux qui tentait de la convaincre de se dérober.

De toute évidence, avec un tel niveau d'angoisse, elle ne parviendrait jamais à affronter le regard scrutateur du public de *C'est ma fournée* ni tout ce qui risquait de s'ensuivre… Si ?

— Je vois que tu réfléchis, lança Sylvie sur le ton de la légèreté en s'avançant pour enrouler un bras autour d'elle. Tu n'aurais jamais imaginé que tu puisses être sélectionnée, c'est ça ? Au restaurant, à l'anniversaire d'Emmie, tu as dit que tu n'y croyais pas une seconde.

— C'est vrai que je l'ai dit…, admit Clem, surprise et un peu touchée que Sylvie s'en souvienne.

— Et pourtant, voilà où nous en sommes ! Ils t'ont choisie. Ils ont vu quelque chose en toi, comme moi la première fois que tu es venue à *Chatpuccino*. Ton talent. Tu peux y arriver, Clem.

Les mots de Sylvie – « tu peux y arriver » – déclenchèrent quelque chose en elle, comme une clé qu'on tournait. Elle avait laissé trop de place à son inquiétude ces derniers temps, sans jamais chercher à la chasser ni à la remettre en question. *J'ai déjà accompli des choses difficiles*, pensa-t-elle, tâchant de contenir ses angoisses. *Je peux le refaire.*

— Tu en as envie ? lui demanda Sylvie en lui serrant doucement l'épaule. Oublie toutes les raisons pour lesquelles tu ne devrais pas. Songe à ce que tu ferais si la peur n'était pas présente, et réponds-moi.

Si la peur n'était pas présente ? Parfois, il lui semblait que cette émotion la dominait, au point où elle aurait aimé que le destin lui donne un signe – lui évite de devoir prendre une décision. C'était ce qui s'était passé lorsqu'elle avait commencé à travailler ici : elle était venue avec sa mère, et Sylvie, la voyant consulter ses profils sur les réseaux, l'avait complimentée sur un de ses gâteaux. Elle lui avait alors proposé de postuler chez elle, et Clem avait eu beau être morte de peur, elle n'avait pas osé refuser tant Sylvie lui avait paru gentille.

Il se pouvait qu'il s'agisse d'une de ces occasions-là. D'une petite poussée dans la bonne direction. Elle n'arrivait pas à se sortir les paroles de Sylvie de la tête. *Ne te rabaisse pas sous prétexte que tu n'aimes pas attirer l'attention sur toi.* Comment était-elle parvenue à résumer toute la personnalité de Clem dans une seule phrase ?

Clem n'aimait pas être ainsi. Elle n'en avait pas envie.

— Qu'en dis-tu ? reprit Sylvie d'une voix douce.

Clem hocha la tête, presque imperceptiblement.

— Si je n'avais pas peur… (Elle prit une longue inspiration.) Alors, oui, je le ferais.

Sylvie fit pivoter Clem vers elle, la gaieté gagnant son visage.

— Voilà ta réponse, Clem. Alors, qu'en dis-tu ? Tu as envie d'y aller, ou de te retirer ? Je te soutiendrai, quelle que soit ta décision.

— Oui, répondit Clem, tâchant d'injecter de la force dans sa voix malgré le nœud dans sa gorge. D'accord. Je vais le faire.

Elle aurait aimé pouvoir se montrer toujours aussi rationnelle. Cela arrivait parfois, mais réclamait beaucoup d'efforts ; c'était épuisant. Mais autre chose également bouillonnait en elle – un rêve, une ambition –, qui montait de plus en plus vite, au point cette fois de l'emporter. Plutôt que d'imaginer le pire, elle se figura ce qu'elle serait en mesure d'accomplir si tout se passait bien : une petite entreprise de confection de gâteaux rien qu'à elle, des relations qui lui permettraient d'aller de l'avant. Et Sylvie avait raison ; l'équipe de *C'est ma fournée* avait dû voir du potentiel en elle. Un mélange déconcertant de nervosité et d'euphorie s'empara d'elle, et la tête lui tourna un peu.

— Génial ! s'exclama Sylvie en tapant gaiement dans ses mains. Je serai là pour toi, ma chérie ; on travaillera ensemble, tu n'auras aucune inquiétude à avoir. Si on participe à *C'est ma fournée*, on va tous les épater ! Tu verras.

Dans ce bref instant, Clem la crut sur parole.

*

Sylvie trépignait d'excitation depuis que Clem avait accepté de participer au concours. Elle lui avait assuré que tout se passerait bien, qu'elles travailleraient main dans la main et qu'il n'y avait pas à s'inquiéter. Les jours qui avaient suivi leur conversation, Clem n'avait rien pu avaler ou presque. Son unique recours pour se distraire était de préparer des gâteaux – ce qu'elle avait largement l'occasion de faire au travail.

Ce jour-là, c'était sa pause-déjeuner à *Chatpuccino*. Le rez-de-chaussée était bondé, même dans le Chatlon. Elle s'était donc réfugiée au premier étage, au fond, dans un recoin tranquille.

Là, une immense fenêtre voûtée laissait entrer la lumière, et elle s'assit au soleil avec un sandwich et une tasse de thé fumant posée sur la table devant elle. Calé dans le coin, un grand arbre à chat touchait presque le plafond. Un seul félin s'y était abrité – Baron, leur somali à poil long qui, tout en haut de la structure, dormait les pattes drapées sur les rebords. Les rayons du soleil faisaient ressortir les tons fauves et orange de son pelage soyeux. D'en bas, Clem ne voyait pas son visage.

Elle consulta les divers comptes liés à l'émission *C'est ma fournée* ; à présent, c'était devenu compulsif chez elle. Quelques jours plus tôt, ils avaient annoncé le nom des concurrents en les présentant dans une série de publications. Une photo de Clem et Sylvie avait été postée, ainsi que des portraits trouvés sur le site de *Chatpuccino*, et un cliché du café suivi d'informations sur les compétences de Clem. Elle ne pouvait s'empêcher de revenir voir s'il y avait de nouveaux commentaires. Elle mordit dans son sandwich ; les avis restaient positifs pour l'instant, ce qui la décrispa un peu. Certains de leurs clients leur souhaitaient aussi bonne chance. Peut-être que ce serait moins terrible qu'elle le craignait ?

Une notification s'afficha alors sur son téléphone… et Clem faillit s'étouffer avec une bouchée de son sandwich. Prise d'une quinte de toux, elle but une gorgée de thé pour se calmer.

Genie Maidwell veut vous envoyer un message.

Soudain, elle se demanda si elle n'avait pas commis une terrible erreur. À peine quelques secondes plus tôt, elle se disait que ce ne serait pas si mal, mais là… Clem plissa ses yeux embués, incapable de croire à ce qu'elle voyait. Voilà que Genie la contactait, après tout ce temps ? Après ce qu'elle avait fait ? Malgré le soleil qui lui ruisselait sur les bras, elle avait l'impression d'être glacée jusqu'à l'os. Même si elle lisait ce message, Genie ignorerait qu'elle l'avait vu à moins que Clem n'y réponde, ce qu'elle n'avait aucune intention de faire. Elle l'ouvrit.

J'ai vu la publication pour le concours de pâtisserie, avec toi et les autres concurrents. À l'époque, j'ai laissé filer en pensant que tu ferais pareil. Mais visiblement, ce n'est pas le cas ?

Le doigt de Clem hésita au-dessus de « Supprimer » et « Bloquer ». Mais elle ne pressa ni l'un ni l'autre. Elle était tentée de répondre à Genie, car elle ne saisissait pas ce que signifiait ce message, et une part d'elle mourait d'envie de le savoir. Mais échanger avec elle serait sans doute une mauvaise idée ; la dernière fois, il lui avait fallu beaucoup de temps pour s'en remettre. À quoi bon déterrer ces histoires-là, des années plus tard ? Elle figurerait dans *C'est ma fournée*, et alors ? Cela n'avait rien à voir avec Genie. Celle-ci tentait-elle de lui gâcher l'expérience ? Était-ce de la jalousie de sa part ? Elle lui avait déjà saboté une opportunité professionnelle, et Clem ne comprenait toujours pas pourquoi. En tout cas, cette fois, elle ne se laisserait pas faire. Elle appuya sur « Bloquer », et leva les yeux vers Baron, petite boule de poils assoupie sur l'arbre à chat. Ses mains tremblaient, car il y avait une chose dont elle était sûre : quoi qu'il en soit, le message de Genie ne présageait rien de bon.

6

Le jour du casting arriva – et Clem avait à peine fermé l'œil de la nuit. Après quatre heures de sommeil, seul le café ultra-fort préparé par sa mère lui permettait de tenir, ce qui ne pouvait qu'ajouter à sa nervosité. Par chance, Sylvie avait proposé de conduire. Le trajet n'avait pas été très long, car *C'est ma fournée* menait ses entretiens et auditions non loin de Windermere, au Jade Hotel.

Clem serrait encore son chat en caoutchouc dans sa main, un jouet antistress acheté des années plus tôt parce qu'il ressemblait à Misha. C'était un matou rayé au ventre rond et à la bouche rose, couché sur le dos comme pour lézarder au soleil. Elle le pinça entre ses doigts, et il produisit un petit *prout*.

— Cet endroit est… incroyable, s'extasia-t-elle en contemplant les alentours éclairés par un soleil matinal.

Elle n'arrivait pas à croire qu'elle allait passer un casting dans un lieu aussi majestueux. Elle eut soudain envie de s'enfuir.

L'hôtel se dressait au milieu d'une étendue de pelouses vertes méticuleusement taillées, sans un seul brin d'herbe qui dépassait, piquetées de superbes fleurs d'un jaune éclatant. Des petits sentiers pavés serpentaient en pente le long d'un ruisseau artificiel, parmi les arbres et les buissons.

L'hôtel en lui-même ressemblait à un croisement entre un manoir et un cottage – manifestement trop grand et luxueux pour un pittoresque cottage, malgré la charmante façade en briques. Quelques bâtiments secondaires étaient éparpillés sur le gazon. D'immenses fenêtres modernes perçaient l'avant de l'édifice principal, laissant entrevoir un espace d'attente garni de sièges en peluche crème et rouges, ainsi qu'un restaurant au bar rutilant. À l'intérieur, chaque surface brillait et luisait comme du verre, du comptoir en acajou jusqu'aux tireuses à bière en passant par les couverts disposés sur les tables.

— Ça doit coûter une fortune de passer la nuit ici, commenta Clem.

— C'est sûr qu'on est loin d'une petite chambre d'hôtes, acquiesça Sylvie. Il paraît que cet hôtel est très prisé pour les réceptions de mariage.

Clem, qui ne s'était jamais rendue dans un endroit aussi raffiné, essuya ses paumes moites sur sa robe. Elles empruntèrent le sentier, aux côtés du ruisseau artificiel qui glougloutait plaisamment. Elle redoutait de trébucher et de casser quelque chose en chemin – de délicates guirlandes lumineuses semblables à des billes de verre étaient accrochées aux buissons, même si elles étaient éteintes de jour.

Un aboiement furieux résonna derrière elle. Et… était-ce un homme qui criait quelque chose ? Peinant à distinguer les mots par-dessus les clapotis de l'eau, elle se retourna.

Avant qu'elle ait pu réellement prendre conscience de ce qu'elle voyait, une tache jaune bondit dans son champ de vision, vive et brillante à la lumière du soleil.

Une énorme bête à poils se mit à lui sauter autour des jambes. Clem poussa un cri, faillit perdre l'équilibre et s'efforça de ne pas tomber à la renverse.

Comprenant enfin qu'il s'agissait d'un chien, elle eut un mouvement de recul.

Elle n'avait pas peur des chiens, mais le seul fait qu'une grosse créature s'agite autour de ses chevilles près d'un cours d'eau suffit à la crisper. Ce n'était sûrement pas une bonne idée de rester là, à moins qu'elle souhaite commencer le concours en ressemblant à une truffe trempée.

Elle voulut s'écarter de quelques pas, revenir en arrière sur le sentier, mais le chien se contenta de la suivre, comme monté sur ressorts. Il lâcha un jappement joyeux et tenta de la renifler à travers ses vêtements, langue pendante.

Elle eut un haut-le-cœur – si elle tombait, se cassait le poignet et ne pouvait plus participer à la compétition ? Et quand ce chien cesserait-il de sautiller ?

— *Reina !* Arrête !

Un homme se précipita vers eux, hors d'haleine, et attrapa Reina – une énorme golden retriever jaune comme les blés, à la queue touffue qui remuait d'un côté et de l'autre. Plié en deux et tâchant de reprendre son souffle, l'homme fixa une laisse au collier rouge de la chienne.

— *Assis !* ordonna-t-il.

Clem se détendit et sourit en regardant la langue qui pendait joyeusement de la gueule de l'animal. Reina obéit, posa son arrière-train sur le sentier de briques en inclinant un peu la tête, comme si elle était gênée d'avoir été grondée, et essaya de lécher le poignet de son maître. Ses grands yeux marron, encore emplis de joie et d'espièglerie, brillaient légèrement. Ils étaient rivés sur le jouet chat de Clem.

— Je suis navré, elle ne m'écoute absolument pas.

Encore penché, l'homme, qui avait l'air de souffrir d'un point de côté, gratouilla brièvement Reina sur le sommet du crâne, faisant remuer ses oreilles.

Mais Clem riait, surtout sous l'effet du soulagement.

— Ce n'est pas grave, elle est très belle. Je suis plutôt chat, c'est tout.

Elle lança un regard amusé à Sylvie, qui lui rendit un sourire complice.

L'homme se redressa, et Clem eut un hoquet de surprise. Une tignasse sombre et des cils tout aussi foncés, des yeux verts encadrés par de lourds sourcils. Son cœur fit un bond dans sa poitrine, comme si lui aussi allait basculer dans le ruisseau. Une onde de chaleur la parcourut. Peut-être qu'un bain d'eau fraîche ne serait pas si mal, en fin de compte.

— Vous…, commença-t-elle, avant de s'interrompre.

Et s'il ne se souvenait pas d'elle ? Trouverait-il étrange qu'elle se rappelle leur brève interaction devant le restaurant le jour de l'anniversaire d'Emmie ?

Avant qu'elle ait pu se décider, un deuxième homme arriva au petit trot derrière le premier. Son crâne chauve brillait sous le soleil printanier, et il portait une paire de grosses lunettes. Sur sa chemisette noire, des corbeaux rouges prenaient leur envol.

— Tu l'as attrapée ? demanda-t-il, lui aussi à bout de souffle. Hé, vous avez bon goût ! lança-t-il en voyant la robe de Clem.

Elle avait choisi sa robe blanche évasée avec un motif de petits chats noirs, puisqu'elles étaient venues représenter le café.

— Vous aussi, répliqua-t-elle en souriant.

Elle se sentait encore toute fébrile tandis que le premier homme l'étudiait de son intense regard d'émeraude.

Celui aux lunettes de soleil leva le menton à l'intention de son ami.

— On a de la chance qu'elle ne soit pas tombée dans l'eau. Je t'ai bien dit qu'il fallait mieux la dresser, Lucas.

— Elle a détalé avant que j'aie pu lui mettre sa laisse ! protesta celui qui s'appelait Lucas.

Ainsi, cet homme – cet homme si beau – se nommait Lucas ? Clem sentit son cœur s'affoler, mais elle tâcha de se calmer, de respirer plus lentement. Elle était venue pour son casting ; inutile de s'encombrer l'esprit avec d'autres considérations.

Ni avec des hommes aux cils noirs qu'on aurait cru sortis d'une série sur des vampires séduisants, ni…

— Je suis Dwayne, se présenta celui à la chemisette à corbeaux. (Il leur décocha un large sourire en passant une main sur sa barbe fournie.) Et voici Lucas.

— Moi, c'est Clem.

Sa voix lui parut plus fragile qu'elle ne l'avait voulu, mais Lucas se fendit d'un sourire dans la brise qui ébouriffait ses cheveux sombres.

— Sylvie, dit lentement la patronne de *Chatpuccino*. Je te connais, non ? ajouta-t-elle en s'adressant à Lucas.

Clem fut perplexe – l'avait-elle croisé au restaurant, elle aussi ?

— Peut-être ? lâcha-t-il.

Sylvie fronça les sourcils, comme pour tenter de résoudre une énigme, et puis le puzzle dut se reconstituer d'un coup, car elle tapa dans ses mains.

— Mais oui ! Lucas Bowen, c'est ça ? Je connais ta mère – Meredith, elle travaille bien au refuge pour chats ?

— Oui, effectivement.

— Je suis presque sûre que tu as organisé le repas de mariage d'une de mes amies il y a un certain nombre d'années.

— C'était probablement nous, intervint Dwayne. On a lancé un service traiteur avant d'ouvrir le *Papatte Café*. Près du lac Windermere.

— Ah, on m'en a parlé – ta mère et quelques-uns de nos clients, confirma Sylvie avec un grand sourire.

— Vous devez venir de *Chatpuccino*, déclara Lucas en considérant le jouet antistress de Clem.

Se sentant bête, elle tenta de le cacher dans son dos.

— Tout à fait.

Dwayne siffla.

— Eh bien, ça nous fait une sacrée concurrence. Tu entends ça, Reina ?

Il caressa la chienne sur la tête et lui gratta le cou. La bête faisait claquer sa queue sur le sentier avec une telle force que ce fut un miracle si les briques ne se fendirent pas.

— Chiens contre chats !

Il sourit.

— Ne les intimide pas, Dwayne, le reprit Lucas. Il plaisante, c'est tout.

— Un peu de concurrence n'a jamais fait de mal à personne, affirma Sylvie avec une drôle de lueur dans les yeux.

En remarquant que le regard de sa patronne, malgré ses vingt ans de plus, s'attardait sur Dwayne et sa carrure athlétique, Clem étouffa un gloussement nerveux.

— Que le meilleur des animaux gagne, lança Sylvie. Qu'allez-vous faire de la charmante Reina pendant le casting ?

— Ils ont un espace qui accepte les animaux ici, expliqua Lucas, alors elle va y rester un peu pendant qu'on travaille.

Ils entrèrent ensemble dans l'hôtel. Clem sentait presque le poids du regard de Lucas sur elle – aussi brûlant que le soleil de l'été – tandis qu'elle et Sylvie les précédaient dans la réception. Une réceptionniste enjouée les accueillit et leur demanda de signer le registre, avant de cajoler Reina, qui se mit à bondir avec une telle frénésie que Clem fut étonnée que la jupe de la femme ne se retrouve pas en lambeaux sous les pattes de la chienne.

— Du calme, Reina ! ordonna Lucas.

Cette fois, elle l'écouta.

— Si on emmenait Reina à la ferme ? chantonna la réceptionniste en lui caressant la tête.

Cela ne semblait pas la déranger que la chienne lui ait presque déchiré ses habits. Elle fit signe à Dwayne et Lucas de la suivre à l'extérieur, avant de lancer à Clem et Sylvie :

— Vous n'avez qu'à avancer jusqu'à la salle de conférences. C'est tout droit, au bout du couloir. Vous ne pouvez pas la manquer.

Les deux hommes talonnèrent la réceptionniste.

En partant, Lucas jeta un coup d'œil à Clem par-dessus son épaule – et elle en fut toute retournée. Ces yeux vert forêt auraient pu déclencher des tempêtes chez n'importe qui. Ou peut-être était-ce simplement le stress ? Elle n'aurait su le dire.

Clem suivit Sylvie le long de l'étroit couloir. Tout au bout, d'immenses doubles portes s'ouvraient sur une grande salle à la moquette brune ornée de tourbillons couleur crème, comme un roulé à la cannelle.

Clem regarda autour d'elle, émerveillée. Les plafonds semblaient incroyablement hauts, peints en blanc avec d'énormes carrés sculptés au centre, chacun contenant un lustre scintillant. Une scène trônait à l'avant de la pièce, ainsi qu'un gigantesque écran HD affichant le logo de *C'est ma fournée*. Et, à la place des rangées de chaises qu'on aurait attendues dans une salle de conférences ordinaire, le reste de l'espace était parsemé de cuisines éphémères, chacune équipée d'un plan de travail en marbre sombre rutilant, d'un batteur argenté, et d'un four encastré.

Cette fois, la petite pression qu'elle ressentit dans la poitrine était assurément due au stress. Là-haut, sur la scène, un groupe de gens discutait. Elle reconnut Ronan, le créateur de l'émission, à ses boucles châtain clair.

— Wow, c'est impressionnant, souffla Sylvie. Ils ne font pas les choses à moitié, hein ?

— Je n'ai jamais travaillé dans un tel luxe, confirma Clem.

Elle était prête à parier que les tiroirs de ces placards-là ne grinçaient pas comme le faisait, chez elle, le troisième en partant du haut. Ni qu'il fallait cogner fort sur le quatrième pour qu'il se referme.

Un jeune homme vêtu d'un T-shirt *C'est ma fournée* s'approcha, une écritoire à pince à la main.

— Salut ! lança-t-il avec entrain. Vous pouvez me dire comment vous vous appelez ? Après, vous n'aurez plus qu'à gagner le poste qui vous a été attribué, et puis Ronan vous expliquera tout depuis la scène.

Sylvie lui donna leurs noms, et il les guida jusqu'à une mini-cuisine rutilante dans la rangée la plus éloignée de la scène – la plus proche de la porte. Clem se détendit ; elle se réjouissait d'être un peu à l'écart, et non serrée au milieu des autres. Lucas aussi venait de pénétrer dans la salle, et son pouls s'accéléra davantage lorsqu'elle vit que Dwayne et lui héritaient du poste à côté du leur. Elle sentit ressurgir sa nervosité à l'idée du casting – et de ce bel homme aux yeux suffisamment perçants pour la clouer sur place. À ce rythme, elle serait morte d'une crise cardiaque avant la fin de la journée.

D'autres entrèrent et s'installèrent face à leurs postes. Deux femmes d'une vingtaine d'années, vêtues de chemisiers blancs immaculés et de tabliers rayés. Une femme grassouillette d'un certain âge, accompagnée d'une trentenaire, toutes deux en rose vif. Deux hommes aux cheveux et aux barbes poivre et sel. Et d'autres encore, et encore, jusqu'à ce que toutes les cuisines de la pièce soient occupées par un binôme. Clem sourit en accrochant le regard des femmes en rose ; elles levèrent le pouce dans sa direction.

Ronan ne tarda pas à traverser la scène, un micro fixé à son T-shirt *C'est ma fournée*. Il leva les bras pour les saluer et, la mine réjouie, révéla deux rangées de dents d'un blanc éclatant. Le silence s'abattit sur le groupe de pâtissiers. Le sourire de Ronan s'élargit de plus belle, et sa joue se creusa d'une fossette. Il tenait une sorte de télécommande à la main, probablement reliée à l'écran derrière lui. Quand il prit la parole, Clem eut un bref instant de panique.

— Bonjour à tous, merci d'être venus ! Nous sommes ravis de vous avoir avec nous. Si vous m'avez déjà suivi en ligne, vous devez me connaître sous le nom *Les douceurs de Ronan*…

Clem avait du mal à se concentrer tandis qu'il se mettait à relater ses débuts dans la pâtisserie, sa célébrité sur internet, et ce qui l'avait incité à lancer *C'est ma fournée*. Elle connaissait déjà son histoire. Elle jeta un coup d'œil à la petite cuisine à côté de la leur. Lucas se passait une main dans les cheveux. Quand il surprit son regard, il lui décocha un sourire, et elle eut l'impression d'avoir les jambes en guimauve. *Je ne dois pas me laisser distraire par lui.* Elle se détourna, résolue à se focaliser exclusivement sur ce qui l'attendait.

Ronan présentait les autres juges, faisant défiler les photos sur l'écran. Il y avait Viviana Nelson, autrice de best-sellers et pâtissière des célébrités ; Clem l'avait vue à la télé. Son visage au teint mat était encadré par de longs cheveux sombres et lisses coiffés en de jolies ondulations. Contrairement à Ronan, qui était une explosion de couleurs, elle était tout en élégance – tailleur noir et crème à tomber par terre, et escarpins assortis. Ensuite, il y avait Laurette Mercier, une femme à la peau laiteuse qui était à la tête d'un empire constitué de centaines de pâtisseries partout dans le monde et de sa propre école de cuisine à Londres ; Clem ne la connaissait pas bien. Ses cheveux brun cendré lui arrivaient aux épaules, et ses habits étaient aussi raffinés que ceux de Viviana, mais pas aussi moulants. Et, enfin, il y avait Jonathan Hale, star des réseaux sociaux, comme Ronan. Il lui parut vaguement familier avec ses lunettes de hipster et son sourire effronté, il était possible qu'elle l'ait vu une ou deux fois sur internet.

— Maintenant, je vais vous expliquer le déroulement du casting, et ce qui se passera ensuite si vous êtes sélectionnés.

Ronan pressa sur sa télécommande, et l'écran afficha une présentation illustrant ses dires. Quelques petites bannières de printemps et de cupcakes couleur pastel bordaient le tout.

— Vous devez déjà savoir qu'aujourd'hui, nous aimerions voir de quoi vous êtes capables. Nous allons vous demander de créer l'une de vos spécialités, vous disposerez de deux heures. Vous pouvez être aussi créatifs que vous le souhaitez. Nous voulons nous faire une idée de votre style. Tout le matériel nécessaire est à vos postes, et vous y trouverez un bon nombre d'ingrédients, même si nous savons que certains d'entre vous en auront apporté de leur côté.

Nous avons une équipe d'assistance en cas de problème technique, poursuivit-il, en désignant un groupe de gens qui, debout sur le côté de la scène, agitèrent la main avec enthousiasme. Nous allons également filmer le casting pour voir comment vous passez à l'écran, alors ne vous étonnez pas si nous vous tournons autour. (Ronan montra une caméra et une équipe de deux postée au fond de la pièce, dans un coin.) Il est possible que nous vous demandions d'interagir avec la caméra, que nous vous posions des questions pendant que vous travaillez, ce genre de choses. Cela nous permettra d'évaluer votre présence à l'écran, et ce qu'elle pourrait donner dans l'émission. Ne vous inquiétez pas pour ça ! Nous tenons à ce que vous restiez le plus naturel possible. Soyez vous-mêmes !

Clem ne voyait pas comment elle pourrait rester elle-même en étant filmée, surtout s'ils allaient se déplacer dans la salle, caméra à l'épaule. Elle dut se retenir de foncer vers la sortie, pour éviter de devoir affronter l'objectif. Et si elle faisait une crise d'angoisse pendant qu'ils la filmaient, et qu'elle se ridiculisait ? Si elle commettait une bêtise, et que tout le monde riait ? Avec un pincement au cœur, elle se rappela pourquoi elle n'avait pas voulu se lancer au début, pourquoi elle avait décidé de ne pas candidater. Elle agrippa son jouet chat, tâchant de recadrer ses pensées. *Et si tout se passait bien ?*

— Nous allons vous observer, et l'un des juges va faire un tour pour discuter avec vous, expliqua Ronan.

Il cliqua sur sa télécommande pour faire apparaître un écran disant : *À vos fourneaux !* De l'autre côté de la pièce, les membres de l'équipe de tournage levèrent le pouce. Ronan poursuivit.

— Pour finir, nous allons garder les portes ouvertes aujourd'hui, car il risque de faire assez chaud quand les fours seront tous allumés. (Il désigna la porte, qui avait été calée en position ouverte.) Bon, OK, vous pouvez commencer !

7

DANS UN BROUHAHA GÉNÉRAL, tous se mirent à farfouiller pour rassembler ce qu'ils avaient apporté. Sylvie adressa un sourire encourageant à Clem avant de s'affairer elle aussi.

Clem avait opté pour une recette qu'elle connaissait bien, qu'elle faisait tous les jours et qui ne lui posait aucune difficulté : les donuts-chats du café. Elle allait changer légèrement leur saveur et leur apparence pour qu'ils sortent du lot.

Elle aida Sylvie à réunir les ingrédients et outils sur le plan de travail le plus vite possible, avant d'y ajouter une grande jatte en verre qu'elle trouva dans un placard, une motte de beurre et un peu de sucre. Du coin de l'œil, elle releva que Lucas et Dwayne aussi s'agitaient dans leur cuisine. Qu'allaient-ils bien pouvoir préparer ?

L'équipe de tournage était déjà en mouvement et Viviana Nelson la suivait avec grâce, en direction des deux femmes en rose. L'une d'elles se mit à parler avec excitation à la caméra et à Viviana, expliquant sa démarche avec enthousiasme. Clem tâcha de ne pas écouter – comment pouvait-on paraître si guilleret avec une caméra sous le nez ?

— Tu pourrais travailler le beurre en crème avec le sucre ? demanda-t-elle à Sylvie, tout en essayant de ne pas trembler de la voix. (*Concentre-toi. Concentre-toi sur le côté pratique.*) Tu n'as qu'à prendre le batteur électrique. Moi, je vais mélanger les ingrédients secs.

— Bien sûr, répondit Sylvie, qui passa aussitôt à l'action.

Clem s'efforça de faire abstraction du bruit – du bourdonnement des fouets, des conversations animées qui se déroulaient devant la caméra, d'une pièce remplie d'agitation. Au café, elle était généralement seule. C'était précisément ce qui faisait qu'elle aimait tant travailler à *Chatpuccino* : le calme, la familiarité, le contrôle qu'elle exerçait sur son environnement et la musique qu'elle écoutait, le loisir de pouvoir s'asseoir avec des chats pendant sa pause-déjeuner. Ici, tout semblait proche du chaos et de la folie. Imprévisible.

Faisant rouler ses épaules pour en dénouer la tension, elle consulta l'immense horloge que Ronan avait fait apparaître à l'écran, comme si elle s'attendait à ce que le temps se soit déjà presque entièrement écoulé.

Dans une jatte séparée, elle jeta une poignée de farine, un peu de levure et une pincée de sel, avant d'amalgamer le tout à la main.

— Tu peux ajouter deux œufs, en les intégrant l'un après l'autre, indiqua-t-elle à Sylvie, qui hocha la tête avant de suivre ses instructions à la lettre.

Ensuite, Clem la relaya. Elle y versa sa propre mixture et battit le tout pour former des volutes de pâte. Elle vit soudain que l'équipe de tournage se dirigeait vers elles.

La caméra s'approcha, et Viviana Nelson s'avança, telle une célébrité foulant le tapis rouge. *Oh non, non, non.*

Qu'allait-elle bien pouvoir dire ? Si elle ouvrait la bouche et que… *Non !* Elle inspira à pleins poumons. Pas question de vomir sur le beau tailleur de Viviana Nelson. Pas si elle pouvait l'éviter.

— Du lait, marmonna-t-elle. Je veux dire, il va nous falloir du lait.

— Je m'en occupe, affirma Sylvie.

Viviana Nelson les gratifia d'un sourire charmeur, ses lèvres parfaitement sublimées par du gloss. Sylvie se pencha vers le petit frigo encastré, et Clem se retrouva seule pour affronter l'objectif qui brillait comme l'œil d'une bête sauvage.

— Et qu'est-ce que vous préparez par ici ? demanda Viviana Nelson, d'une voix douce et bienveillante. Quel commerce représentez-vous ?

Sylvie releva la tête juste à temps et la caméra pivota vers elle.

— Nous sommes le café *Chatpuccino*, répondit-elle. À Oakside. Clem est notre pâtissière, et je suis la gérante.

Elle passa le lait à Clem, qui l'ouvrit avec un hochement de tête reconnaissant et, les mains tremblantes, en versa la dose nécessaire dans la jatte.

— Merveilleux. Il doit y avoir de quoi faire en matière de pâtisserie – et j'adore les chats ! répliqua Viviana avec un clin d'œil. J'en ai même quatre ! Qu'y a-t-il au menu aujourd'hui ?

Le cameraman s'était retourné vers Clem, qui se raidit. Elle se rappela que Viviana n'était pas là pour les intimider – elle ne faisait que son travail, et était d'ailleurs plutôt sympathique.

— Des d-donuts-chats, répondit-elle.

Elle ne se souvenait pas d'avoir soulevé le pichet de lait, mais celui-ci était à présent dans sa main. Parler à Viviana la détraquait complètement.

Son corps tout entier frémissait telles les feuilles du cerisier devant le café, mais pas aussi joliment. Elle glissa sa main libre dans sa poche, sortit le jouet en caoutchouc et le serra. Comme la caméra était focalisée sur son visage, sans doute ne le remarqueraient-ils pas. Sinon, elle prétendrait que c'était son porte-bonheur.

Elle s'apprêtait à entrer dans les détails, à expliquer les modifications qu'elle comptait apporter à la saveur habituelle de ses donuts, quand un bruit retentit. Un cri depuis le couloir à l'extérieur de la salle de conférences, suivi d'un gros jappement.

Clem sursauta dans une grande éclaboussure de lait.

La caméra resta fixée sur elle. Elle se tourna vers le bruit, trempée de lait, le souffle court. Leur cuisine était positionnée de sorte qu'elle puisse voir le couloir qui donnait sur la réception. Reina bondissait le long du passage.

La golden retriever sautillait comme si elle batifolait sur des nuages d'été, un grand sourire canin étalé sur sa gueule. Derrière elle accourait la réceptionniste, pas assez rapide avec ses talons hauts et sa jupe moulante pour arrêter la chienne surexcitée.

— Reina ! cria Lucas depuis le poste à côté d'elles. Stop…

Mais Reina fonça à travers la porte grande ouverte. L'espace d'une seconde, la chienne sembla se demander où aller mais, plutôt que de se diriger vers son maître, elle courut tout droit vers Clem.

Celle-ci poussa un cri de surprise – et Viviana aussi. Reina se jeta dans les jambes de Clem, qui avait encore le pichet de lait à la main et tâchait désespérément de le maintenir en l'air, loin de ce cyclone ambulant. En vain, car elle s'aspergea de plus belle. La chienne tendait le cou vers la main de Clem, celle qui tenait le petit chat en caoutchouc.

— Je suis désolée ! gémissait la réceptionniste. Elle a réussi à…

— Clem ! Ça va ? s'inquiéta Sylvie. Franchement, quel cabot idiot !

Clem eut envie de se sauver à toutes jambes – son temps s'écoulait, elle avait perdu tout son lait, et la chienne refusait de se calmer. La caméra avait tout saisi. Les joues en feu, elle baissa la tête, afin de cacher son visage derrière ses cheveux sombres. Elle était incapable de continuer. C'était comme avant. Elle avait entendu les rires des gens, aussi tranchants que des lames de rasoir. *C'est Reina qui les fait rire*, se rappela-t-elle. Mais elle n'arrivait pas à se détendre, ni à étouffer la panique qui montait en elle. Elle manquait d'air.

Des bruits de pas, quelqu'un qui s'agenouillait, des mains pâles qui écartaient Reina. Clem écrasa le jouet chat dans son poing.

— Clem ? lança Sylvie, tout rire envolé. Tout va bien ?

Elle ne répondit pas. Ses lèvres étaient collées l'une à l'autre comme si elle avait mangé un caramel particulièrement mou. D'autres pas précipités.

— Vilaine fille ! gronda Dwayne, d'une voix grave qui laissait entendre qu'il n'était pas content. Assis !

Un petit couinement quand Reina comprit qu'elle s'était attiré des ennuis.

Mais celui qui s'était agenouillé devant Clem n'était pas reparti ; elle voyait un jean noir, des baskets noires. Elle fixait obstinément les motifs tourbillonnants sur la moquette ; si elle levait la tête, si elle essayait d'interagir, elle craignait de s'effondrer et de s'humilier davantage. Tous les regards étaient sûrement braqués sur elle.

— Hé, dit une voix douce.

Celle de Lucas. Il posa sur elle ses yeux d'émeraude emplis d'inquiétude. Et lui adressa un petit geste de la main, comme s'ils venaient de se croiser à un arrêt de bus.

— Pardon pour Reina. Ça va ?

Elle eut un brusque mouvement de tête – elle avait tenté un hochement, mais on aurait plutôt dit un spasme bizarre. À chaque souffle, sa poitrine se contractait davantage.

Il baissa la voix.

— Respire profondément. Inspire par le nez, expire par la bouche.

Il se leva – Clem ne voyait plus que le bout de ses baskets – et s'éloigna. Elle pensa qu'il regagnait sa cuisine, mais le pichet glissa hors de sa main crispée.

— Tiens. Je vais doser ton lait. Quelle quantité ?

— Une demi-tasse, environ cent vingt-cinq millilitres, répondit Sylvie à la place de Clem – puis le bruit d'un liquide qu'on versait. Merci beaucoup.

— Bon sang, ça m'a fait peur ! s'exclamait Viviana, avec un petit rire.

La nuque brûlante, Clem dut prendre sur elle pour ne pas sursauter.

Ronan avait dû regagner la scène, car il s'adressa à la salle avec son micro d'une voix pleine d'entrain.

— Eh bien, voilà qui était certainement… euh… une expérience !

Des rires épars résonnèrent dans la pièce.

— Pas d'inquiétude, nous allons faire partir le chien et ajouter dix minutes de préparation pour rattraper cette interruption. Ça convient à tout le monde ?

Il y eut des cris d'approbation. Clem n'arrivait toujours pas à se résoudre à relever la tête. Elle entendait la réceptionniste dire à Lucas et Dwayne qu'elle allait ramener Reina au corps de ferme – apparemment, une fenêtre était restée entrouverte, et la chienne avait réussi à la forcer pour sortir et filer jusqu'au bâtiment principal de l'hôtel. En temps normal, Clem aurait trouvé la scène hilarante, comme tirée d'un dessin animé délirant, mais elle ne pouvait penser à rien d'autre qu'au fait qu'elle allait devoir poursuivre ce casting avec cette sensation suffocante – sans oublier qu'ils l'avaient filmée alors qu'un chien essayait d'attraper son jouet en caoutchouc et qu'elle s'éclaboussait de lait.

— Ohé.

Lucas était de retour, debout à côté d'elle, et parlait à voix basse pour ne pas être entendu des caméras. Elle lui sut gré de cet égard. Sa voix, douce comme du velours, était apaisante.

— Tout va bien ?

Clem remua encore la tête ; cette fois, il s'agissait plus manifestement d'un hochement.

— J'avais un ami qui essayait de repousser à plus tard, expliqua-t-il. Tu paniqueras tout ce que tu veux après ce casting, aussi longtemps que tu le souhaiteras. Dis à ton angoisse d'attendre un peu. Tu peux faire ça ?

Repousser… ? Une certaine irritation perça la raideur de ses membres – pensait-il qu'elle était en mesure de contrôler ce qui lui arrivait ? –, et puis elle leva la tête. Minute… la petite voix de la logique lui soufflait qu'il avait raison. Oui, elle était capable de se maîtriser. Elle n'avait pas vraiment laissé la panique prendre les rênes, pas encore. Pas complètement.

Ce qui voulait dire qu'elle devrait être en mesure de sauver les meubles. Si elle parvenait à tenir le coup le temps du casting, à ne pas céder à une crise d'ampleur… Fuir n'avait jamais été une solution, et elle se sentirait seulement plus mal après, trop effrayée pour poursuivre le concours. Elle en était déjà passée par là, et n'avait pas envie de retourner en arrière. *Je gère.* Si elle craquait plus tard, cela n'aurait pas d'importance. Tant qu'elle ne le faisait pas ici, devant les caméras.

Elle se ressaisit, prit quelques grandes inspirations. *Je vais bien. Personne ne se moque de moi. Ils riaient de Reina.*

La chienne avait disparu au bout du couloir, en direction de la ferme. Lucas avait versé une nouvelle dose de lait. Sa robe avait beau être trempée, rien n'était gâché. Ils disposaient d'un temps supplémentaire. Elle se répéta ces phrases en boucle, comme un mantra.

— Continuez, continuez ! criait Ronan au-dessus de leurs têtes. De toute manière, un tournage est toujours truffé d'imprévus – cela vous en donne un avant-goût, vous habitue un peu au chaos !

Il rit, et certains se joignirent à lui. Clem tenta un faible gloussement qui se termina bizarrement, comme étranglé.

Ils ne se moquent pas de toi.

Sylvie lui serra l'épaule de manière rassurante.

— C'est reparti, dit-elle. On va y arriver. Tout va bien se passer.

La caméra s'éloigna, et l'équipe de tournage sembla estimer que Clem s'était attiré suffisamment d'attention – et d'humiliation – pour la journée, car elle s'intéressa aux autres postes. Clem et Sylvie se mirent à mélanger leurs ingrédients secs et liquides, avant de tout transférer dans une poche à douille. Clem agissait en pilotage automatique. *Plus tard. Tu paniqueras plus tard.*

Une fois leurs moules à donuts garnis, elles les enfournèrent, avant d'en préparer d'autres.

Se focaliser sur les gestes, sur la pâtisserie, l'aida à se calmer un peu. Clem jeta un coup d'œil au poste voisin, où Lucas et Dwayne étaient à l'œuvre. Une forte odeur de cannelle flottait dans l'air. Ils préparaient manifestement des roulés à la cannelle – une de ses viennoiseries préférées. Les leurs semblaient divins, bien dodus et magnifiquement tourbillonnants, avec une couche jaune pâle sur le dessus. Peut-être un glaçage au citron ? Lucas surprit son regard et lui sourit – elle lui sourit à son tour avec hésitation, et son cœur s'emballa.

— Tu te sens bien ? lui demanda Sylvie en lui frôlant le bras.

— Oui, merci, répondit Clem. Je dois seulement… m'occuper l'esprit.

— On va s'en sortir à merveille. Tes donuts-chats sont succulents. C'est ce que pensent tous nos clients.

— Dans les faits, ce ne sont pas vraiment des donuts, souligna Clem en contemplant les moules disposés devant elles. Ils ne sont pas frits ni rien… C'est plus rapide de les préparer comme ça, par grosses fournées, comme à *Chatpuccino*. Tu… Tu crois que ça posera problème ?

— Pas s'ils ont le même goût que d'habitude, décréta Sylvie en s'époussetant les mains sur son tablier. Tout est dans la saveur, et ce que tu fais est savoureux. En plus de quoi, ils seront super mimis. Ce sera parfait !

Clem hocha la tête, espérant qu'elle avait raison.

La décoration était ce que Clem préférait par-dessus tout – agrémenter les donuts de petites oreilles en amandes et ajouter les pastilles de sucre colorées pour leur donner du caractère. Ses mains tremblaient encore, mais elle parvenait à se dominer. Lorsqu'elle eut fini de tout décorer et que le chronomètre se fut arrêté, elles avaient réalisé un assortiment de mignons petits donuts en forme de chat avec des amandes en guise d'oreilles et des corps glacés de toutes les couleurs : noir et blanc, marron clair, gris, blanc nacré, rose clair, bleu ciel. Chaque chat était doté d'un nez minuscule et d'une bouche souriante – sans oublier les moustaches, bien sûr.

Quand Ronan remonta sur scène pour mettre fin à l'épreuve, il rayonnait, les joues rougies par l'enthousiasme.

— Bravo à tous ! Nous allons déguster en privé pour pouvoir en discuter ensemble – mais nous vous avons mis des petites choses à grignoter à disposition dans la salle à manger, alors n'hésitez pas à y passer avant de rentrer chez vous. Si vous êtes sélectionnés pour l'émission, vous aurez bientôt de nos nouvelles. Merci d'être venus !

8

ALORS QU'ELLES SE DIRIGEAIENT VERS LA RÉCEPTION, Sylvie se tourna vers Clem.

— Je vais peut-être me chercher un truc à manger, mais tu peux attendre dans la voiture si tu préfères. Je te rapporterai un petit quelque chose. J'ai une faim de loup – la faute à toutes ces odeurs alléchantes ! Et puis, il est presque midi.

Elle consulta sa montre dorée.

Nombre des autres candidats s'orientaient eux aussi vers la salle à manger. Clem était reconnaissante à Sylvie de ne pas lui avoir proposé de rester, car elle était épuisée et prête pour une sieste d'au moins douze heures avec Misha sur les genoux. La tension et l'anxiété s'étaient entortillées en elle comme une pelote de laine, et elle avait besoin de les évacuer. Toutefois, avant qu'elles aient pu poursuivre leur conversation, on les interrompit.

— Excusez-moi…

Elles se retournèrent. Lucas était planté là. Son ami Dwayne avait disparu, sans doute dans la salle à manger avec les autres. Dans la lumière vive de la réception, les cheveux sombres du jeune homme prenaient une teinte légèrement châtain, et le vert de ses yeux évoquait la mousse sauvage. Un frisson parcourut Clem, comme sous l'effet d'un courant d'air.

— Je suis désolé pour tout à l'heure, dit-il.

Il passa une main dans ses cheveux, les ébouriffant davantage. Il était encore plus craquant tout décoiffé. Clem sentit son cœur s'élancer dans sa poitrine comme une feuille emportée par le vent.

— J'ai laissé la fenêtre entrouverte dans la ferme pour que Reina respire. Je n'aurais pas imaginé qu'elle puisse la forcer et filer jusqu'à la salle de conférences… Elle est un peu fofolle, mais gentille. Elle ne ferait pas de mal à une mouche. Je crois qu'elle en avait après le chat en caoutchouc de Clem, elle a un jouet qui y ressemble.

Sylvie balaya ses excuses du revers de la main.

— Rien de grave. Tu n'y pouvais rien de toute façon.

Mais Lucas épiait Clem, comme s'il attendait son approbation.

— Tout va bien, dit-elle avec sincérité. Vraiment.

— Tu sais…, reprit Sylvie en regardant derrière elle, là où certains des autres candidats s'étaient attardés pour bavarder.

L'entrée de la salle à manger était un peu à l'écart de l'accueil ; déjà, on entendait des bruits de couverts, les voix de personnes qui se servaient.

— Pourquoi ne pas nous suivre à *Chatpuccino* pour un café ?

— Au bar à chats ? demanda Lucas.

— Oui, pourquoi pas ? Ta mère m'a beaucoup parlé de toi, mais je ne crois pas que tu sois jamais passé chez nous ! Je suis sûre que ton père adorerait. Meredith aimerait beaucoup l'amener un jour. Elle l'a évoqué quelques fois. Si tu venais le voir par toi-même ?

Clem se retint d'écraser le pied de Sylvie. Que lui prenait-elle de l'inviter au café ? Et puis, elle ne comprenait pas pourquoi Lucas avait besoin d'y jeter un coup d'œil si son père comptait y passer. Ce dernier ne pouvait-il pas se débrouiller ?

— Dwayne retourne au *Papatte Café*, et moi…, répondit le jeune homme en laissant sa phrase en suspens.

— Ah, tu as prévu autre chose ? s'enquit Sylvie.

Lucas glissa un regard à Clem en passant d'un pied sur l'autre, comme pour peser le pour et le contre. Elle se sentit troublée. Que faire ? Devait-elle intervenir ? Il avait fait preuve de gentillesse pendant le casting. D'un autre côté, il s'agissait quand même d'un rival.

— Je comptais aller voir mon père, avoua-t-il. Mais vous avez raison… On s'est toujours dit que votre café lui plairait. Ça ne serait pas mal si j'allais jeter un œil, histoire de l'inciter à venir… (Il s'interrompit.) Et je suppose que je ne devrais pas laisser filer une occasion de me rencarder sur l'ennemi.

Clem sentit son ventre se serrer. Ce qui n'était pas tout à fait désagréable. Pourquoi la regardait-il, elle, en disant cela ? Était-il en train de la draguer, ou de s'amuser ? Impossible de le savoir.

— Super ! répondit Sylvie avec entrain. Tu vas adorer, et tu pourras parler à ton père de nous, le convaincre de venir. Je pense que ce serait bien pour lui. Beaucoup de gens trouvent que leurs visites chez nous ont des vertus thérapeutiques.

Lucas marqua encore une pause. C'était évident qu'il hésitait, qu'il luttait, mais contre quoi ? Elle avait l'impression qu'une partie de cette conversation lui échappait. Y avait-il une raison pour laquelle son père avait besoin d'une activité thérapeutique ? Elle se demanda quel était son problème, et éprouva une bouffée de compassion pour Lucas. Son père avait tout l'air de traverser une épreuve difficile.

— Je ne pourrai pas rester longtemps, précisa le jeune homme. Je vais envoyer un message à Dwayne pour lui dire de ramener Reina.

*

Il ne l'avouerait jamais à Dwayne – qui y verrait une trahison faite aux chiens et au *Papatte Café* –, mais Lucas avait toujours voulu visiter *Chatpuccino*, et pas seulement parce qu'il devinait que le lieu plairait à son père, un amoureux des chats. Simplement pour voir à quoi ça ressemblait. Il se persuada que c'était l'unique raison de sa visite, et que ça n'avait aucun rapport avec Clem, ni avec les regards qu'elle lui lançait.

Après avoir parcouru le règlement, Lucas avait insisté pour payer l'entrée, puisqu'il avait l'intention d'en profiter pour boire un café.

Le *Papatte Café* était plutôt rudimentaire, avec ses planchers égratignés par les pattes de milliers de chiens et ses tables assorties disposées pêle-mêle dans chaque pièce. L'ambiance y était bruyante, on y entendait de la musique en fond sonore et quelques aboiements, les bavardages des randonneurs dans les coins. En comparaison, *Chatpuccino* ressemblait à une retraite zen. Assis devant la grande vitre de la devanture, un matou noir avec un diamant blanc sur le front faisait sa toilette. Il y avait des arbres à chat de partout, des tablettes murales qui semblaient composer un drôle de parcours d'obstacles. Il repéra au moins quatre félins différents : un aux longs poils gris qui se prélassait sur un lit en forme de baquet, un autre au pelage rayé et à la queue courte qui s'approchait d'un distributeur à croquettes d'un pas assuré, un calico qui se roulait dans un carré de soleil en essayant d'attraper sa propre queue. De l'autre côté de la pièce, un comptoir s'étirait sur toute la longueur du mur, avec encore une barrière derrière pour empêcher les petits résidents à poils de passer. Des présentoirs en verre étaient disposés dessus, contenant les mêmes donuts en forme de chat que Clem avait préparés lors du casting. Il y avait aussi des biscuits et des cookies avec des visages félins confectionnés au glaçage.

Alors qu'ils s'avançaient, le téléphone de Sylvie se mit à vibrer dans sa poche ; elle le sortit et jeta un coup d'œil à l'écran.

— Je vais devoir répondre, affirma-t-elle. Désolée. Si vous alliez vous asseoir avec quelque chose à boire ? Je ne serai pas longue… Cinq minutes ?

— D'accord, acquiesça Lucas en lançant un regard incertain à Clem.

— Je reviens tout de suite.

Sylvie passa de l'autre côté du comptoir et disparut derrière une porte.

Lucas se retrouva seul avec Clem. Il se demanda ce que Dwayne aurait eu à dire de cette situation. Il imaginait déjà le sourire en coin de son ami lorsqu'il apprendrait que Lucas avait été en tête à tête avec Clem. Surtout après ce qui venait de se produire au casting. Les cameramen s'en étaient donné à cœur joie. Il crispa les mâchoires ; il était tiraillé. C'était sa chienne, sa faute si la jeune femme s'était éclaboussée de lait et avait fini tétanisée par sa propre anxiété. Il se sentait le devoir d'aider à arranger les choses. Même s'il savait qu'il n'aurait pas dû, pas lors d'un concours où ils étaient en rivalité. Mais il ne pouvait pas faire comme si de rien n'était, la laisser en difficulté après que Reina s'était comportée ainsi.

Il ne comprenait pas trop pourquoi Clem s'était portée candidate ; elle semblait mal supporter la présence des caméras.

— Euh… On s'assied ? proposa-t-elle en l'emmenant vers une table proche de la fenêtre, entourée de deux fauteuils crème d'allure confortable.

Un seau rempli de jouets pour chats était calé contre le mur – des sortes de plumeaux et des fausses souris. Lorsqu'il prit place, elle lâcha précipitamment :

— Je vais chercher à boire. Qu'est-ce qui te ferait plaisir ?

— Un moka, ce serait parfait. Merci.

Elle hocha la tête et détala.

Il la regarda passer commande auprès d'une femme brune au comptoir, qui jeta un coup d'œil à Lucas et lui adressa un petit signe de la main. Il leva le bras en retour. Au moment où il sortait son portefeuille de sa poche arrière, un gros chat roux bondit près de la fenêtre et Lucas se retourna, plaçant son portefeuille sur le fauteuil derrière lui pour caresser le matou. Celui-ci émit un ronronnement sourd.

Quand Clem revint, elle portait une théière, le moka de Lucas, et un donut en forme de chat au glaçage gris, le tout sur un plateau. Il se leva pour l'aider à le poser.

— Merci, dit-elle, hors d'haleine, en s'installant en face de lui. Je t'ai pris un donut aussi… Au cas où tu voudrais y goûter… Euh, pour te remercier pour tout à l'heure, au casting.

Elle désigna la pâtisserie ; celle-ci avait un petit visage, et même des moustaches noires. Clem rougissait facilement, et il ne put s'empêcher de remarquer qu'elle n'en était que plus belle, comme si elle sortait d'une douche chaude.

Mais il n'avait pas envie que ses pensées empruntent cette voie-là. C'était trop dangereux.

— Tu n'étais pas obligée, dit-il, surpris par sa prévenance. Merci. Tu fais toute la pâtisserie, ici ? demanda-t-il, un peu pour combler le silence, mais aussi pour se distraire de son visage.

Il vida un sachet de sucre dans son moka.

— Oui, répondit-elle en versant du thé dans sa tasse avant d'y ajouter du lait. Tout ce qui est sucré.

Le chat qui avait été à la fenêtre plus tôt s'approcha et se faufila entre les jambes de Clem, se frottant à ses chaussures noires. La jeune femme tendit le bras pour lui gratter le cou.

— Salut, Salem, dit-elle doucement.

Même sa voix était délicate, comme le tintement d'un carillon.

— Encore désolé pour ce qui s'est passé avec Reina, lança-t-il. Je sais que la caméra a tout capté. Mais au moins, à ce stade, il n'y aura que les juges pour le voir. Personne d'autre.

— Je l'espère.

Clem se mordit la lèvre. Elle semblait encore plus inquiète, et il se sentit coupable – il tenait à arranger les choses.

— À la réflexion, ça va peut-être rebuter les juges ? s'alarma-t-elle. Ce serait sûrement pour le mieux de toute façon. Très franchement, je ne passe pas très bien à la caméra…

Elle se tut.

Lucas haussa un sourcil.

— Mais tes donuts ont l'air d'enfer !

Il s'empara de celui qu'elle lui avait apporté et mordit dedans. Le glaçage était parfaitement fondant et sucré, le parfum vanille, divin – et les amandes en guise d'oreilles apportaient du croquant, leur goût se mariant à merveille avec la texture aérienne. Il ne put retenir un gémissement.

— Et délicieux, en plus, ajouta-t-il.

Voilà qu'elle rougissait à nouveau. Il aurait aimé passer sa main sur la courbe de ce visage au teint d'ivoire. Ces envies qui le prenaient en sa présence le terrifiaient. Cela faisait si longtemps qu'il n'avait plus éprouvé ce genre de désirs – mais il y avait quelque chose en elle qui l'attirait, qui lui donnait envie de se rapprocher d'elle.

Il devait cesser de réfléchir ainsi, cesser d'avoir la tête dans les nuages. Qu'avait-elle, au juste ? Pourquoi était-elle si réticente à participer à une compétition à laquelle elle avait pourtant candidaté ?

— Excuse-moi de te poser cette question, mais pourquoi t'être inscrite à ce concours ? risqua-t-il.

Pour lui, si une situation était déplaisante, le plus logique était de l'éviter – pas de plonger dedans tête la première. Voilà pourquoi il avait renoncé à sortir avec des filles ; cela ne s'était jamais très bien passé.

Elle haussa à moitié les épaules.

— Et toi ? riposta-t-elle.

— Pour l'argent, répondit-il simplement.

— J'imagine que c'est ce qui motive la plupart des gens. La raison pratique…

— Pas toi ?

Elle ouvrit la bouche et la referma aussitôt, immergée dans ses pensées.

— Eh bien, c'est compliqué. C'est en partie pour ça…

Il voulut lui demander pourquoi elle souhaitait cet argent, ce qu'elle comptait en faire. Si la caméra lui faisait peur à ce point, mais qu'elle s'était inscrite quand même, il devait y avoir une chose qu'elle désirait à tout prix, et il était curieux d'apprendre quoi. Mais Clem changea de sujet :

— Tu crois que tu réussiras cette épreuve ?

— Va savoir !

Il se carra dans son siège et la jaugea du regard.

Elle semblait certaine de ne pas être sélectionnée à cause de l'incident avec Reina, mais elle était si talentueuse.

— Tu seras peut-être retenue, tu sais, ajouta-t-il.

Elle poussa un gros soupir.

— Moui… Je parie qu'ils pensent que l'épisode avec Reina plaira aux spectateurs.

Elle but une gorgée de son thé et le regarda par-dessus sa tasse.

— Ils t'ont filmé, toi aussi. Après, quand tu m'as aidée. Ils pourraient nous choisir tous les deux.

— Possible. Du coup, on serait rivaux.

Elle se raidit.

— Je ne veux pas dire par là qu'on sera ennemis jurés, se justifia-t-il rapidement. Seulement que…

Il n'eut pas l'occasion de terminer sa phrase, car Sylvie était revenue de derrière le comptoir, laissant claquer la barrière dans son dos. Le sourire aux lèvres, elle s'approcha en esquivant un gros chat roux qui lézardait par terre.

— C'est bon, annonça-t-elle. Je me prends un café et je vous rejoins.

Elle repartit vers le comptoir se commander une boisson.

Lucas but une goulée de son moka. Le chat noir en profita pour serpenter autour de ses mollets, et il le caressa brièvement avant de se redresser.

— Ce serait si catastrophique que je sois ton rival ? lança-t-il.

— À t'entendre, on croirait qu'on va s'affronter à coups de fouet.

— Je vois la scène d'ici, répliqua-t-il en se surprenant à sourire à cette image, tandis qu'elle pouffait dans son thé.

9

Une fois que Lucas eut quitté le café, Clem se servit une autre tasse de thé. Ce ne fut qu'après l'avoir vidée et avoir parcouru la pièce du regard qu'elle remarqua un petit objet noir et carré près de la fenêtre. Thomas était blotti à côté, et sa grosse tête rousse lui faisait penser à une peluche.

Elle traversa la salle. Il s'agissait du portefeuille de Lucas, il avait dû l'oublier. Thomas dormait à moitié dessus ; elle dut le dégager en tirant. Le chat releva la tête, poussa un *miaou* satisfait, et elle le chatouilla derrière les oreilles.

Reviendrait-il le récupérer ? S'il était au volant, il ne s'en rendrait sûrement pas compte avant son arrivée ; il serait trop concentré sur la route.

— Je vais devoir trouver une manière de le contacter, Tom-Tom, dit-elle au matou en le caressant avant de sortir son téléphone.

Elle chercha le numéro du *Papatte Café* sur Google et le composa.

À la troisième sonnerie, quelqu'un répondit.

— *Papatte Café* ?

Cela ressemblait à la voix de Dwayne. Elle ne s'était pas attendue à ce que quelqu'un décroche.

— Allô, c'est Dwayne à l'appareil ? C'est Clem…

— Clem ! Salut. Qu'est-ce que je peux faire pour toi ?

— Lucas a laissé son portefeuille ici, à *Chatpuccino*.

— Mince, il n'est pas là. Il est parti voir ses parents. Ils vivent à Keswick. Votre café devrait être sur le chemin du retour. Je vais te donner son numéro de téléphone, tu n'auras qu'à lui envoyer un texto.

— Ah, d'accord…

Clem avait espéré que Dwayne contacterait son ami lui-même, mais il était sûrement occupé, et si Lucas repassait dans le coin, ce serait plus simple.

Elle sentit quelque chose remuer en elle, comme des bulles dans une boisson pétillante. Elle avait le numéro de Lucas. Thomas s'était endormi sur le siège près de la fenêtre, la tête penchée sur le côté, la bouche souriante. Inspirant profondément, Clem pianota sur son téléphone pour dire à Lucas de venir récupérer son portefeuille.

*

Lucas la retrouva sur le parking à l'arrière de *Chatpuccino*. Il était essoufflé lorsqu'il quitta sa voiture en courant pour la rejoindre et, avec ses cheveux ébouriffés par la brise, il était beau à mourir. Le cœur de Clem fit un bond dans sa poitrine.

— Voici ton portefeuille, dit-elle en le lui tendant.

— Je n'arrive pas à croire que j'aie pu l'oublier !

Lorsqu'il s'en empara, leurs doigts se frôlèrent, et ce fut comme si une décharge lui traversait le bras. Il rangea le portefeuille dans sa poche et écarta ses cheveux de son front.

— Merci de l'avoir retrouvé.

— Dwayne m'a donné ton numéro, expliqua-t-elle, le cœur battant.

Elle sentait l'odeur de son eau de Cologne, fraîche et masculine, avec des notes boisées.

— Si ça t'embête, je peux le supprimer…

— Garde-le, l'interrompit-il avec un haussement d'épaules. On ne sait jamais.

Qu'est-ce qu'on ne sait jamais ? eut-elle envie de demander, mais il s'était déjà remis à parler.

— Je ferais mieux d'y aller, déclara-t-il. Dwayne doit en avoir marre de s'occuper de Reina. À plus.

— OK… Salut.

Il leva une main, tourna les talons et se hâta de regagner sa voiture. Elle était un peu déçue qu'il ne reste pas – et curieuse d'apprendre ce qu'il avait bien pu vouloir dire par « On ne sait jamais ».

*

La semaine suivante, dans l'attente des résultats du casting, Clem était à bout de nerfs. Elle alternait entre l'ardent désir d'être sélectionnée – ce qui pourrait lui permettre d'obtenir l'argent nécessaire pour monter sa propre affaire, mais aussi de déménager – et la forte envie de ne pas l'être, de passer le reste de l'été terrée dans le jardin avec son chat. Elle n'était pas sûre d'être en mesure d'encaisser un autre incident comme celui avec Reina, et au moins celui-là n'avait pas été partagé avec le public de *C'est ma fournée*. Comment s'en sortirait-elle si elle devait traverser le casting en étant filmée régulièrement, postée en haute définition à la vue de tous ?

En cette belle journée de mai, elle était assise dans le Chatlon pendant sa pause-déjeuner, et grignotait distraitement un sandwich à l'œuf et au cresson. Son téléphone tinta, indiquant l'arrivée d'un nouveau mail. Elle désactivait généralement ces notifications-là, mais ne l'avait pas fait cette fois, car elle tenait à savoir s'il y avait du nouveau pour *C'est ma fournée*.

Clem s'empara de son téléphone avec une telle vigueur que Baron leva la tête, surpris, du siège d'en face. Après être resté assis à la regarder manger dans l'espoir qu'elle lui cède un peu de son sandwich, il prit un air mécontent, les oreilles dressées vers l'arrière.

— Désolée, petit gars, dit-elle doucement en clignant des yeux à son intention – geste amical qui parlait à tous les chats.

Le félin à longs poils battit une fois des paupières, lentement, et entreprit de se lécher les pattes, avant de les passer derrière ses oreilles.

Le message provenait bien de *C'est ma fournée* et l'intitulé indiquait : « Félicitations ! » Ce fut comme si une dizaine de billes se déversaient dans son corps avec un claquement sonore. Elle avait réussi – et *Chatpuccino* participait officiellement au concours.

Elle parcourut rapidement le mail. « Félicitations, le café *Chatpuccino* a été sélectionné… Ronan et les autres juges ont été impressionnés par vos talents de pâtissière et votre souci du détail… Vous trouverez ci-dessous des renseignements supplémentaires sur la suite de la compétition… Les dates sont définitives… »

Clem se leva d'un bond et, aussi surexcitée qu'angoissée, dut se contraindre à marcher lentement pour rapporter son repas et sa tasse à moitié vide derrière le comptoir. Jess dansait autour de ses chevilles dans l'espoir de glaner quelques restes, sa queue noire dressée dans les airs.

Lucas avait-il reçu le même mail ? Soudain, une idée atroce lui traversa l'esprit. Devait-elle réellement cette réussite à ses compétences, ou au fait qu'il l'avait réconfortée devant tout le monde – face à une caméra ? Les responsables de *C'est ma fournée* estimaient-ils simplement qu'ensemble, ils plairaient aux spectateurs ? Ronan avait évoqué l'importance de bien passer à l'écran. Si Lucas aussi avait été choisi, peut-être cela l'expliquerait-il…

Malgré tout le thé qu'elle venait de boire, elle avait la gorge sèche.

Faye, qui faisait mousser du lait au milieu des sifflements et chuintements de la machine, leva les yeux vers elle et fronça les sourcils.

— Quelque chose ne va pas, Clem ? s'inquiéta-t-elle.

Clem s'avança derrière le comptoir et jeta le reste de son sandwich. Elle n'avait plus faim.

— Où est Sylvie ? glapit-elle en sautillant sur la pointe des pieds.

— En salle de pause.

Faye termina sa tâche et resta plantée là, incertaine.

— Qu'est-ce qu'il y a ?

— Le concours… On a été sélectionnées.

— C'est vrai ?! s'écria Faye d'une voix perçante.

Des clients attablés non loin du comptoir leur jetèrent des regards curieux, interrompant leurs jeux avec Eric qui, la queue frétillant d'excitation, étudiait le plumeau au-dessus de lui.

— Mais c'est génial ! poursuivit Faye en se fendant d'un grand sourire. Il faut que tu le dises à Sylvie – je crois qu'elle s'occupe de la compta…

Clem hocha la tête et disparut sans que sa collègue ait pu finir, déposant sa tasse et son assiette dans l'évier au passage avant de foncer en salle de pause, et manquant de trébucher dans sa précipitation. Malgré son appréhension et ses inquiétudes quant à la vraie raison de cette sélection, elle ne put retenir le sourire qui flottait sur ses lèvres. Elle trouva Sylvie là où Faye avait dit qu'elle serait, assise sur une chaise en plastique en salle de pause, son ordinateur portable posé devant elle et un agenda bien rempli ouvert sur la table.

— Ah, salut Clem, lança Sylvie en levant les yeux. (Manifestement surprise de voir le visage rayonnant de Clem, elle se redressa sur son siège.) Qu'est-ce qu'il y a ?

La jeune femme s'avança, ouvrit de nouveau le message sur son téléphone et le lui montra.

— Regarde !

— C'est…

Sylvie se leva, lui prit l'appareil et parcourut le contenu du mail à son tour.

— Mais c'est merveilleux ! s'exclama-t-elle en lui attrapant la main. Je savais que tu y arriverais, Clem !

Clem sentit son sourire s'effacer. Y était-elle réellement parvenue, au fond, grâce à ses seules compétences – ou avait-elle simplement amusé la galerie pendant son casting ? Et qu'est-ce que Lucas pouvait bien penser de tout ça ?

Sylvie dut relever son hésitation, car elle glissa :

— Ne t'en fais pas, tout ira bien. Je serai toujours à tes côtés. Vu les indications qu'ils nous ont fournies, tu vas pouvoir tout prévoir. J'ai foi en toi. Je suis tellement heureuse ! On va bien s'amuser.

L'excitation tournoya de nouveau en elle, et Clem se remit à sautiller – ça faisait drôle de se sentir aussi exaltée et inquiète à la fois. Cela ne lui était plus arrivé depuis le jour où elle avait décroché son poste à *Chatpuccino*.

— Tu crois que Lucas et le *Papatte Café* ont réussi… ? s'enquit-elle.

— Je n'en sais rien.

— Je pourrais peut-être lui demander… J'ai son numéro. Dwayne me l'a donné quand Lucas a oublié son portefeuille ici, au café.

Une petite lueur s'alluma dans le regard de Sylvie. Son attirance pour Lucas était-elle si flagrante ?

— Tu peux toujours lui poser la question, lança Sylvie. Écris-lui ! Ils sont sympas, tous les deux.

— Ce seront peut-être nos concurrents – ça ne sera pas bizarre si on s'entend bien ?

— Un peu de rivalité amicale n'a jamais fait de mal à personne. Et ça ne veut pas dire qu'on ne peut pas se faire des amis en chemin, si ?

Des moqueries et des éclats de rire résonnèrent dans la tête de Clem lorsqu'elle se remémora l'université, l'humiliation qu'elle y avait connue. Sylvie était joyeuse, solaire et d'un caractère confiant, comme Emmie. Mais Clem, depuis cette époque, ne pouvait pas s'empêcher de douter des motivations des autres. Et, même quand elle était au meilleur de sa forme, son angoisse ne cessait de lui murmurer à l'oreille toutes sortes de doutes.

Pourtant, Lucas l'avait secourue au casting, pas vrai ? Cela aurait pu lui coûter sa propre place dans le concours, mais il l'avait fait quand même. Aucun des autres n'avait bougé. C'était forcément quelqu'un de bien.

Elle tripota son téléphone, partagée entre son anxiété et l'envie de le contacter. Cette fois encore, ce fut la première qui l'emporta.

— Je finirai bien par le savoir, décréta-t-elle enfin en empochant son téléphone.

*

Épreuves du concours *C'est ma fournée*

Avant de présenter nos candidats à l'émission C'est ma fournée *dans le Lake District, nous aimerions expliquer le déroulement des épreuves à venir de sorte que vous, spectateurs, puissiez participer depuis chez vous ! Nous adorerions voir des photos de vos créations pendant que vous suivez l'émission !*

Voici ce que nous allons demander à nos participants…

Première épreuve : des biscuits ! Nous souhaitons qu'avec cette manche, nos candidats nous présentent qui ils sont et ce qu'ils font ! Il pourrait s'agir de petits gâteaux secs déjà proposés par le commerce en question ou, s'ils n'en font pas, alors d'une fournée de biscuits qui nous permettra de mieux les cerner… Par exemple, en forme de gâteaux de mariage ou d'anniversaire, pour un petit boost de créativité ! Nous aimerions savoir ce qui fait que vous êtes à part.

Deuxième épreuve : du pain ! Nous voulons les meilleurs pains de saison possibles : focaccia, pain pita, pain aux fruits ou au levain ! Nos candidats devront les lier d'une manière ou d'une autre à leur commerce. Comme ce sera bientôt l'été, nous aimerions l'accompagnement idéal pour un pique-nique !

Troisième épreuve : la finale ! Nous souhaitons que nos candidats donnent leur meilleur… Un spectaculaire diorama, sous forme de gâteau, du commerce qu'ils sont venus représenter et de ce qu'il signifie pour eux. Notre vainqueur sera choisi lors de cette finale – en nous basant à la fois sur le diorama et sur les créations précédentes !

Les jours et horaires sont les suivants…

Assise à son bureau, Clem regardait son téléphone. Misha était blottie sur ses genoux, le museau enfoui dans sa queue et sa petite tête penchée sur le côté. Elle dormait béatement, bouche légèrement entrouverte, comme dans un sourire. Clem finit par déverrouiller l'écran de son téléphone et le fixa de nouveau tout en caressant de sa main libre les poils soyeux de Misha pour apaiser sa nervosité.

Le soleil couchant déversait sa lumière orangée dans sa chambre, et les gros nuages roses devant sa fenêtre promettaient que la journée du lendemain serait encore belle. Sa mère était au travail, partie photographier un mariage ; le printemps et l'été étaient pour elle les saisons les plus chargées.

Voilà trente minutes que Clem braquait son regard sur le numéro de Lucas en tâchant de rassembler le courage nécessaire pour lui envoyer un message. Le mail de *C'est ma fournée* annonçant qu'elle avait été sélectionnée ne précisait pas le nom des autres candidats, ni combien ils seraient. Ce serait bientôt communiqué officiellement – idée qui la glaçait d'avance –, mais l'envie de savoir si Lucas avait été retenu, de lui parler tout de suite, la rongeait.

Au début, elle s'était dit qu'il était inutile de lui envoyer un nouveau message. S'il avait réussi, elle ne tarderait pas à l'apprendre ; dans le cas contraire, elle ne le reverrait sûrement plus jamais. Elle avait été surprise de constater combien cette pensée lui serrait le cœur.

Il y avait une photo de lui dans la petite bulle à côté de son nom – c'était en partie pour cela qu'elle hésitait. Sur le portrait, il se tenait debout derrière le comptoir d'un café, vêtu d'une ample chemise grise et d'un tablier blanc. Manifestement, quelqu'un l'avait fait rire avant de prendre ce cliché, car il se fendait d'un sourire éblouissant. Un menu était affiché au mur, près d'une rangée d'étagères aux couleurs un peu passées, si bien que Lucas se détachait tout particulièrement. La netteté de l'image faisait ressortir ses cheveux sombres et ses yeux verts.

Elle écrivit : « Salut Lucas, c'est Clem », avant de le supprimer aussi sec avec un sifflement de frustration.

Misha leva brusquement la tête, les pupilles dilatées.

— Pardon, ma belle, dit Clem en caressant Misha. Rendors-toi.

Comprenant que le bruit n'avait rien de menaçant, la chatte étira une patte en tremblant de tout son corps, et puis baissa de nouveau paresseusement la tête.

Il fallait se jeter à l'eau. Elle rédigea furieusement :

Salut Lucas, j'espère que ça ne te dérange pas que je t'écrive. Au fait, c'est Clem

Elle ajouta cette dernière précision car rien ne lui disait qu'il avait enregistré son numéro dans ses contacts lorsqu'elle lui avait rendu son portefeuille.

Je me demandais si tu avais été retenu pour le concours ? Ils nous ont contactées pour nous annoncer que c'était bon pour nous.

Avant qu'elle ait pu se dissuader de le faire, elle cliqua sur « Envoyer ». Aussitôt, elle le regretta. Peut-être n'aurait-elle pas dû poser la question. Il se pouvait qu'il se demande encore pourquoi elle avait candidaté, et qu'alors elle doive admettre qu'elle ne l'avait pas vraiment fait, que ce n'était qu'un coup du sort, une décision qu'on avait prise à sa place parce qu'elle n'avait pas eu le courage de s'en charger elle-même. Elle frotta sa paume sur le pelage de Misha, et la massa sur le ventre quand celle-ci se retourna pour lui montrer en ronronnant son abdomen soyeux.

Apaisée par les grondements félins, elle tâcha de se distraire, cherchant des nouvelles recettes et feuilletant l'album de collages dans lequel elle rassemblait ses idées. Ce qui ne l'empêcha pas de consulter son téléphone toutes les cinq minutes pour voir si Lucas avait lu son message ou y avait répondu.

Enfin, au bout d'une insoutenable heure d'attente – Misha avait fini par s'installer sur le lit, agacée par tant d'agitation –, il répondit.

Il avait écrit :

Salut Clem, j'ai reconnu ton numéro. On a réussi aussi ☺

Clem relut le message quatre fois. Sans doute était-ce la photo renversante de lui en haut à gauche qui la troublait mais, en voyant ce petit smiley, elle se sentit toute chose.

Avant qu'elle ait pu répliquer à son tour, il lui envoya un autre message :

On se voit pour la première épreuve.

10

L'annonce officielle des candidats retenus pour *C'est ma fournée* fut diffusée une semaine avant le tournage prévu en mai pour la première épreuve. Profitant de sa pause au *Papatte Café*, Lucas s'était installé à l'arrière, où des tables de pique-nique en bois ainsi que des sièges plus hauts, disposés autour de barriques abritées par des parasols jaunes, étaient entourés d'arbres et de fougères. La journée avait été chargée – il faisait beau, le temps allait en se réchauffant, des taches de soleil mouchetaient les tables comme autant de pièces d'or, et un grand nombre de familles, de touristes et de gens qui travaillaient dans le coin avaient pleinement profité des températures clémentes. À présent qu'il était l'heure de la sortie des classes, l'ambiance était beaucoup plus calme : assis à l'ombre avec leur dalmatien endormi à leurs pieds, un couple âgé sirotait des thés glacés, leurs têtes pressées l'une contre l'autre au-dessus d'une carte de sentiers de randonnée. Lucas avait consulté son téléphone toute la journée, et l'annonce avait enfin été publiée. Son portrait et celui de Dwayne s'affichaient sous les mots *Papatte Café*. Le cœur tressaillant d'excitation, il sourit à la perspective de remporter la récompense, songeant à ce qu'il ferait de cet argent – combien la vie serait plus facile pour ses parents.

Il devait absolument gagner.

Il but une gorgée de moka tout en parcourant la liste de ses concurrents. Il y aurait cinq groupes de deux et l'un serait éliminé à la fin de chaque épreuve jusqu'à la finale, où trois paires s'affronteraient pour la victoire. Outre le *Papatte Café*, on trouvait une affaire familiale de confection de gâteaux, une boulangerie réputée pour ses tartes, et un petit magasin de produits de la ferme dont il avait entendu des randonneurs dire le plus grand bien.

Et puis, *Chatpuccino*. Du pouce, il dessina les contours du portrait de Clem. Sur la photo voisine, Sylvie, debout au comptoir, affichait un air souriant et plein d'assurance, une mèche retenue par une barrette en forme de chat. Mais le sourire de Clem semblait un peu nerveux, un peu hésitant, et elle inclinait la tête comme pour se cacher derrière ses cheveux noirs et soyeux.

Il fit défiler les commentaires de l'annonce. Plus il les parcourait, plus son sourire s'élargissait. Car la plupart des fans inconditionnels de Ronan ne s'intéressaient qu'à une chose : Clem et Lucas.

« Vous avez vu la vidéo qu'ils ont partagée du casting ? »

« La vache, c'était TROP mignon ! »

Ils avaient publié des vidéos ? Il avait été si occupé par son travail, et obnubilé par l'annonce, qu'il ne l'avait même pas remarqué.

« Il a tout pour lui. Ils ont intérêt à finir ensemble ! »

« Il a tellement bien pris soin d'elle ! Je plussoie ! »

« Pas moyen qu'ils se fassent éliminer. Je tiens à voir la suite. »

Il ne pouvait pas s'arrêter de lire, même s'il était mal à l'aise. Il jeta ce qu'il lui restait de moka dans la poubelle voisine sans même se lever, et faillit manquer sa cible. Le couple de personnes âgées s'égaya quand le gobelet fit mouche. Il leur sourit distraitement.

Certains avaient laissé des commentaires pour souhaiter bonne chance aux autres candidats, ou pour affirmer avoir déjà goûté à leurs gâteaux ou viennoiseries. Mais la plupart portaient sur lui et Clem.

Il se rendit sur la page de *C'est ma fournée* et chercha la vidéo du casting. En effet, ils avaient partagé des extraits de tous ceux qui avaient été retenus, y compris l'instant où Reina avait foncé sur Clem, et ce qui s'était ensuivi.

Il lança la vidéo. Il comprenait la démarche – il s'agissait de créer le buzz. Dérouler un fil narratif garantirait que les gens suivent l'émission. S'il n'y avait eu que lui, cela ne l'aurait pas dérangé. C'était strictement professionnel.

Son pouce balaya l'écran jusqu'à figer l'image sur Clem, la tête baissée, le visage dissimulé derrière un rideau de cheveux. Elle avait l'air si fragile, comme une fleur qui se flétrissait sous la pluie.

Lucas eut un pincement au cœur. Non, il n'y avait pas que lui. Elle aussi s'était retrouvée sous le feu des projecteurs. Avait-il aggravé la situation en voulant la secourir ?

Il prit le temps de la réflexion. Elle avait présenté sa candidature, elle aurait dû s'y attendre ; mais il était évident qu'elle n'avait pas souhaité attirer l'attention à ce point. La faute à Lucas et à Reina.

Il se leva subitement de son siège en consultant la page du bar à chats sur son téléphone. Le *Papatte Café* fermait dans une heure, mais *Chatpuccino* restait ouvert un peu plus tard. Il envoya un texto à Clem.

Tu es au travail ? Je pourrais te parler quand tu auras fini ? Je vais passer chez mes parents, et puis je m'arrêterai au café.

Alors qu'il rangeait son téléphone dans sa poche et regagnait précipitamment l'intérieur du *Papatte Café*, il essaya de se persuader qu'il ne s'agirait que d'une visite professionnelle – l'occasion pour lui d'évoquer le concours et ce qu'ils feraient de toute cette attention –, même si le raisonnement était parfaitement fumeux. Parce qu'au fond, ce qu'il voulait réellement, c'était s'assurer qu'elle allait bien.

*

Clem ne s'était pas opposée à ce qu'il vienne au café, ce qui avait soulagé Lucas. Elle avait précisé qu'elle y serait jusqu'à la fermeture, car elle préparait plusieurs fournées de donuts-chats. Lorsqu'il arriva, le soleil déclinait et les routes se voilaient d'ombre. Poussés par la brise, d'épais nuages gris striaient à présent le ciel. Il envoya un message à Clem l'informant de sa présence. Le panneau du café indiquait que l'établissement était fermé mais, quand il toqua à la porte, elle ouvrit aussitôt avant de verrouiller derrière lui.

Ses cheveux ramassés dans un filet qui dégageait son visage en cœur, elle portait un tablier rose orné de petits chats cartoonesques se roulant par terre, dormant ou jouant avec des pelotes de laine. Les émotions qui l'assaillirent le prirent par surprise ; il avait gardé en tête l'image d'elle au casting, cachée derrière ses cheveux. Elle était plus belle et délicate ainsi, son teint frais et ses grands yeux noisette mis en avant.

— Tu as vu, hein ? lança-t-elle.

Le front plissé par la contrariété, elle affichait une mine boudeuse, et il fut tout à coup pris de la folle envie de faire disparaître l'inquiétude sur son visage en le couvrant de baisers.

Arrête, se réprimanda-t-il. *Concentre-toi.*

— Le communiqué ? Oui…

— Et la vidéo ! s'écria-t-elle d'une voix stridente. Ils l'ont postée juste après. Je n'arrive pas à y croire… Il me semblait qu'ils avaient laissé entendre qu'ils utiliseraient *peut-être* des extraits du casting, mais ça me paraissait assez improbable…

Elle s'exprimait avec un débit très rapide, à tel point qu'il était difficile de la suivre.

— Impossible de réfléchir. J'ai gâché toute une fournée de donuts. Sylvie est partie ; Emmie est chez Jared, et j'ai dit que je fermerais le café. Mais je n'arrête pas de penser à…

— Ralentis, dit doucement Lucas.

Elle se tut. Et recula d'un pas pour le mesurer du regard. La manière qu'elle avait de le contempler le traversa comme une décharge d'électricité, et elle ne l'avait même pas touché.

— Désolée, répliqua-t-elle d'une voix basse.

— Tu n'as pas à t'excuser.

— Qu'est-ce que… Qu'est-ce que tu fais là ? demanda-t-elle avec hésitation.

Ils se trouvaient encore dans l'entrée, où une énorme affiche détaillant le règlement du café les dominait sous deux gros yeux de chat verts. Une alcôve donnait sur l'accueil et la boutique. Assise à la réception, une femme consultait son téléphone un casque sur les oreilles.

— Je…

Il s'interrompit. Il lui avait paru urgent de venir voir si elle allait bien, mais il ne pouvait pas dire ça, si ? Pas sans se laisser submerger par les sentiments qu'il éprouvait pour elle. Et s'il prenait ce chemin-là… Non, ce n'était pas une bonne idée. Il avait voulu s'assurer qu'elle se portait bien, rien de plus.

— Je pensais qu'on aurait pu parler stratégie. Pour gérer cette situation, précisa-t-il.

Elle ouvrit la bouche, puis la referma, clairement déconcertée.

— Tu es mon concurrent.

Visiblement encore contrariée, Clem jeta un regard anxieux à la réceptionniste derrière elle.

— Oui, soupira-t-il. Mais on dirait qu'ils nous ont mis en avant.

— Je sais.

Elle fronçait les sourcils, et il dut se retenir de passer un doigt sur son front pour le dérider.

— Je ne comprends pas pourquoi.

— C'est sûrement ce truc de chiens et de chats, décréta-t-il. Ça fait une bonne histoire pour l'émission…

— Tu ferais mieux d'entrer, déclara-t-elle. Sylvie n'y verra pas d'inconvénient si on discute dans un coin.

Elle le fit traverser la boutique et l'accueil. La femme au casque leva la tête mais, en apercevant Clem, se contenta de la saluer et de faire un signe à Lucas.

Dans la salle principale, un chat trônait sur l'un des sièges de la table la plus proche. Énorme, avec des taches noires et blanches, il tenait tout juste sur la chaise, et dormait paisiblement en laissant pendouiller sa queue. Son museau était enfoui sous ses pattes. Clem entraîna Lucas derrière le comptoir, où elle salua une autre femme, blonde et souriante, avant de longer un couloir étroit qui menait vers une salle de pause.

— Ici, c'est plus calme, affirma-t-elle.

La pièce était peinte en ivoire et écru, avec des chaises de couleurs vives disposées autour d'une table. Aux murs étaient affichées des photos encadrées des chats du café – comme si c'étaient eux, pas les humains, qui faisaient partie du personnel. Une kitchenette équipée du nécessaire à thé et à café ainsi que d'un évier était calée contre le mur près de la porte.

— Écoute, dit-elle, je te remercie d'être passé, mais je doute qu'on puisse faire grand-chose…

— Je sais, dit-il. Si c'est le récit qu'ils tiennent à tisser, on n'aura pas le choix. Mais toi, est-ce que tu te sens prête ?

— Comment ça ?

— Ça risque de se corser.

Clem serra ses bras contre elle.

— Oui. Mais je ne peux plus reculer… Sylvie compte sur moi… Quelle est ta stratégie ?

À vrai dire, il n'en savait rien. Mais il avait fait des études de cinéma, alors peut-être pourrait-il au moins lui donner quelques conseils ?

— Dis-toi que tu joues dans un film, commença-t-il. (Voyant sa mine effarée, il se hâta de poursuivre.) Attends, je n'ai pas fini. Quand tu te trouveras face à la caméra, ton personnage sera celui de la pâtissière. Incarne ce rôle – ou ce cliché. Fais semblant, le reste suivra.

— Je ne suis pas actrice, lâcha-t-elle d'une petite voix.

— Mais tu t'es bien inscrite à ce concours pour une raison ! Que ce soit pour l'argent, pour les opportunités de carrière, ou autre. Tu devrais peut-être le voir différemment : tu viens travailler ici, à *Chatpuccino*, n'est-ce pas ?

— Oui…

— Quand tu es en cuisine, c'est ce rôle-là que tu tiens, pas vrai ? Celui de la pâtissière professionnelle. De l'employée. Si tu parles à un client, tu es Clem, la pâtissière professionnelle. C'est la même chose. Face à la caméra, tu dois incarner un autre personnage. Celui de Clem, la candidate.

Elle se mordait la lèvre presque jusqu'au sang.

— Tu as fait du théâtre, toi ?

— Ha, non ! J'ai étudié le cinéma à la fac. Mais il m'est arrivé de faire traiteur à des manifestations de jeu de rôle, et j'ai glané quelques astuces. Tu n'as qu'à le voir comme ça. Comme un jeu de rôle.

— J'essaierai, lui promit-elle, même si elle n'avait pas l'air très sûre d'elle.

Il aurait aimé lui prodiguer d'autres conseils, mais ignorait lesquels. Elle semblait encore inquiète et, les bras toujours croisés, elle tapait nerveusement du pied. Un curieux mélange d'émotions montait en lui, telles des vagues déferlant pour atteindre une rive – pour l'atteindre, elle. Il voulait la rassurer, la tranquilliser, et puis, il y avait cette attirance qu'il ne s'expliquait pas vraiment.

— Tout va bien se passer, affirma-t-il, faute de mieux. Ne t'en fais pas.

Alors, ce fut plus fort que lui – il s'avança d'un pas et lui tapota l'épaule de manière rassurante, allant presque jusqu'à la serrer dans ses bras, avant de s'écarter brusquement et de fourrer les mains dans ses poches. *Imbécile*, se dit-il. Il avait agi sans réfléchir.

Elle le dévisagea, muette, et puis, étonnamment, elle sourit ; le pétillement gagna ses yeux, et les vagues qui s'agitaient en lui déferlèrent de plus belle.

*

Quelques jours plus tard, Lucas passait la matinée chez lui pour préparer la première manche du concours. Il se trouvait dans la pièce qu'ils appelaient leur « bureau *Papatte* » et qui contenait deux tables de travail – une pour lui, une pour Dwayne – ainsi que deux fauteuils pivotants. Au mur, une grande photo sur toile de Reina sautant dans un pré vert avec un frisbee dans la gueule occupait une place de choix. Ils étaient restés assis là, à chercher des idées pendant deux bonnes heures, et Dwayne était sorti prendre des boissons fraîches pour mieux supporter la chaleur étouffante. Lucas s'abandonna dans son fauteuil, qu'il fit pivoter distraitement d'un côté et de l'autre.

Soudain, un nom familier s'afficha sur l'écran de son téléphone. Il se figea. *Georgina*. Que lui voulait-elle ? Voilà longtemps qu'il n'avait plus eu de ses nouvelles. Depuis qu'elle avait déménagé, ils ne se parlaient plus comme avant – et ce, depuis des années. Amis d'enfance pendant plus de dix ans, ils s'étaient éloignés, et pas seulement physiquement. Ils se revoyaient occasionnellement, s'il allait à Londres, ou quand elle venait voir ses parents. Et il l'avait aidée à traverser quelques mauvaises ruptures alors qu'elle se faisait encore à son nouveau chez-elle. Peut-être prévoyait-elle une visite dans la région ?

Georgina : Tu es dans le coin, Lukey ?
Lucas : Là, tout de suite ?
Lucas : Et arrête de m'appeler Lukey. J'ai l'impression d'avoir cinq ans.
Georgina : Non, je veux dire en général. Bientôt. Je vais passer un peu de temps à la maison
Lucas : Oui, je suis là
Georgina : OK
Georgina : Ce serait chouette de se revoir. Tu m'as manqué

Les sourcils froncés, il relut les mots qui s'affichaient à l'écran. Voilà longtemps qu'elle n'avait plus dit ce genre de choses. Que se passait-il ?

Lucas : Tout va bien ?
Georgina : Oui. Je trouve dommage qu'on ne soit plus proches, c'est tout.

Lucas ne savait pas comment réagir, aussi ne répondit-il pas. Même lorsqu'ils avaient été amis, elle ne s'était jamais montrée très affectueuse, n'avait jamais dit qu'il lui manquait ni qu'elle l'aimait, comme certains amis avaient tendance à le faire. Elle n'était pas très tactile, ne dispensait ni caresses ni mots tendres. Elle avait été ainsi pendant toute leur enfance. Jusqu'au jour où, tout à coup, elle lui avait avoué qu'elle avait des sentiments pour lui – et lui n'avait pas pu lui rendre la pareille. Comment cela aurait-il été possible, alors qu'elle était comme une sœur pour lui ? Il se rappelait leurs parties de loup dans la cour de récréation, le faux groupe de musique qu'ils avaient formé avec des camarades, les cours de natation qu'ils avaient suivis, le lycée qu'ils avaient fréquenté. Pour elle, c'était allé plus loin. Une amourette qui s'était approfondie au fil des ans.

Était-elle toujours amoureuse de lui ? Sentant son téléphone vibrer dans sa main, il consulta l'écran.

Georgina : Tu es avec quelqu'un en ce moment ?

Lucas : Pourquoi cette question ?

Georgina : Simple curiosité. On ne se parle plus

Lucas : Non

Lucas : Pourquoi tu veux le savoir ? J'espère que tu n'as pas l'intention de me proposer un rencard

Lucas : Désolé, Georgina. Je ne veux pas te faire de peine, mais on a déjà parlé de ça

Elle mit du temps à réagir, et elle avait été plutôt rapide jusqu'à présent ; elle devait chercher une réponse adaptée, tâcher de trouver les mots qu'il fallait, comme si elle triait des grains. Avec un soupir, il passa sa main sur sa nuque en l'étirant. Il n'avait pas envie de relancer cette histoire – tous deux suivaient des directions différentes, et il ne ferait que la décevoir, tout comme avant.

À l'époque, il avait pensé à prendre ses distances pour de bon, de sorte à couper les ponts. Sauf qu'il n'en avait pas été capable, pas complètement, puisqu'il avait été ami avec elle pendant toutes ces années. L'écart qui s'était creusé progressivement entre eux avait aidé ; il s'était attendu à ce que les choses se tassent d'elles-mêmes lorsqu'elle était partie vivre ailleurs. Et voilà qu'elle revenait à la charge.

Enfin, son téléphone se remit à vibrer.

Georgina : Non, je ne vais pas te proposer un rencard

Georgina : Je me posais la question, c'est tout. Ça me ferait plaisir de te voir, quand je serai là. Je pourrais passer au café. Ça fait des plombes que je n'y suis pas allée

À son tour de mettre du temps à répondre, les doigts figés au-dessus de l'écran tandis qu'il cherchait quoi dire. Il devait s'exprimer clairement, avec autant de douceur que possible. Au bout d'un moment, il finit par écrire :

OK, tiens-moi au courant. C'est toujours sympa de revoir des vieux copains.

Voilà. Un rappel subtil du fait qu'elle n'était qu'une amie, presque une sœur, à ses yeux, et absolument pas une amoureuse potentielle.

Malgré tout, cela le peinait de constater qu'après toutes ces années, Georgina semblait toujours éprouver des sentiments pour lui. Il ignorait si une amitié, quelle qu'elle soit, pouvait y survivre.

11

LA PREMIÈRE ÉPREUVE DU CONCOURS arriva rapidement. Lucas n'était pas parvenu à détourner son attention des réseaux sociaux dans les jours qui la précédèrent ; habituellement, il ne s'y intéressait guère, sauf pour annoncer des événements ou promotions sur la page du *Papatte Café*. Certains semblaient croire que lui et Clem étaient des personnages fictifs dans une série télé, pas de vraies personnes. « J'espère qu'ils vont finir ensemble !! » couinaient-ils dans les commentaires. S'ils réagissaient ainsi avant même que l'émission ait réellement commencé, que feraient-ils à la deuxième ou à la troisième épreuve, si Clem et lui étaient encore là ? Il ne s'était pas douté que les fans de Ronan seraient aussi enragés, ni qu'ils se préoccuperaient autant des candidats de *C'est ma fournée*.

Leurs sacs sur le dos, lui et Dwayne attendaient devant le *Papatte Café* le bus censé récupérer les participants. Ils avaient décidé de fermer le café les jours de concours, quitte à perdre de l'argent – dans l'espoir que leur passage dans l'émission compense cette perte en attirant davantage de clients par la suite.

— Tu vérifies encore ton téléphone ? lança Dwayne avec un claquement de langue agacé. Arrête un peu, mon vieux. Ça ne sert à rien.

— Clem est sûrement en train de regarder, elle aussi.

— Tu t'inquiètes pour elle, constata son ami d'un air malicieux.

— La ferme. C'est faux. N'importe quoi !

Mais Lucas eut un pincement au cœur. Incapable de se retenir, il prit une vive inspiration – c'est vrai qu'il s'inquiétait pour elle. Que pouvait-elle bien penser à la lecture de ces commentaires ?

— N'importe quoi, mon cul ! riposta Dwayne.

Lucas fit comme s'il n'avait rien entendu. Peut-être qu'avec toute cette agitation, Clem ne se présenterait pas à la première épreuve ? Manifestement, la suite s'annonçait épineuse pour eux deux.

Environ cinq minutes plus tard, le bus s'approcha lentement. Il s'agissait d'un véhicule blanc aux vitres teintées qui brillaient dans la lumière matinale comme si elles avaient été récurées le matin même. Quand la portière s'ouvrit brusquement, ils bondirent à l'intérieur, et un chauffeur vêtu d'un T-shirt *C'est ma fournée* leur dit bonjour avant de leur montrer leurs places. Des petits bouts de papier dépassaient du dossier de chaque siège, avec leurs noms écrits dessus.

Ils saluèrent les autres candidats au passage, échangeant sourires et hochements de tête. Dwayne était placé près de la fenêtre, Lucas côté couloir. Ils s'assirent et le bus s'éloigna du *Papatte Café*, roulant devant les bateaux amarrés dans le port et la surface scintillante du lac. Par curiosité, Lucas jeta un coup d'œil aux sièges vides de l'autre côté de l'allée, et aux noms inscrits sur les feuilles.

Évidemment. Ils l'avaient fait exprès.

« *Chatpuccino* », indiquaient les étiquettes.

Clem serait dans la même rangée qu'eux. Il fureta dans son sac à dos pour en sortir sa gourde d'eau.

— Le prochain arrêt sera Oakside, j'imagine, déclara Dwayne en lui adressant un sourire suggestif. (Il se pencha.) Qu'est-ce que tu regardais comme ça ? Qui va s'asseoir là ?

Lucas tenta en vain de le repousser sur son siège, mais il était trop tard.

— Ah ! gloussa son ami. Je vois qu'ils cherchent à rapprocher les tourtereaux…

Lucas contempla la chemisette de Dwayne – blanche, à motifs de taches de dalmatien, en hommage au nom de leur café – et l'avertit :

— Si tu portes une chemise avec des oiseaux la prochaine fois, je te jure que…

— Excellente idée, je n'y avais même pas pensé !

Lucas lui flanqua un petit coup sur le bras avec sa gourde.

Bien trop vite, ils atteignirent Oakside, avec ses bâtiments de briques ocre et brun qui bordaient la route, et gravirent la pente qui menait au bar à chats. Il était encore tôt, le soleil vaporeux était partiellement caché par les nuages, et les oiseaux gazouillaient gaiement dans les arbres. Clem et Sylvie patientaient sous l'auvent du café, les cheveux sombres de Clem ressortant plus particulièrement à travers les vitres teintées.

Il sentit son ventre se retourner. Elle croisait les bras, comme pour contenir quelque chose. À cette heure matinale, il faisait frais malgré les températures clémentes des derniers jours ; elle avait mis une veste sombre et une longue jupe plissée avec un T-shirt calé lâchement dans la ceinture. Lequel affichait une citation, « La vie est plus belle avec des chats », entourée d'une silhouette féline. Lorsqu'elle monta dans le bus derrière Sylvie, les couleurs naturelles pour lesquelles elle avait opté se révélèrent. Jamais il n'avait vu quelqu'un porter aussi bien des tons de vert et de beige, ou sans doute n'y avait-il simplement pas prêté attention avant.

Lucas se racla la gorge. À force de côtoyer Dwayne, il se préoccupait trop des choix vestimentaires de ses congénères.

— Ah, voici nos places, affirma Sylvie avant de s'installer côté fenêtre. Pile à côté de l'équipe canine !

Elle adressa un grand sourire à Lucas et Dwayne.

Dwayne les salua de la main et asséna un coup de coude à Lucas, qui dit d'une voix faible :

— Salut.

Clem esquissa un petit sourire et s'assit en fourrant son sac à dos sous son siège. Elle garda les mains plantées sur les genoux jusqu'à la fin du trajet, la tête inclinée vers Sylvie et le paysage qui défilait derrière la vitre. Lucas était intensément conscient de leur proximité, comme si le corps de la jeune femme dégageait des ondes qui le traversaient.

Il maintint son propre regard fixé sur les collines, les moutons et les pics qu'ils passaient. Il s'efforçait de ne pas la regarder.

Le château de Wray, à Claife, était leur destination finale. Lucas l'avait visité une fois, à l'école, mais il avait oublié combien l'édifice était imposant. Ils le contournèrent pour gagner le parking, dépassant des grappes de fleurs jaunes qui parsemaient la pelouse. La bâtisse de style gothique se dressait derrière un haut mur de pierres aux tours déchiquetées, percées de meurtrières et de fenêtres encastrées. L'entrée, immense et cintrée, s'élevait entre deux tours. Il ne pouvait pas voir grand-chose d'autre ; le reste était dissimulé à l'intérieur.

Les candidats sortirent dans la fraîcheur matinale. Les oiseaux chantaient leurs mélodies depuis les hauteurs des arbres, et une fine nappe de brume flottait au-dessus de la verdure environnante.

— Chouette endroit, déclara Dwayne à côté de lui. Je me demande comment Ronan a pu l'avoir ? Ils n'ont pas tourné un film ici ?

— J'en sais rien, répliqua Lucas.

Il sentait la présence de Clem derrière lui.

Une grande tente blanche avait été dressée sur le gazon, sa toile luisant dans les rayons du soleil qui étaient enfin parvenus à trouer le voile nuageux. Loin d'être ordinaire, elle était longue et luxueuse avec, au bout, une entrée moins large que le reste surmontée de banderoles aux couleurs du printemps. Plusieurs éléments pointus agrémentaient le dessus comme autant de toits miniatures ou de chapeaux de sorcier, et chaque pan était bordé d'un film transparent. Vers l'arrière se trouvait une marquise abritant quelques tables ; non loin de là, une autre, bien plus étendue, offrait un coin ombragé à un groupe de chaises et de tables recouvertes de nappes blanches. Celles-ci devaient être destinées au petit public invité à chaque épreuve pour déguster les pâtisseries, ce qui permettrait d'obtenir quelques séquences supplémentaires pour l'émission.

L'équipe de tournage était déjà sur place, et des gens en T-shirts noirs à l'effigie de *C'est ma fournée* couraient partout telles des abeilles en quête de pollen. À l'intérieur de la tente principale, Lucas aperçut une rangée de postes vert pâle parés de guirlandes lumineuses.

— Par ici ! cria une femme en indiquant une barrière dans le grillage qui menait vers la pelouse. Venez, nous allons vous faire entrer.

Le groupe s'avança. Clem marchait derrière lui. Il lui jeta un regard par-dessus son épaule. La jeune femme ouvrait grand ses yeux noisette, et le rose qui teintait ses joues le troubla.

— Je suis déçu qu'on n'aille pas dans le château, commenta-t-il.

Il regardait encore Clem, et elle se tourna vers lui avec un sourire.

— Il est trop petit, dit Dwayne. Du moins, pour accueillir cette tente et tous ces postes de travail. Et puis, même si on pouvait tous tenir dedans, il s'agit d'une attraction touristique, et on serait plus une gêne qu'autre chose.

Lorsqu'ils gagnèrent l'intérieur de la tente, Dwayne émit un sifflement admiratif.

L'entrée était ornée d'un zigzag de guirlandes lumineuses scintillantes qui, comme des lucioles, piquetaient l'espace de leurs lueurs dorées. Lucas songea à une jardinerie en voyant ces coins et recoins plongés dans l'ombre des plantes feuillues, à côté desquels les guirlandes n'en brillaient que plus intensément. Les plantes étaient contenues dans des pots en forme d'animaux : cygnes blancs, rats musqués, lapins couleur crème, hérissons et tortues nacrées avec des fleurs qui leur poussaient dans le dos.

— Pas de chats ni de chiens. Quel scandale, grommela Dwayne d'un air désapprobateur.

Lucas répliqua par un sourire en coin ; derrière eux, Sylvie pouffa.

Le mini-jardin menait tout droit aux postes assignés à chaque équipe. Deux rangées de petites cuisines en bois vert étaient soigneusement disposées, avec une allée au milieu. L'endroit était spacieux et lumineux, grâce aux parties transparentes de la tente qui laissaient entrer le soleil. Quelques réfrigérateurs bleu-vert étincelaient en périphérie, aux côtés d'autres décorations : des casseroles en cuivre suspendues aux murs, des tasses et faux gâteaux empilés sur des étagères. Un grand et large plan de travail longeait l'arrière de la tente et, sur la gauche, étaient posés une bouilloire et de quoi se faire du café.

L'employée de *C'est ma fournée* les installa à leurs postes désignés.

— Vous trouverez tout le nécessaire ici, affirma-t-elle. Four et plaques de cuisson, ingrédients, batteur électrique. Prenez le temps de vous familiariser avant l'arrivée des juges.

Divers cliquetis et éclats de voix ponctuèrent ses paroles tandis que tous prenaient connaissance de leurs installations. Lucas fit le tour de leur poste avec Dwayne. La femme avait raison : ils étaient bien équipés.

— Elles sont encore près de nous, marmonna Dwayne en montrant Clem et Sylvie du menton.

Elles étaient installées juste à côté d'eux, et Lucas avait bien du mal à ne pas regarder Clem.

Dix minutes plus tard, Ronan et les autres juges entrèrent dans la tente, suivis de l'équipe de tournage. Comme d'habitude, leurs allures n'auraient pas pu être plus différentes : Ronan, la tête bouclée, portait un costume à carreaux vert pâle agrémenté d'une cravate rose pastel. Viviana avait une longue robe noire et, drapée sur les épaules, une veste blanche courte dont les boutons en or brillaient. À côté d'elle, Laurette arborait un short sombre stylé ainsi qu'un chemisier à fleurs, et Jonathan, ses lunettes de créateur caractéristiques et une chemise bleu marine parfaitement repassée.

— Bonjour à tous ! lança Ronan en tapant dans ses mains et en souriant à la ronde pendant que le silence se faisait. Nous espérons que vous êtes prêts pour la première épreuve ! Commençons.

12

Des biscuits. Le sourire aux lèvres, Lucas se mit au travail. C'était le démarrage parfait : lui et Dwayne avaient prévu de confectionner les sablés aux fraises et au chocolat blanc particulièrement prisés par les clients du *Papatte Café*, tout en proposant également une fournée de friandises pour chien pouvant être savourées par des humains, clin d'œil à celles qu'ils offraient gratuitement à la gent canine. Dwayne sortait déjà les ingrédients nécessaires, et Lucas préchauffait le four à la bonne température.

Quand, à peine quelques minutes plus tard, il jeta un regard à Clem, il vit la caméra braquée sur elle, et Jonathan qui la pressait de questions.

— Comment vous sentez cette épreuve, les filles ? demanda-t-il en remontant ses lunettes sur l'arête de son nez. Tout le monde est surexcité pour vous deux !

Parlait-il de Sylvie et de Clem ? Ou des commentaires publiés en ligne sur le *Papatte Café* et *Chatpuccino* ? Lucas n'aurait su le dire.

Clem avait dû se poser la même question, car elle lâcha la boîte d'œufs qu'elle tenait à la main. Les coquilles se brisèrent sur ses Converse, les tapissant de leur substance visqueuse, tandis que le reste du liquide se répandait sur le faux plancher. Lucas eut un hoquet de surprise. Sans réfléchir, il se précipita vers elle.

— Tiens, dit-il doucement en tendant ses propres œufs à Clem. Prends ce dont tu as besoin.

Il aurait sans doute mieux fait de rester là où il était. La caméra se focalisait maintenant sur leur interaction. Clem avait l'air si perturbée qu'il eut envie d'envoyer promener le cameraman, mais il se retint, tâchant de tourner le dos à l'objectif.

Il avait agi sur un coup de tête, machinalement, comme s'il travaillait au café.

— M-merci, bredouilla Clem.

Elle fit passer son regard de lui à la caméra, l'air d'un lapin dans les phares d'une voiture. Lorsqu'elle s'empara de la boîte, leurs doigts s'effleurèrent et, malgré la chaleur dans la tente à cause des fours, Lucas sentit des frissons glacés lui remonter la colonne vertébrale.

Sa première réaction fut de lui proposer de l'aider à nettoyer les œufs répandus au sol, mais il s'en abstint. Il avait déjà assez perdu de temps comme ça. Il ne s'agissait pas d'une œuvre de bienfaisance, et elle n'était pas non plus une collègue.

— Reviens, mec, lança Dwayne à point nommé. Concentre-toi sur tes biscuits, bon sang !

Jonathan rit, et le cameraman pivota vers Dwayne pour l'inclure dans le plan. Les joues de Clem avaient presque viré au cramoisi.

— Pardon, dit-elle en fonçant près de Lucas pour attraper une balayette et ramasser l'amas de coquilles d'œufs.

En passant, elle provoqua un courant d'air qui lui coupa le souffle, et il sentit sa longue jupe lui frôler les jambes.

Il se secoua et regagna son coin cuisine. Que lui prenait-il ? Son cerveau semblait avoir oublié qu'il n'était pas au travail. Oui, il ne s'agissait que de ça : un réflexe acquis après des années de cogérance d'un café. Cela ne signifiait rien. Ou peut-être avait-il assisté ses parents pendant trop longtemps, au point qu'aider les autres était devenu un automatisme ? Ils participaient à un concours ; il devait se reprendre, et remporter la victoire. Sans oublier que ce genre de scène ne ferait que multiplier les commentaires sur internet.

— Concentre-toi, lui siffla Dwayne, qui avait déjà beurré un moule avant de le chemiser d'un papier sulfurisé.

— Désolé.

— Quand je pense que tu prétends que les femmes ne t'intéressent pas, ajouta Dwayne en levant les yeux au ciel.

De nouveau concentré, Lucas entreprit de crémer le beurre et le sucre jusqu'à obtenir un mélange pâle et mousseux, avant d'y incorporer une larme de vanille tandis que Dwayne dosait la farine. Pendant qu'ils œuvraient, c'était comme si Clem était une présence brûlante, un soleil chaud qui surgissait derrière un bâtiment – il en était conscient même quand il ne la regardait pas. La caméra était encore braquée sur le poste de *Chatpuccino*, et il eut le temps de capter la fin d'un commentaire abrupt de la part de Sylvie à l'intention de Jonathan Hale :

— … une supposition franchement absurde – et, de toute manière, ce sont nos concurrents !

Peu après, l'équipe de tournage partit s'intéresser à d'autres candidats. Lucas relâcha son souffle et glissa un regard vers

Clem. À présent que la caméra s'était éloignée, elle semblait plus détendue, les épaules moins crispées.

Dwayne amalgamait rapidement les ingrédients. Ensemble, ils se saupoudrèrent les mains de farine jusqu'à ce qu'elles soient entièrement blanches, et déposèrent la pâte dans le moule apprêté par Dwayne.

— Je vais la piquer et le mettre au four, affirma Dwayne en cherchant une fourchette.

Lucas acquiesça d'un signe de tête. Ils avaient déjà décidé qu'il s'occuperait de la compotée de fraises – c'était lui qui la préparait le mieux – pendant que Dwayne se chargerait du chocolat blanc. Il se força à faire abstraction des bruits environnants et à empêcher son esprit de vagabonder vers Clem tandis qu'elle s'affairait de son côté.

Une fois leur pâte cuite et le chocolat de Dwayne entreposé au frigo, la caméra déambula vers eux et l'objectif étincela en renvoyant le reflet du soleil, qui commençait à se déverser dans la tente. Lucas chercha de quoi s'occuper, mais sa compotée de fraises chauffait encore et il n'y avait pas grand-chose à faire d'autre que la mélanger occasionnellement et nettoyer frénétiquement le plan de travail afin de paraître accaparé.

Le cameraman – flanqué de Jonathan – s'avança. Jonathan questionna Lucas sur sa préparation, et il répondit volontiers mais, très vite, la conversation emprunta un chemin qui ne lui plaisait pas.

— Votre café, le *Papatte Café*, et *Chatpuccino*, le bar à chats, sont déjà très appréciés ! s'enthousiasma Jonathan. En plus de quoi, vous semblez proches. Êtes-vous devenus… amis en dehors du concours ?

Un *sans commentaire* railleur traversa l'esprit de Lucas, mais il serait passé pour irascible – après tout, ce n'était pas un journaliste qui l'interrogeait. Sans doute avaient-ils choisi Jonathan à dessein pour les questionner, car il était connu sur les réseaux. Il avait dû lire les diverses réactions en ligne, comprendre qu'ils pourraient s'en servir pour rendre cet épisode plus palpitant. Ce que la plupart des membres de l'équipe avaient dû saisir aussi.

— J'imagine que tout le monde ici n'y voit qu'une rivalité amicale, se contenta-t-il de répondre, tel un homme politique tâchant d'esquiver un sujet délicat. Nous ne sommes pas des ennemis.

Il sourit à la caméra et remua sa compotée de fraises, dont l'odeur lui flatta les narines.

Mais Jonathan, lui, y perçut une nouvelle occasion. Presque l'écume aux lèvres, il répliqua, d'une voix outrancièrement enjouée :

— Pourtant, les chats et les chiens sont connus pour être les pires ennemis du monde, non ? (Il éclata de rire.) Malgré tout, on dit que les opposés s'attirent !

Par chance, sa compotée de fraises avait suffisamment épaissi, alors il la retira du feu et fit semblant de demander à Dwayne si le chocolat avait pris, même s'il savait pertinemment qu'il était encore trop tôt. Jonathan se désintéressa de lui pour se diriger vers ses voisins, suivi de la caméra.

Une fois leur tâche achevée, tous les concurrents se mirent en rang derrière le plan de travail au fond de la tente, face à leurs créations. Le jour avait avancé, et la chaleur sous la toile était montée en flèche sous l'effet accumulé des fours allumés et de l'agitation des divers candidats. Dwayne avait déboutonné le haut de sa chemisette, et le crâne de Lucas dégoulinait de sueur.

On les disposa selon un ordre bien précis. Une femme aux longs ongles roses plaça Lucas à côté de Clem. Il fut tellement surpris lorsqu'elle lui égratigna le bras par accident qu'il percuta Clem.

Elle trébucha, et il la rattrapa sans réfléchir, enroulant un bras autour de sa taille pour la redresser.

Clem leva ses grands yeux vers lui, les joues teintées d'un rose délicat. Ses vêtements dégageaient une odeur de beurre et de sucre et, loin de se raidir à son contact, il aurait pu jurer l'entendre émettre un petit soupir d'aise. On aurait dit une de ces scènes dans les vieux films où un homme prend une femme par la taille. Il la relâcha aussitôt.

— Désolé, dit-il en désignant les biscuits-chats qu'elle avait si amoureusement confectionnés.

Elle avait failli les heurter, ce qui les aurait envoyés valser au sol, où ils se seraient brisés en mille morceaux.

— J'ai cru que tu allais les casser…

Clem haussa les sourcils. Il aurait aimé pouvoir lire dans ses pensées. Que signifiait le regard qu'elle lui lançait ? À quoi songeait-elle ?

Lucas dut réprimer un gémissement lorsqu'un rayon de soleil accrocha l'objectif qui s'était tourné vers eux. La caméra les observait encore, pointée droit sur eux.

Clem semblait vouloir dire autre chose, mais se borna à refermer la bouche et à porter son attention sur les juges. Debout les uns à côté des autres, tels les chanteurs d'un groupe face à une mer de fans en délire, ils regardaient à la ronde avec un air appréciateur.

— Alors, vous êtes prêts ? lança Ronan.

Quelques hochements de tête et applaudissements épars accueillirent les membres du jury qui s'approchaient de la table.

— Deux d'entre vous auront la tristesse de devoir rentrer chez eux aujourd'hui, déclara Ronan d'une voix grave, comme s'il prononçait un éloge funèbre. À présent, nous allons vous juger, comme nous le ferons à chaque épreuve, sur votre méthode, les saveurs de vos réalisations, votre présentation et votre créativité, ainsi que sur la manière dont vous mettez votre commerce en avant.

Les membres du jury commencèrent au bout de la rangée et entreprirent de la longer, suivis par l'œil de lynx de la caméra. Ils dégustèrent les biscuits, remercièrent les candidats pour leur travail, posèrent quelques questions complémentaires. Lucas sentait la jambe de Clem tressaillir à côté de lui à mesure qu'ils avançaient.

Ronan s'immobilisa devant Lucas et Dwayne, flanqué des autres juges. Ils baissèrent les yeux pour jauger les sablés : diverses strates d'une croûte moelleuse, d'une compotée aux fraises, et de chocolat, surmontées d'un motif de tourbillons chocolatés. Ils les avaient présentés comme ils l'auraient fait au café : sur une longue planche en bois, avec une étiquette de prix plantée sur un socle argenté. Pour accompagner les sablés rectangulaires, Lucas avait préparé des biscuits carrés plus petits, en forme de friandises pour chien.

— Pas d'inquiétude, ils sont sans danger pour les humains, assura-t-il aux juges, qui éclatèrent de rire.

Chaque juré goûta l'un des sablés, en mordant dedans avec enthousiasme – et essaya aussi ceux en forme de gâteaux pour chien. Le souffle court, Lucas guetta sur leurs visages une indication de ce qu'ils pensaient. On n'entendait rien d'autre que des bruits furieux de mastication.

Viviana poussa un soupir de contentement et sourit. Elle brandit un bout de son sablé comme s'il s'agissait d'un joyau qu'elle venait d'extraire d'un coffre au trésor.

— Ils sont excellents, déclara-t-elle en dévorant le dernier morceau. Je n'en ai jamais goûté d'aussi délicieux. Et ceux en forme de friandises pour chien sont une très belle idée, même s'ils me donnent l'impression de manger quelque chose que je ne devrais pas !

— À vrai dire, ceux-là, nous ne les vendons pas, précisa Dwayne. Nous en conservons des bocaux sur le comptoir, alors nous avons voulu faire comme si nous étions au *Papatte Café*.

— Malin, reconnut Ronan, qui avait englouti son propre biscuit. (Il épousseta les miettes sur son col.) C'était incroyable – ce mélange de compotée de fraises, de chocolat blanc et de sablé offre des textures et saveurs très intéressantes. Divin ! Je peux en avoir un autre avant de continuer ?

Il se servit avant même d'avoir eu la réponse. Une fois que Ronan eut dévoré le gâteau en quelques bouchées, les membres du jury s'éloignèrent pour inspecter les biscuits en forme de chat de Clem et Sylvie.

— Ah, *Chatpuccino* ! s'exclama Ronan en désignant Lucas et Dwayne du pouce. Le bar à chats, face à ses rivaux naturels !

Les autres juges rirent – même Sylvie se joignit à eux.

Le visage de Clem semblait un peu crispé. À côté de lui, il sentait que sa jambe tremblait plus fort encore.

— Bon, Clem, lança Ronan avec un sourire d'un blanc éclatant. J'ai vu tes profils sur internet et je trouve déjà ce que tu fais *remarquable*. Et ces biscuits sont de toute beauté, avec un grand soin du détail. Pas d'inquiétude, je ne fais pas de favoritisme – il faut aussi que le goût soit à la hauteur !

Ronan se pencha, prenant son temps pour faire son choix. Ceux en forme de patte étaient déclinés en couleurs pastel, et les gâteaux en tête de chat avaient l'air tout droit sortis d'un traiteur professionnel. Chaque trait était tracé avec précision, des tons bicolores des chats blancs et marron aux petites moustaches, en passant par les minuscules visages souriants – rien ne dépassait, rien ne bavait. On aurait dit des articles vendus en boutique.

Les juges choisirent leurs biscuits et les croquèrent. Lucas jeta un coup d'œil à Clem – la mine sérieuse, elle se mordait l'intérieur de la joue.

— Exquis, déclara Laurette, qui mâchait avec une main devant sa bouche.

— Le goût n'est pas aussi percutant que celui du *Papatte Café* ! Mais certainement plus subtil, approuva Ronan.

— Quant à l'apparence, ils sont parfaits, ajouta Viviana. Tu es une décoratrice de talent, Clem.

— Clem est très talentueuse, acquiesça Sylvie en passant un bras autour des épaules de celle-ci.

Jonathan hocha la tête en finissant son propre biscuit.

— Ils sont si jolis, c'est presque dommage de les manger !

— Merci Clem, merci Sylvie, dit Ronan.

Les juges poursuivirent leur chemin, et Lucas entendit Clem pousser un soupir de soulagement.

*

Quand les membres du jury revinrent, ils reprirent leur position au centre de la tente pour annoncer qui allait les quitter à l'issue de cette épreuve. Viviana et Laurette croisaient les bras, on aurait cru une rangée de policiers. Le cœur de Clem battait si fort qu'elle parvenait à peine à entendre les autres candidats et le murmure de leurs conversations. Elle redoutait d'être éliminée – car, malgré sa nervosité, elle était fière de ses biscuits et avait soif de reconnaissance. En outre, les juges les avaient qualifiés d'« exquis » et de « subtils », et elle avait mal aux joues à force de sourire. Elle peinait à croire que c'était d'elle qu'ils avaient parlé. Elle, Clem, qui avait abandonné ses études pour se mettre à la pâtisserie… Elle, une décoratrice de talent ? Cela n'avait aucun sens. Et dans le cas où elle n'était pas disqualifiée… Eh bien, elle aurait de la peine pour la personne qui partirait, car celle-ci aurait certainement eu mille fois plus envie qu'elle d'être ici – après tout, elle ne s'était même pas inscrite elle-même.

— Nous sommes vraiment désolés… (Ronan étira le silence pour plus d'impact, la mine solennelle, face caméra.) *Petites Douceurs*, annonça-t-il. C'est vous qui nous quittez aujourd'hui.

Clem ne put retenir une bouffée de joie, mêlée à un sentiment de culpabilité.

On leur avait demandé que, lors de chaque élimination, ils se rejoignent tous au centre pour consoler ceux qui s'en allaient tandis que la caméra capturait l'instant. Les pâtissières de *Petites Douceurs* s'approchèrent des juges pour leur serrer la main, manifestement déçues de devoir arrêter si tôt, et Clem s'avança avec Sylvie et les autres pour les encercler.

Une fois leurs adieux et leurs condoléances faits, tous quittèrent la chaleur poisseuse de la tente. Dehors, le soleil tapait d'aplomb depuis un ciel bleu sans nuages, et il faisait considérablement plus chaud à présent que midi était passé. Clem n'arrivait toujours pas à se détendre, pas tant que l'étape suivante ne serait pas terminée. Certes, elle avait réussi cette épreuve, mais elle n'oubliait pas qu'elle avait fait tomber ses œufs, et redoublait de vigilance pour éviter un nouvel incident. Elle était debout à côté de Sylvie, et chacune tenait une assiette chargée de leurs biscuits. Les candidats allaient devoir servir leurs créations à l'une des tables en face de la tente, désormais occupées par toutes sortes de gens qui bavardaient, assis à l'ombre. Le cameraman était sur le qui-vive, prêt à tout filmer.

Les membres de l'équipe les firent avancer par paires. Clem regarda Lucas et Dwayne se diriger vers les tables, où ils offrirent leurs sablés à un couple de personnes âgées à l'allure sympathique. La femme afficha un air radieux en contemplant les biscuits, et Clem la vit articuler un « merci » silencieux à Lucas. Il lui sourit, une fossette se creusa dans sa joue, et elle sentit son cœur faire un bond dans sa poitrine. Elle était incapable de se détourner. Chaque geste du jeune homme était aussi beau que son visage.

Beaucoup trop vite, ce fut son tour et celui de Sylvie. Elles s'approchèrent des tables en s'orientant vers celle que l'équipe leur avait désignée, tandis que la caméra les suivait comme une ombre insistante. Clem gardait son regard rivé sur l'assiette – et ses pieds – pour éviter de faire tomber quoi que ce soit d'autre.

— Tenez, dit-elle en posant ses créations sur la nappe.

Parfait, elle s'en était acquittée sans encombre.

— Merci…

La voix était hésitante. Mais Clem l'avait déjà entendue quelque part. Lorsqu'elle releva la tête, elle se figea, une main en l'air au-dessus de ses biscuits en forme de chat.

Des cheveux blond cendré qui se déversaient en un voile lisse et soyeux. Des yeux d'un bleu perçant. Un petit nez, avec un piercing qui scintillait sur la narine droite. Elle était reconnaissable entre mille, même si plus de cinq années étaient passées depuis la dernière fois que Clem l'avait vue. L'ancienne amie qui l'avait humiliée, qui avait brisé son assurance.

— Salut, Clem, lança Genie.

13

Clem n'arrivait pas à savoir si le sourire de Genie était sincère ou narquois. Tel un renard, Genie pouvait être belle et lustrée, mais futée, si elle cherchait à happer des restes. Que se passait-il ? Que faisait-elle là ? Clem n'avait pas le temps de le demander, et pas la moindre envie de se lancer dans cette discussion-là face à la caméra. Elle devait fuir le plus vite possible avant que l'équipe de tournage ne se rende compte de quoi que ce soit.

— Salut, dit-elle avec raideur. Excuse-moi… Je dois…

Elle s'interrompit pour talonner Sylvie et fonça sur la pelouse, en direction des autres. Pas une fois elle ne regarda en arrière pour voir la réaction de Genie.

— C'était qui, ça ? lui chuchota Sylvie.

Par chance, la caméra n'était plus braquée sur elles, car les candidats suivants s'avançaient à leur tour.

— Quelqu'un que j'ai connu avant…, répondit lentement Clem.

Son corps la brûlait et le rugissement dans ses oreilles menaçait de tout engloutir.

— Je ne sais pas ce qu'elle fait là…

— Peut-être qu'elle a su que tu participais au concours ? suggéra Sylvie.

Hébétée, Clem hocha la tête.

— Peut-être…

Mais pourquoi faisait-elle partie du public – ou, plus précisément, comment ? Clem avait entendu dire qu'on piocherait parmi les familles de l'équipe de tournage et les amis des candidats. Genie n'était plus son amie depuis longtemps. Pourquoi était-elle là ? Connaissait-elle quelqu'un de l'équipe ?

Une fois que les invités eurent été servis et que toutes les pâtisseries eurent été dégustées, l'équipe de *C'est ma fournée* emmena Clem, Sylvie et les autres vers la marquise qui longeait la tente. Clem avait un peu le vertige.

On leur avait apporté toutes sortes de collations : sandwichs triangulaires, gressins accompagnés de différentes sauces, bacs remplis de pâtes à la crème, bols de chips, tranches de pastèque, roulés à la saucisse et tartelettes, ainsi que divers jus de fruits et boissons gazeuses. D'énormes glacières étaient garnies de glaçons de sorte à conserver ces dernières au frais. Clem se réjouissait de constater que cette partie-là n'était pas filmée – le visage de Genie était gravé dans sa mémoire, comme si elle avait regardé le soleil trop longtemps et que celui-ci l'avait marquée à vie.

Que Genie cherchait-elle à faire en venant ici ? Clem laissa courir son regard sur la nourriture, mais se sentait trop mal pour toucher à quoi que ce soit, y compris aux fraises, qui avaient pourtant l'air délicieuses et charnues. Le soleil se cacha derrière un nuage, et tout parut plus terne.

— Tu as fait du super boulot, Clem, la félicita Sylvie en attrapant une assiette et une serviette en papier avant de sélectionner quelques sandwichs.

Clem sourit, tout en priant pour que son agitation n'apparaisse pas sur son visage. Elle tâcha d'adopter un air neutre.

— Merci, toi aussi.

— Hé, félicitations ! lança une voix.

Sylvie et Clem se retournèrent. Dwayne était planté derrière elle, Lucas quelques pas en retrait, comme s'il ne savait pas trop s'il devait s'approcher. Autour d'eux, les autres candidats déambulaient, prenaient des assiettes et remplissaient des gobelets de jus d'orange et de Coca.

— À vous aussi ! répliqua Sylvie. Le jeu des chiens contre les chats se poursuit !

— C'est plus marrant comme ça, déclara Dwayne en passant le bras autour de Sylvie pour s'emparer d'une bouteille d'eau.

Il en jeta une à Lucas, qui l'attrapa au vol. Clem haussa les sourcils, impressionnée.

Elle s'approcha de la desserte pour prendre du jus d'orange pendant que Sylvie et Dwayne discutaient distraitement de leurs cafés respectifs. Tandis que Clem finissait de se servir, Lucas tripotait sa bouteille d'eau à côté d'elle, comme si quelque chose le turlupinait.

Son cœur battait toujours trop vite, encore sous le coup de son interaction avec Genie. Qu'était-elle en train de faire, de l'autre côté de la tente ? Était-elle filmée par l'équipe de tournage, à qui elle déballait tout concernant Clem ? Et si, d'une manière ou d'une autre, elle avait appris que Clem n'avait pas vraiment choisi de participer à cette compétition, et était venue le révéler au monde entier ? *Non.* Il était impossible qu'elle le sache ; Sylvie était la seule au courant. Elle but une gorgée de jus d'orange, tentant de chasser ses divagations en se concentrant sur le froid des glaçons dans son verre. La boisson était rafraîchissante, et apaisa un peu la brûlure de la panique.

— Pourquoi tu as fait ça ? demanda-t-elle à Lucas, histoire de se changer les idées.

— Fait quoi ?

— Tu sais… Tu m'as aidée, deux fois. Avec les œufs, et quand j'ai trébuché…

— Ah.

Il se gratta la nuque, ébouriffant quelques mèches sombres au passage.

Elle mourait d'envie de faire courir ses propres doigts le long des cheveux du jeune homme – à tel point qu'elle dut se détourner. Les spéculations allaient bon train sur internet, et l'intérêt qu'il éveillait chez elle virait presque à l'obsession. Comment faire autrement ? Il était beau, serviable, gentil. Mais elle devait étouffer ces sentiments avant qu'ils dégénèrent. Elle avait déjà assez de soucis comme ça.

— Désolé, dit-il. À vrai dire, je n'ai pas réellement réfléchi.

Elle ne comprenait pas. Il avait pourtant vu tous ces commentaires en ligne. Sylvie et Dwayne s'étaient éloignés pour piocher dans les mini-desserts – de la gelée de fruits et des cupcakes – qui étaient disposés sur une autre table, autour de laquelle des candidats étaient agglutinés.

— Je suppose que j'ai agi machinalement, poursuivit-il en haussant les épaules. Par habitude, à force de travailler au café, et…

Il laissa sa phrase en suspens.

— Ce n'est probablement pas une bonne idée de m'aider, déclara-t-elle. Même si j'apprécie le geste.

— À cause des commentaires sur internet ?

— Eh bien, oui.

Il soupira.

— Je vois ce que tu veux dire. Moi non plus, je n'ai pas envie que les gens s'imaginent des choses… (Il se racla la gorge.) Mais nous participons tous les deux à cette compétition, que ça nous plaise ou non, pas vrai ? Il faut bien qu'on interagisse à un moment donné.

— Je sais.

Il lui sourit.

— Mais je peux essayer de me retenir… de t'aider.

Ce fut plus fort qu'elle – elle éclata de rire. Car cette suggestion éveilla toutes sortes de scénarios où elle n'avait aucune envie qu'il fasse preuve de retenue à son égard. L'espace d'une fraction de seconde, elle s'abandonna à une rêverie où il venait la secourir dans la tente et, à la place, la prenait dans ses bras pour la hisser sur son plan de travail, avant de se pencher pour lui dispenser un délicieux baiser…

Non. Jamais de la vie. Elle ne pouvait pas s'autoriser ce genre de fantasmes, même si Lucas était aussi appétissant que le meilleur des desserts.

— Désolé, ajouta Lucas. J'espère que je ne t'ai pas fait perdre trop de temps.

— Bien sûr que non. C'est vraiment si machinal que ça ? enchaîna-t-elle, chassant ses folles élucubrations. D'aider les autres ?

À présent, c'était lui qui semblait mal à l'aise, qui valsait d'un pied sur l'autre, et elle ignorait pourquoi.

— Peut-être ? J'en sais rien.

— Ce n'est pas grave, lui assura-t-elle vivement. Comme je l'ai dit, j'apprécie le geste. Je préférerais seulement que les gens n'en parlent pas partout sur internet…

Le visage rieur de Genie surgit dans son esprit – cette fois où elle s'était moquée de Clem, des années plus tôt –, et elle but une autre gorgée de jus glacé. La blessure n'aurait plus dû être si vive, et pourtant elle l'était. Genie avait sûrement appris que Clem participait au concours. Mais elle ne vivait même plus dans le comté de Cumbria. Alors, que faisait-elle là ? Était-elle revenue s'y installer pour de bon, ou cherchait-elle seulement à déstabiliser Clem pendant le tournage de *C'est ma fournée* ? Elle déglutit ; elle ne savait trop comment elle réagirait si elle courait le risque de la recroiser plus souvent.

— Essaie peut-être d'éviter de m'aider devant la caméra, suggéra-t-elle à Lucas. Ne leur donne pas de grain à moudre.

— Ne nourris pas les trolls ? résuma-t-il avec un petit sourire, qu'elle lui rendit. Bien sûr, mais…

À lui d'hésiter. Elle le considéra avec curiosité. Il lâcha un rire nerveux ; l'embarras et la gêne le faisaient paraître quelques années plus jeune. Et carrément adorable.

— Du coup, ça ne te dérange pas de te retrouver seule au centre de l'attention, face à la caméra, s'il se passe quelque chose ? Comme avec les œufs ?

Avant qu'elle ait eu le temps de saisir la teneur de ses propos, il poursuivit rapidement :

— Si l'attention de la caméra t'ennuie, pourquoi ne pas la partager ?

Lorsqu'elle comprit enfin où il voulait en venir, elle dut boire une autre gorgée de jus pour cacher son émotion. Il proposait de la protéger.

— Pourquoi tu ferais ça ? demanda-t-elle. Tu aimes la caméra ?

Peut-être était-ce naturel pour lui ? C'est vrai qu'il semblait plus assuré qu'elle. Elle songea à ce qu'il avait dit à *Chatpuccino*.

— Ou est-ce une de tes stratégies pour gérer ton image ?

— Pourquoi pas ? répliqua-t-il. Je vois à quel point ça te fait flipper, alors que moi, je me fiche un peu de ce que les gens peuvent dire, ou penser, de moi.

— Vraiment ?

Clem étudia l'onctuosité du jus d'orange dans son gobelet, qu'elle fit tournoyer distraitement, les glaçons reflétant la lumière comme des billes de verre. C'était gentil de sa part de le proposer.

— J'aimerais être plus comme toi.

Ces mots lui avaient échappé avant qu'elle ait pu les retenir. Elle le connaissait à peine, et pourtant il était si perspicace qu'elle ne pouvait s'empêcher de s'ouvrir à lui. L'attention qu'il lui portait était curieuse : ni moqueuse ni négative, mais… vive et perçante, comme si elle se trouvait exposée à une brusque chute de neige.

— Je suis passé maître dans l'art de n'en avoir rien à foutre. Tu devrais essayer un peu.

Il l'avait dit avec une telle aisance, une telle désinvolture, qu'elle se mit à rire, si fort et si longuement qu'elle en eut mal au ventre. Elle aurait tant aimé pouvoir apprendre à ne pas se préoccuper de ce que les autres pensaient d'elle, mais elle doutait que son esprit en soit capable. Qu'il était bon de rire, de soulager un peu son angoisse ! Lucas se joignit à elle.

— Donc, tu proposes de... Quoi, passer pour plus idiot que moi la prochaine fois ? conclut-elle en réprimant le fou rire qui la reprenait.

Elle leva les yeux vers lui, et il lui adressa un sourire tel qu'elle se sentit fondre.

— Ce serait possible, répliqua-t-il. Pourquoi pas ? C'est une bonne stratégie, non ?

— C'est vrai.

— Je tâcherai de me couvrir tellement de ridicule qu'ils ne s'intéresseront plus à toi. (Il regarda par-dessus son épaule.) Peut-être qu'on pourrait faire en sorte qu'ils se focalisent plutôt sur Sylvie et Dwayne ? Ils ont l'air de bien s'entendre.

Clem émit un sifflement de dérision.

— Elle n'est pas un peu vieille pour lui ?

— Hé, il faut de tout pour faire un monde ! On ne sait jamais.

Comme si on venait de les appeler, leurs coéquipiers s'approchèrent.

— Tu comptes saluer ton amie lorsqu'ils auront fini de tourner, Clem ? s'enquit Sylvie.

Clem ne put s'en empêcher : elle tressaillit à cette suggestion, et la joie que Lucas avait éveillée en elle s'éteignit.

— Ah... Euh... Peut-être ? bredouilla-t-elle. Je reviens tout de suite.

Avant qu'ils aient pu répliquer, elle fila vers un coin ombragé derrière la tente. Elle aurait sûrement dû préciser où elle allait mais, avec un peu de chance, ils supposeraient qu'elle se rendait simplement aux toilettes – son prétexte habituel pour se sortir des situations gênantes. Cela marchait à tous les coups.

On leur avait autorisé l'accès aux toilettes à l'intérieur du château de Wray. Clem traversa la pelouse à toute allure avant de longer le chemin qui sinuait à travers les murs extérieurs jusqu'à l'entrée. Là, la surface pavée était plus large qu'elle ne l'avait paru de loin, et quelques tables de pique-nique avaient été dressées de part et d'autre de l'édifice. Sur la droite, un autre sentier zigzaguait au-delà d'une rangée de haies vertes et de fleurs jaunes pour s'enfoncer dans les bois entourant le château.

Clem se hâta de passer entre les deux tours imposantes et de franchir l'immense porte cintrée. Les toilettes se trouvaient dans l'entrée. Toutefois, elle constata que l'intérieur était plus exigu que prévu – on tenait à peine à deux devant les lavabos.

Debout devant ces derniers, elle tâcha de se ressaisir, et consulta son téléphone. Elle avait moins de batterie qu'elle ne l'aurait cru, car elle avait oublié de le recharger.

Elle ne pouvait pas rester là éternellement ; si quelqu'un entrait, il n'y aurait pas la place pour deux. En ce cas, peut-être pourrait-elle se promener dans les alentours ? Et quand le bus arriverait, elle se dépêcherait de monter à bord avant que Genie ait pu la voir. Elle ignorait ce qu'elle ferait si Genie assistait à d'autres épreuves du concours mais, pour l'heure, elle tenait à garder ses distances.

*

Lucas fronça les sourcils pendant que les candidats remontaient dans le bus qui les ramenait chez eux. Les membres du public étaient repartis de leur côté. L'équipe de *C'est ma fournée* s'activait à récupérer ses affaires et à les charger dans un car séparé. Sylvie s'attardait près des portes ouvertes de leur bus, son téléphone contre son oreille. Dwayne était déjà monté et les observait par la fenêtre, tout en jetant occasionnellement un coup d'œil vers la pelouse pour voir si Clem reparaissait.

Le soleil ne brillait plus – un voile de nuages gris s'était installé, et les teintes émeraude de l'herbe et des buissons s'étaient atténuées. Une pointe de lumière déclinante surplombait les tours du château comme un halo.

— Elle ne répond pas, affirma Sylvie en pressant le pouce sur son écran pour interrompre l'appel. Où est-elle ? Je vais devoir regagner le café pour la fermeture du soir… Et la météo annonce des orages.

La mine inquiète, elle semblait exténuée ; la journée avait été longue pour eux tous.

— Ne t'en fais pas, je vais la chercher, lança Lucas. Monte dans le bus. On n'aura qu'à rentrer en ferry de notre côté. Je sais où il faut le prendre. Ce n'est qu'à quelques minutes à pied.

— Tu es sûr… ?

— Mais oui – j'ai ton numéro.

— Merci…

Lucas tourna les talons pour foncer sur la pelouse. Il alla voir dans la tente, même s'il y avait peu de chances pour qu'elle s'y trouve, et zigzagua jusqu'à l'entrée du château. Le temps avait été de plus en plus lourd au fil de l'après-midi, alors peut-être s'était-elle réfugiée à l'intérieur pour profiter de la fraîcheur ? Pour autant, cela n'expliquait pas pourquoi elle ne répondait pas au téléphone. Diverses possibilités lui traversèrent l'esprit. S'était-elle blessée ? Évanouie ? Un membre de l'équipe l'aurait sûrement retrouvée. Mais de nombreux sentiers boisés partaient dans différentes directions autour du château. Si elle était descendue au lac, avait trébuché et était tombée dans l'eau ? Si elle s'était perdue ?

Il faisait sombre et lugubre dans l'entrée du château. Il visita la totalité du rez-de-chaussée – la salle lambrissée de bois sur la droite, les autres, plus lumineuses, avec leurs fenêtres élégantes et leurs jeux pour enfants. Une pièce tenait lieu de mini-librairie d'occasion, avec un coin enfants rempli de chats et de lapins en peluche. Mais là non plus, pas de Clem.

Il retourna vers l'entrée principale, l'appela à la porte des toilettes pour femmes. Aucune réponse.

Il avisa une visiteuse et lui demanda de vérifier si Clem y était, mais la femme ressortit en secouant la tête.

Il chercha partout. Dehors, à la droite du château, se trouvait un café écoresponsable. L'établissement était bondé de randonneurs et de visiteurs. Une queue s'était déjà constituée, et il dut l'intégrer pour demander au personnel si quelqu'un avait vu Clem. Mais non, elle n'était pas passée par là.

Il repartit, l'odeur du café moulu laissant place à l'air frais, et la senteur du pollen lui chatouilla les narines. Voilà vingt minutes qu'il cherchait en vain.

Lucas se rendit vers l'avant du château de Wray et, debout sur la zone pavée surélevée, cria encore son nom. Lorsqu'il se dirigea vers le mur du fond, et qu'il tendit le cou pour regarder par-dessus, il ne vit rien.

Le bus n'était plus là.

Peu après, il reçut un SMS de Sylvie :

Le chauffeur m'a accordé cinq minutes et je suis venue te chercher, mais je ne t'ai pas vu, alors on a dû partir. L'as-tu retrouvée ? Crois-tu que je doive appeler les secours ?

Lucas n'en avait pas la moindre idée. Avait-elle disparu assez longtemps pour appeler la police ? L'air commençait à fraîchir et les nuages se faisaient plus sombres, plus gros, comme des taches d'encre sur du papier.

Il tourna sur lui-même. Les sentiers autour du château étaient émaillés de panneaux explicatifs offrant une activité pour enfants où il s'agissait de « traquer » divers types d'animaux. Peut-être que Clem était partie se promener ? Il emprunta l'un des chemins, celui marqué d'un hérisson.

14

Quelle idiotie de la part de Clem d'être passée par là. Quelqu'un était entré dans les toilettes et elle avait décidé de faire le tour du domaine, du moins le temps que le public s'en aille, Genie comprise. Initialement, elle avait emprunté le sentier des hérissons. L'un des panneaux gisant au sol, comme renversé par le vent, elle avait pris à gauche, pensant qu'il s'agissait du chemin à suivre. Mais elle avait dû se tromper, car elle s'était perdue. Et lorsqu'elle avait déverrouillé son téléphone, un avertissement s'était affiché annonçant que la batterie était presque à plat, et l'écran avait viré au noir avant qu'elle ait pu prévenir Sylvie.

Le lac Windermere était tel un océan, vaste et bleu-gris, et ses vagues lapaient les petites rives. En le longeant, elle finirait sans doute par tomber sur des panneaux indiquant la direction du château de Wray. L'idée n'était pas mauvaise, songea-t-elle, la poitrine douloureuse. Elle n'aimait pas se trouver seule dehors avec les clapotis du lac pour unique compagnie ; c'était troublant sous ces nuages qui s'amoncelaient. Il n'y avait aucun randonneur à qui demander son chemin, et le fait que son téléphone s'était éteint ne faisait qu'ajouter à sa panique croissante. Elle tâcha de se convaincre qu'il était peu plausible qu'elle fasse partie des statistiques des personnes portées disparues ; c'était simplement son esprit qui s'emballait, elle allait s'en sortir. Elle pensa à Misha pour tenter de se calmer, à ses yeux verts brillants et à ses longues moustaches blanches.

— Je rentre bientôt, Mish, chuchota-t-elle.

Elle gravit une pente, et ses chaussures glissèrent dans la boue. En voulant faire un pas de côté pour mieux se positionner, son pied accrocha une racine, et elle trébucha. Elle atterrit sur les fesses et, maculée de terre, poussa un juron.

— Clem ! entendit-elle.

Elle se retourna et, encore au sol, vit Lucas courir vers elle. Elle gémit. Il y avait plus élégant, comme posture. Et il fallait que ce soit le beau Lucas qui la trouve. Malgré tout, elle se réjouissait qu'il soit là, et cela lui fit l'effet d'un baume.

— Clem, tout va bien ? demanda-t-il, hors d'haleine, en s'arrêtant à côté d'elle. Tu t'es fait mal ?

— Je vais bien. Je suis tombée.

Il lui tendit la main. Elle avait honte de se trouver à ses pieds, étalée de tout son long ; il l'avait déjà aidée à plusieurs reprises ce jour-là, et elle avait beau se sentir déboussolée, elle restait une femme adulte.

— Je vais bien, répéta-t-elle, avant de se relever sans aide.

Inutile d'essayer de s'épousseter ; ses chaussures et l'ourlet de sa jupe étaient couverts de boue. Elle fit peser son poids sur sa cheville et, par chance, n'éprouva aucune douleur. Malgré sa mauvaise chute, elle ne s'était pas blessée.

— J'aurais bien fini par retrouver mon chemin, décréta-t-elle. Il y aurait eu des panneaux.

Il fronça les sourcils, manifestement perplexe.

— D'accord… Mais Sylvie devait fermer le café, alors je suis venu te chercher. Elle n'avait pas envie de te laisser, elle s'inquiétait pour les orages annoncés. Elle s'en voulait.

Clem hésita. Voir Genie l'avait ébranlée. Elle prit une profonde inspiration, tâchant d'apaiser son malaise.

— Tout le monde est parti ? demanda-t-elle.

— Quoi ? Le bus, tu veux dire ?

— Non, les spectateurs, ceux à qui on a servi les pâtisseries ?

Il parut encore plus dérouté, et puis son visage s'éclaira comme des nuages se dissipant.

— Attends, c'est pour ça que tu t'es enfuie ? Pour les éviter ?

— Je ne me suis pas enfuie. Je suis allée aux toilettes, mais il n'y avait pas beaucoup de place, alors je suis sortie me promener et je me suis perdue.

Mais il avait raison, elle s'était rendue aux toilettes parce qu'elle cherchait à éviter Genie.

— Bon… Oui, le public est parti. Il n'y a plus personne.

Clem le dévisagea, de nouveau prise de panique.

— Personne ? Pas même Sylvie ? Attends, du coup, le bus…

— Les a tous ramenés chez eux, acheva Lucas en sortant son téléphone pour pianoter sur l'écran. Je vais dire à Sylvie que tu vas bien.

— Mais… Comment on va faire pour rentrer ?

— On va prendre le Green Cruise – le ferry, répondit-il. On pourrait marcher jusqu'à la route pour attraper un bus, mais la gare maritime est plus proche et nous permettra de faire la traversée jusqu'à l'embarcadère de Waterhead. (Il étudia l'écran de son téléphone.) On devrait arriver à temps pour le dernier de la journée.

— Tu connais le chemin ?

— Je crois que c'est par là. (Il pivota vers là d'où il venait.) Si on retourne dans cette direction, on trouvera des panneaux. Viens.

Il hésita, la fixant avec cette expression qui lui donnait l'impression d'être analysée aux rayons X. Ou déshabillée du regard. Elle frissonna.

— Ça va ? s'inquiéta-t-il. Tu as l'air d'avoir froid.

— Je vais bien, vraiment.

— Si tu le dis.

Ils se mirent à marcher, flânant le long du sentier. Il la guida vers le chemin principal et, par bonheur, un panneau indiquait la direction vers la gare maritime de Green Cruise. Une brise murmurait à travers les arbres environnants et agitait leurs cheveux. Ils franchirent une barrière en bois, que Lucas lui tint ouverte, et Clem prit garde de ne pas glisser sur des plaques de boue.

— J'espère que Sylvie ne s'est pas trop inquiétée, déclara-t-elle. Je comptais revenir.

— Je suis sûr qu'elle le sait, ne t'en fais pas.

Clem scruta le ciel. Une faible lueur jaunâtre se faufilait à travers les nuages qui s'assombrissaient à vue d'œil.

— Dépêchons-nous, dit-elle. Il va sûrement pleuvoir.

Ils franchirent les arbres à la hâte et longèrent les chemins pavés, esquivant les racines et les flaques de boue.

— Ils n'annuleront pas la traversée en cas de pluie ? demanda-t-elle à Lucas. S'il y a du tonnerre ?

— J'en doute. C'est le dernier de la journée, et il ne devrait pas pleuvoir tout de suite. Ils n'annulent que si les conditions météorologiques sont extrêmes, et on n'en est pas encore là.

Clem poussa un soupir de soulagement. Au moins ne resteraient-ils pas coincés là éternellement.

— Remarque, ç'aurait été drôle de squatter le château, lança Lucas, en plaisantant. De vivre comme des riches propriétaires terriens l'espace d'une nuit.

— Tu parles, rétorqua Clem. Ils ne nous permettraient jamais de faire ça ! On se ferait virer comme des manants.

Bientôt, les arbres s'écartèrent pour laisser entrevoir le lac scintillant sur leur droite, sa surface ondulée par le vent. Une structure en pierre ancienne qui ressemblait à une petite maison se dressait au milieu de la boue, à moitié couverte de mousse. Clem ignorait à quoi elle pouvait bien servir ; elle ne voyait ni porte ni fenêtre. Un genre de ruine, sans doute ?

— Ah, nous y sommes, déclara Lucas en lui souriant.

Il contourna l'édifice de pierres, et Clem le suivit.

Devant eux, une passerelle en bois s'étirait depuis des rochers pour traverser le lac. Des petites gouttes étaient à présent visibles sur la surface de l'eau, et elle sentait de doux baisers de pluie lui picoter les joues. Sur l'une des planches de la passerelle s'élevait un panneau indiquant « Pour Green Cruise, patientez ici », griffonné à la main en capitales.

— Ouf, on est arrivés, lâcha Clem en s'affalant sur la passerelle pour s'asseoir sur le rebord, laissant ses pieds pendre au-dessus du lac moucheté de pluie.

— Oui, mais on va devoir attendre un peu, précisa Lucas.

— Ce n'est pas grave. Je ne suis jamais montée à bord d'un ferry.

— Vraiment, alors que tu habites dans le coin ? On va prendre les meilleures places, du coup. C'est-à-dire tout en haut, si la météo le permet. Parfois, le vent souffle très fort.

Elle sourit.
— Pour l'instant, ça va.
Il s'assit à côté d'elle. Au loin, à l'autre bout du lac, la terre se dressait tels les pics d'une montagne, des carrés d'herbe parsemés d'arbres grêles et de stries plus sombres marquant la présence de murs et de sentiers. Une collection de bâtiments blancs aux toits gris se devinait sur la rive d'en face, et une assemblée de bateaux flottait sur l'eau comme autant de petites pièces d'échecs qu'on avait renversées.
— Ça va mieux ? demanda Lucas.
— Comment ça ?
— Eh bien, tu étais partie prendre l'air. J'en ai déduit que quelque chose n'allait pas.
— Oh. Oui, ça va. Je m'en veux d'avoir causé du souci à Sylvie.
— Ça arrive, dit-il en haussant les épaules. La dernière fois que je suis venu ici, j'ai fini la jambe dans le plâtre.
— Quoi ? s'esclaffa Clem. Comment ?
— On était en sortie scolaire – au collège. On étudiait Beatrix Potter et les poètes, tout ça, en cours d'anglais. Moi et mes potes, on s'est éloignés du groupe pour filer en douce dans les bois, et une de mes plus proches amies de l'époque, Georgina, m'a mis au défi d'escalader un gros arbre. Je l'ai fait, mais j'ai perdu l'équilibre et je suis tombé. Je me suis cassé la jambe. Elle s'en est beaucoup voulu. Si j'avais grimpé plus haut, ç'aurait pu être beaucoup plus grave.
— Sûrement. Et il n'y avait aucun prof dans les parages ?
— Non, enfin, on n'est pas allés très loin. Et ils n'ont pas tardé à nous trouver – Georgina hurlait, disait que ma jambe avait l'air bizarre. Je crois que ça lui a fait peur. (Le sourire

aux lèvres, Lucas regarda un autre bateau leur passer lentement devant en laissant une traînée d'écume dans son sillage.) En tout cas, je ne m'y suis plus jamais risqué.

— À cause de ton amie ?

— Non, de mes parents.

— Ils étaient furieux ?

Lucas hésita. Il garda le silence pendant si longtemps qu'elle crut qu'il n'allait pas répondre ; sans doute s'agissait-il d'une question gênante ? Elle ouvrit la bouche pour lui assurer qu'il n'était pas obligé de parler, mais il la prit de court :

— Pas furieux. Bouleversés. Ma mère, en tout cas. Mon père a toujours eu des soucis de santé, alors elle avait déjà ça à gérer… et voilà que moi, je tombais d'un arbre ? Elle a dû être terrifiée. Et quand je suis rentré à la maison, elle s'est retrouvée à devoir veiller sur deux personnes au lieu d'une. En temps normal, nous sommes deux à nous occuper de papa.

Ah. Clem commençait à comprendre.

— Ça a dû être dur, déclara-t-elle. Il va mieux, maintenant ?

Nouveau long silence.

— Non, pas vraiment, répondit-il enfin. On essaie de trouver une solution. De lui procurer l'aide dont il a besoin.

Ce récit ne semblait plus amuser Lucas ; il avait pris une autre couleur, et paraissait soucieux. Clem n'insista pas, au cas où il n'aurait pas envie d'en discuter. Elle se demanda si c'était de là que venait son côté prévenant, sa tendance à secourir les autres lorsqu'il les voyait en difficulté.

La pluie crépitait sur le lac autour d'eux, rebondissait sur le bois de la passerelle. Elle s'accélérait, et l'air refroidissait.

Clem grelotta.

— Tu as froid ? s'inquiéta-t-il en ôtant déjà sa veste.

— Oh non, tu n'as pas à…

— Ce n'est rien. Il risque d'y avoir du vent sur le ferry. Surtout si tu veux les meilleurs sièges. Tiens, tends les bras.

Elle obéit, le sourire aux lèvres, tandis qu'il lui mettait la veste. Elle était grande pour elle, mais l'étoffe dégageait l'odeur fraîche des sous-bois mêlée à celle de la pâtisserie – du sucre, du beurre et de tout le reste. Elle la serra contre elle. Il avait le chic pour faire en sorte qu'elle se sente choyée, en sécurité. Comme lorsqu'elle était chez elle, blottie dans une couverture avec Misha qui dormait sur ses genoux. Elle aimait cette sensation-là.

Il lui tira la capuche sur la tête pour garder ses cheveux au sec. À ce geste, elle se sentit fondre comme du beurre.

Quand le ferry finit par arriver, ils se levèrent et patientèrent le temps qu'il s'immobilise. L'unique membre du personnel de bord – un vieillard jovial à l'épaisse barbe poivre et sel, et aux lunettes mouchetées de pluie – enroula une corde autour d'un poteau en bois pour arrimer le bateau. Ils montèrent et payèrent pour la traversée dans le compartiment inférieur.

— Viens, lança Lucas en se dirigeant vers les marches.

Il la guida vers le pont supérieur, où ils firent résonner le sol métallique sous leurs pieds.

Lucas avait vu juste – il y avait énormément de vent là-haut, sous le ciel qui n'était plus qu'une couverture d'acier. Les bourrasques s'engouffraient dans ses vêtements alors qu'elle marchait entre des rangées de sièges en plastique bleus. Lucas n'était plus qu'en T-shirt, et elle s'en voulut de lui avoir pris sa veste.

— Les sièges sont à peu près secs, constata-t-il en s'asseyant. Ils ont dû les essuyer avant qu'on monte à bord.

— Tu veux récupérer ta veste ?

Elle s'installa à côté de lui, près de l'avant du bateau. Il balaya sa proposition d'un geste.

— Remonte la fermeture Éclair. Ça ira pour moi.

Elle la ferma jusqu'au menton, et tira davantage sur la capuche avant de la boutonner. C'est vrai qu'il faisait un froid de canard.

Quelques minutes plus tard, l'employé reparut derrière eux et posa sur eux une fine couverture.

— Voilà, les tourtereaux ! tonna-t-il d'une voix enjouée.

En voyant ses yeux rieurs, Clem songea au père Noël. Elle allait le corriger – ils n'étaient pas ensemble –, mais il poursuivit :

— Pas question que quelqu'un tombe malade ! Il pleut. Restez au sec. En bas, on va parier sur le temps que vous allez tenir ici !

Avec un petit rire, il s'éloigna.

— Je suis un dur à cuire ! cria Lucas, même s'il se contredit en tirant la couverture plus fermement autour de lui et en s'approchant de Clem.

Clem aussi agrippa la couverture, mais pour l'empêcher d'être emportée par une rafale. Déjà, le ferry s'éloignait de la passerelle et s'élançait sur le lac Windermere, tandis que le vent fouettait les joues de Clem. Elle était intensément consciente de la proximité de Lucas, de sa cuisse qui touchait presque la sienne. Leurs épaules se frôlaient. Et sa peau, comme électrisée, vibrait de sensations.

Une bourrasque souffla autour d'eux – les cheveux sombres de Lucas dansaient autour de sa tête comme s'ils étaient vivants, et elle éclata de rire en voyant les mèches s'agiter comme des pattes de mouche.

— Quoi ? s'enquit-il, le sourire en banane.

— Tu as l'air drôle. Avec tes cheveux.

— Bon, je te donne ma veste et toi, tu te fiches de moi ? Pas sympa.

Elle continua de rire pendant qu'il feignait d'afficher un air peiné. Elle était surprise de constater combien elle était détendue, malgré Genie, malgré sa chute dans le parc du château. Avec Lucas, tout semblait plus léger.

— Merci d'être venu me chercher, dit-elle.

Il se tourna vers elle, une expression indéchiffrable sur le visage.

— Bien sûr. Sylvie s'inquiétait pour toi…

— Et qu'est-ce qui se passera une fois qu'on sera de l'autre côté du lac ? demanda-t-elle soudain en contemplant l'étendue d'eau grisâtre. Windermere n'est pas loin – tu vis dans le coin, non ? C'est là qu'est le *Papatte Café*, pas vrai ?

— Oui, mais ne t'en fais pas. On partagera un taxi, et je te raccompagnerai d'abord à Oakside.

— Oh, mais tu n'as pas à faire ça. Après, tu auras tout ce chemin à refaire…

— Ce n'est pas grave, lui assura-t-il avec un grand sourire. Je t'ai déjà amenée jusqu'ici. Autant aller jusqu'au bout.

Ces paroles laissaient entendre tout autre chose et, face à ces nouvelles possibilités, elle sentit la tête lui tourner. Lucas ne parut pas s'en rendre compte ; il regardait le lac, observait un oiseau qui filait dans le ciel en direction d'un bosquet d'arbres fluets. Il avait des gouttes de pluie dans les cheveux, sur la joue et, même par ce vent, avec ses mèches qui s'agitaient dans tous les sens, elle n'avait jamais vu quelqu'un d'aussi beau. Cela ne la dérangerait pas de passer plus de temps avec lui. Elle avait envie d'embrasser la pluie sur ses lèvres, de savoir quel goût il avait.

Mais elle se contenta de reporter son attention sur l'eau, sur les vagues qui s'écartaient devant la coque du bateau, sur le lointain, sur la terre ferme.

15

Assise à l'arrière du taxi, Clem ne pouvait s'empêcher de se demander si on leur avait envoyé le plus petit et le plus suffocant de tous les véhicules de l'univers – elle aurait volontiers troqué n'importe quel trajet sur le pont supérieur d'un ferry contre celui-ci. Il y régnait une chaleur oppressante, et elle était prise d'un tel sentiment de claustrophobie qu'elle avait baissé entièrement la vitre pour laisser entrer l'air frais. Le chauffeur de taxi, excessivement intéressé par ce qu'ils avaient fait ce jour-là, les avait bombardés de questions dès qu'ils étaient montés dans la voiture. Clem l'aurait payé le double pour qu'il se taise ; le vent sur le ferry lui avait déjà donné mal aux oreilles. Ils avaient contourné Windermere, car Lucas avait insisté pour la ramener jusque chez elle, à Oakside. Sa veste était pliée sur le siège entre eux.

Lucas se tourna vers elle, et elle sentit son cœur défaillir.

— Tu as besoin de prévenir quelqu'un que tu es en chemin ? lui demanda-t-il.

— Ah…

Elle se tut, cherchant une réponse adéquate.

Est-ce qu'il essayait de savoir si elle avait un petit ami ? Non, non, ç'aurait été absurde. Il craignait simplement que quelqu'un s'inquiète chez elle si elle rentrait en retard. Sans doute songeait-il plutôt à une colocataire ou à un membre de sa famille. Elle cala une mèche derrière son oreille. Devait-elle lui dire qu'elle vivait avec sa mère ? La jugerait-il, la trouverait-il immature ?

— Non, ça ira, dit-elle prudemment.

— Je comprends, répliqua-t-il d'un ton léger. Mes parents aussi sont généralement trop préoccupés pour remarquer ma présence.

Il lui sourit.

Quoi ?… Lui aussi vivait encore chez ses parents ? Elle eut un petit rire.

— Mon Dieu, vraiment ? Moi, ma mère relève tout ce que je fais – notre cottage est minuscule. Faire de la pâtisserie chez moi est assez proche du cauchemar, alors il m'arrive de me rendre chez *Chatpuccino* rien que pour me servir de la cuisine. Sylvie, ça ne la dérange pas. Et ça me permet de ne pas avoir ma mère dans les pattes.

Lucas hocha la tête d'un air entendu.

— C'était aussi comme ça avant que je déménage. On était à l'étroit.

Avant qu'il déménage ? Elle avait mal compris. Elle aurait voulu que la banquette poisseuse du taxi l'engloutisse.

— Donc… Tu ne vis plus chez tes parents ? en déduisit-elle.

Il secoua la tête, visiblement totalement inconscient de la gêne qu'elle éprouvait.

— Non, mais… (Il porta son regard à travers la fenêtre, sur l'étendue des landes et la silhouette des montagnes qui se profilait pour cacher le ciel.) J'y travaille.

— Tu y travailles ? Tu veux dire que tu as l'intention de retourner chez eux ?

Une lueur passa sur le visage de Lucas. Comme du… chagrin ? Clem eut envie de lui prendre la main, de comprendre les pensées qui occupaient son esprit. Elle avait toujours vu comme un échec le fait de rester chez sa mère, et voilà quelqu'un qui cherchait activement à regagner le domicile familial ? Il semblait avoir deux ou trois ans de plus qu'elle, alors ne tiendrait-il pas à son indépendance, à son espace, surtout s'il s'y était habitué ? Elle attendit qu'il poursuive.

— C'est pour ça que je me suis inscrit au concours, continua-t-il enfin. Ils ont besoin de mon aide et, si je parvenais à rassembler un acompte, à acheter une maison avec ma mère, on pourrait tous y vivre ensemble. Moi, elle et papa. Ils n'auraient plus à s'inquiéter autant.

Il ne la regardait toujours pas, comme s'il s'agissait d'une volonté de sa part, après avoir révélé des détails si personnels. Et elle s'en réjouissait, car elle était sûre que son propre visage affichait dix émotions à la fois. Pourquoi la prenait-il constamment par surprise, au point qu'elle en avait du mal à respirer ?

Les raisons de Clem de participer à ce concours semblaient à présent confuses. Elle avait pensé déménager, trouver un appartement à elle, monter une affaire. À vrai dire, elle avait déjà les moyens de se payer une location. Certes, elle donnait de l'argent à sa mère pour les factures, mais le prêt pour le cottage avait été remboursé depuis longtemps, et elle était parvenue à mettre de côté la somme nécessaire pour verser un dépôt de garantie, tout en conservant un petit plus et un fonds d'urgence. Elle avait hésité, persuadée que ce ne serait pas suffisant. Qu'il lui fallait un pécule plus important pour commencer, avant d'être réellement prête. La vérité, c'est qu'elle avait peur. Elle se rappelait encore combien tout lui avait paru difficile après ce que Genie lui avait fait, et les crises de panique qui avaient ponctué sa vie comme des cicatrices. Elle ne supportait pas l'idée de déménager, de devenir indépendante, de subir un nouveau revers et d'avoir de nouveau tout qui s'effondrait autour d'elle.

— J'espère que tu pourras aider tes parents, dit-elle doucement.

Lorsqu'il releva les yeux, la vulnérabilité avait quitté le visage de Lucas pour laisser place à un sourire espiègle.

— Du coup, tu espères que c'est moi qui gagnerai le concours ?

— Non ! s'écria-t-elle en riant.

— Bon, je vais devoir gagner si je veux réaliser mes rêves… Alors, ça m'arrangerait si tu pouvais perdre.

Elle se fendit d'un sourire, mais celui-ci était un peu tendu sous le poids de ses pensées. Elle ignorait ce que penserait Lucas s'il apprenait la vérité – que Sylvie avait candidaté à sa place, et que sa participation à *C'est ma fournée* n'était que le résultat d'une fâcheuse méprise. D'ailleurs, qu'est-ce que Clem espérait vraiment retirer de ce concours, à présent qu'elle y participait ? Elle ne le faisait pas pour l'argent.

Les motivations de Lucas avaient mis ses propres aspirations en lumière, et cela la décontenançait. Après tout, elle n'avait pas été sûre de vouloir y prendre part, et Sylvie avait fini par choisir pour elle. Elle remua sur la banquette avec gêne.

— Je perdrai peut-être quoi qu'il arrive, décréta-t-il. Les gâteaux ne sont pas mon fort. Et ce sera l'enjeu de la finale.

— Moi, je suis nulle en pains, l'objet de la prochaine épreuve, affirma-t-elle en haussant les épaules. On va devoir faire de notre mieux.

Il garda le silence un instant.

— Pourquoi être partie si précipitamment tout à l'heure ? finit-il par lui demander. Pourquoi avoir voulu éviter les spectateurs ?

Clem jeta un coup d'œil au chauffeur pour s'assurer qu'il n'écoutait pas, mais les haut-parleurs crachaient de la musique devant lui, et il chantait en chœur tout en tapotant des doigts sur le volant, pendant que son GPS indiquait le chemin.

— Je…

Il lui avait expliqué pourquoi il s'était inscrit au concours, et ses raisons – qui renfermaient tant de principes et d'intégrité – lui avaient réchauffé le cœur, qui était devenu aussi tendre qu'un moelleux au chocolat.

— J'ai vu quelqu'un que je connaissais.

— Je suppose que ce n'était pas quelqu'un de bien, vu ta réaction ?

Clem secoua la tête.

— Elle m'a fait du mal, il y a des années. (Elle se fendit d'un sourire ironique.) C'est sans doute un euphémisme. Ma vie a complètement déraillé.

Lucas fronça les sourcils. Il ne lui demanda pas de précisions, et elle lui en sut gré.

— Qu'est-ce qu'elle faisait au château de Wray ?

— Je n'en sais rien. On a un passé… difficile.

— Je connais, affirma-t-il.

— En la voyant, j'ai paniqué. J'ai cru qu'elle était revenue tout gâcher… (Clem tordit les mains sur ses genoux.) Je ne me sentais pas de l'affronter. Je ne comprends toujours pas trop ce qui s'est passé entre nous. Un jour on était proches, meilleures amies, et le suivant, elle s'est montrée si cruelle que je ne lui ai plus jamais adressé la parole.

— Tu ne lui en as pas parlé ?

— Pas besoin. Ses actes ont parlé pour elle.

Lucas se tut et regarda par la fenêtre avec un air pensif, la lueur du jour projetant des ombres sur sa barbe naissante. Clem parvenait presque à lire dans ses pensées. Il devait se demander pourquoi elle ne parlait pas à Genie, puisque celle-ci s'était trouvée parmi les spectateurs. Elle se tortilla sur la banquette, particulièrement mal à l'aise en sentant ses habits coller au revêtement en cuir. De son côté, elle se posait la même question. Après tout ce temps, pourquoi était-elle aussi incapable d'affronter Genie ? À l'époque, elle avait été trop brisée par l'anxiété pour la mettre au défi. Ne devrait-elle pas être en mesure de le faire à présent ?

— Elle ne t'a rien dit ? demanda Lucas.

— Si, « Salut ». Je n'ai pas eu le temps de comprendre ce qu'elle faisait là. J'ai filé avant qu'on ait pu parler.

— Je ne m'inquiéterais pas pour ça. Peut-être qu'elle était venue se racheter ? Si jamais elle revient, je peux toujours lui parler avec toi. Ou… rester tout près. Au cas où tu aurais besoin de soutien.

Elle sentit son humeur s'alléger.

— Je… Merci.

Le taxi venait de gagner Oakside, et Clem indiqua le chemin au chauffeur jusqu'à la voie retirée au bord de laquelle se trouvait leur cottage, de l'autre côté d'un champ ouvert. La pluie, qui avait été fine jusque-là, commençait à redoubler, et de grosses gouttes s'écrasaient sur le pare-brise. Elle releva la vitre.

— Ce n'est pas vraiment une route..., précisa-t-elle au chauffeur tandis qu'il roulait au pas. Ça devient un sentier par ici, alors je vais descendre.

Le taxi s'immobilisa près d'un mur de briques, où l'asphalte laissait place à un chemin de terre sur un côté et à une clôture cernant un champ de l'autre. Au loin, tout au bout de l'allée, Clem parvenait à distinguer leur cottage et les rangées de plantes en pot disposées devant.

— Merci, Lucas, dit-elle en défaisant sa ceinture. À plus.

— Attends, tu n'as pas pris ma veste – tu as un parapluie ?

— Ça ira !

Elle ouvrit la portière et descendit.

La pluie tombait de plus en plus dru, martelait la terre et rebondissait sur la clôture en bois, ainsi que sur les fenêtres et portières du taxi. Les gouttes lui cinglaient le visage. Avec un cri perçant, elle fourra son téléphone dans son soutien-gorge pour le garder au sec, et entreprit de piquer un sprint le long de la haie qui bordait la voie.

Mais en entendant des pas résonner derrière elle, elle s'arrêta. Déjà, ses cheveux étaient collés à ses joues, et ses habits aussi commençaient à être trempés.

Lucas courait, un parapluie à la main. Ses yeux verts brillaient d'une lueur féroce – de la détermination ? De l'inquiétude ? Elle rit en le voyant brandir le parapluie au-dessus de sa tête, mais son hilarité s'estompa lorsqu'il lui agrippa la main pour l'inciter à l'attraper. Il avait gardé tout son sérieux, comme s'il fonçait pour la secourir dans un immeuble en feu.

— C'est un peu tard pour ça, déclara-t-elle en considérant l'abri au-dessus d'eux. Je suis déjà trempée.

Il serra la main autour de la sienne.

— Ç'aurait pu être pire, souffla-t-il.

Lucas ne la lâchait pas, et elle s'aperçut qu'elle n'avait pas envie qu'il le fasse. La pluie crépitait furieusement sur la toile du parapluie, et l'odeur de terre mouillée emplit les narines de Clem. Pourquoi était-il si apaisant de rester plantée là, avec la main de Lucas sur la sienne, ses yeux vert mousse fixés sur les siens ? Avait-elle déjà rencontré quelqu'un – mis à part son chat, bien sûr – capable de la calmer autant, de lui inspirer un tel sentiment de paix, de sérénité ? Malgré le taxi qui patientait et la pluie qui s'intensifiait, elle n'éprouvait pas la moindre inquiétude.

— Le taxi…, lâcha-t-elle sans conviction.

— Il a dit qu'il m'attendrait.

Il s'était approché. Elle distinguait la naissance des poils sombres là où il s'était rasé, le long de son menton et de ses mâchoires. D'une main hésitante, elle leva ses doigts humides, sans savoir d'où lui venait un tel courage ; ses angoisses s'étaient évanouies telles les gouttes de pluie qui s'enfonçaient dans les herbes. Entrelaçant leurs doigts, il prit sa main dans la sienne pour la guider. Elle lui frôla la joue, en sentit la douceur. Il se pencha, puis se figea, comme pour s'assurer qu'elle était d'accord. Le vert de ses yeux étincelait tel un feuillage d'été.

Incapable de parler, et encore moins de penser, elle laissa son corps prendre les rênes. Il combla la distance qui les séparait et l'embrassa.

Elle se fondit contre lui, contre sa douceur, contre ses lèvres chaudes et accueillantes. Elle fit glisser sa main le long de son cou, comme si elle le voulait aussi près d'elle que les gouttelettes sur sa peau. Ses pensées bourdonnaient – pas d'inquiétude, de peur, ni d'angoisse, rien qu'une délicieuse et plaisante absence, comme si elle s'était plongée dans un bain chaud. Elle peinait à se rappeler la dernière fois que son esprit avait connu un tel calme, une telle liberté. La bouche de Lucas remuait timidement, tendrement, comme pour lui poser une question à laquelle elle ne cessait de répondre « oui » alors qu'elle pressait ses lèvres contre les siennes.

Tout en elle s'emballait, tourbillonnait, partait en vrille.

Lorsqu'ils finirent par se séparer, c'était comme s'il lui manquait déjà.

Il n'y avait pas de place pour des questions, rien que ce « oui » qui tournoyait dans son esprit comme dans son cœur.

16

Pelotonnée sur le canapé avec Misha, Clem s'était enroulée dans un plaid avec une bonne tasse de thé. Il était presque 22 heures et sa mère était déjà partie se coucher, car elle devait se lever tôt le lendemain pour une séance photo. Après s'être séchée, elle lui avait raconté sa journée – en veillant soigneusement à éviter toute allusion à Lucas et au trajet en taxi.

Et à ce baiser.

À présent que sa mère était au lit, Clem était gagnée par une grande fébrilité.

Elle caressait distraitement Misha qui, roulée en boule sur ses genoux, avait le museau entre les pattes. La réalité l'assaillait comme les griffes d'un chat. Elle avait *embrassé* Lucas. Cela avait été merveilleux, apaisant, et tout ce dont elle avait eu besoin sur le moment, un baume pour son âme et son esprit. Mais on parlait déjà d'eux. Elle luttait contre l'envie de consulter les réseaux pour voir ce qui s'y disait, même si la première épreuve ne serait pas publiée avant quelques jours.

Son téléphone vibra, annonçant l'arrivée d'un message. Elle l'attrapa sur l'accoudoir du divan. C'était Lucas.

J'ai une idée.

Combien de temps fallait-il attendre avant de répondre ? Elle ne voulait pas qu'il croie qu'elle piaffait d'impatience. Elle but la moitié de son thé, tâchant de se concentrer sur la télévision au-dessus de la cheminée où des gens beaucoup trop riches se plaignaient d'un ton monocorde des poutres qui ornaient les plafonds de leurs belles demeures. Mais elle gambergeait : quelle était donc l'idée qu'il avait eue ? Était-elle en rapport avec le concours, ou avec le baiser ?

Quatre minutes s'écoulèrent. C'était suffisant pour ne pas paraître désespérée, estimait-elle.

Laquelle ? renvoya-t-elle.

Lui se moquait manifestement de sembler trop pressé, car il répondit aussitôt.

La prochaine épreuve porte sur le pain, et tu as dit que ce n'était pas ton domaine. Moi je suis nul en gâteaux et c'est ce qui viendra après.

Encouragée par sa rapidité, elle cessa d'hésiter et réagit d'emblée :

OK, c'est quoi ton idée ?

Il n'évoquait pas le baiser. Se devait-elle d'en parler, de demander si cela allait les mettre dans l'embarras ? Rétrospectivement, ils n'auraient peut-être pas dû… Elle était en train de réfléchir quand une réponse s'afficha sur son écran :

On pourrait s'aider mutuellement. Toi, tu m'apprendras tout ce que tu sais sur les gâteaux, et moi je te filerai un coup de main pour le pain.

Elle fixa son téléphone du regard, une main sur le dos soyeux de Misha dont elle suivait les rayures du doigt. La chatte bâilla et étira ses pattes de devant, étendant les griffes et perçant le pyjama de Clem.

Clem : On a le droit ?
Lucas : Rien ne l'interdit dans le règlement. Et crois-moi, je l'ai lu de bout en bout. Trois fois. Certains participants vont utiliser des recettes familiales, alors ils ne peuvent pas nous empêcher d'obtenir de l'aide ou des conseils, pas vrai ?
Clem : Quelle minutie, ha ha
Lucas : C'est une chance qu'on n'ait pas à se mesurer au pain d'épice de chez Grasmere Gingerbread. Ça ne serait vraiment pas cool. Tu sais à quel point il est populaire ?
Lucas : Bref, qu'en dis-tu ?

Clem hésitait, assaillie par toutes sortes de pensées. D'abord le baiser, puis cette proposition. Le public de Ronan voulait déjà qu'ils se mettent ensemble, cette démarche n'apporterait-elle pas de l'eau à leur moulin ? Et pourtant…

La dernière fois qu'elle avait essayé de faire du pain, elle avait lamentablement échoué, et il ressemblait plus à une brique fraîchement cuite qu'à une création boulangère.

Lucas : À moins que tu préfères te débrouiller ? Je veux dire, tu as du talent, alors je sais que tu en es capable

Craignait-il de l'avoir vexée ? Malgré elle, malgré le fait qu'ils étaient rivaux, elle avait envie de passer plus de temps avec lui. Elle brûlait de l'embrasser encore.

Clem : Mes talents ne s'étendent pas au pain, haha. Je suis nulle. Une fois, j'ai essayé de préparer du lembas, et ma mère a failli se casser les dents dessus. Je crois même qu'elle a dû se rendre chez le dentiste après coup.
Lucas : Une fan du Seigneur des anneaux !
Lucas : Par contre, RIP les dents de ta mère
Clem : Inutile de préciser que je m'en suis atrocement voulu d'avoir dû décevoir les elfes
Lucas : Donc, c'est oui ?

Clem considéra Misha et caressa la bande douce entre ses oreilles. La chatte leva la tête et poussa un énorme bâillement, dévoilant deux rangées de petites dents acérées tout en la regardant innocemment de son immense regard vert. Clem gémit et lui frotta le museau.

Misha étira une patte, au point de toucher l'abdomen de sa maîtresse. Le téléphone de Clem vibra encore, et elle consulta le message.

Mieux vaut le garder pour nous. Ce sera notre secret. Je te promets que les trolls n'en sauront rien. Sinon, je m'en occuperai, façon Bilbon.

Clem éclata de rire.

Clem : Quoi, en te cachant jusqu'à l'arrivée du magicien ?
Lucas : Un truc dans le genre.
Clem : OK, mais personne ne doit savoir qu'on s'entraide. Ne nourris pas les trolls, comme on a dit ?
Lucas : Marché conclu

Elle envisagea aussi de lui parler du baiser – de ce qu'il signifiait, dans quelle mesure il changeait les choses –, mais elle ne parvint pas à s'y résoudre. Peut-être que, tout comme cette complicité pâtissière, il pourrait rester leur petit secret.

*

Avec un soupir de frustration, Clem remit ses cheveux derrière ses oreilles. Elle se trouvait dans la petite cuisine de leur cottage, où elle tâchait de s'entraîner à la fabrication du pain en prévision de leur deuxième épreuve, qui aurait lieu le mois suivant. Et ses efforts n'étaient pas concluants. La radio était réglée sur une chaîne de musique classique – impossible de se concentrer avec des paroles en fond sonore. Misha était assise sur la panière à linge et, la queue enroulée autour d'elle, la regardait faire de ses grands yeux verts, comme pour juger chacun de ses gestes.

— Tant mieux si ça t'amuse, Mish, décocha Clem en soufflant avant d'aller gratifier la chatte d'un câlin et d'un bisou sur la tête.

Quand l'étreinte parut trop longue à son goût, Misha protesta avec un petit miaulement, et Clem la lâcha.

— Dommage que tes compétences se limitent à pétrir les couvertures, sinon tu aurais pu m'aider.

Les ingrédients s'accumulaient à côté de l'évier. Diverses fournées étaient disposées sur une plaque de cuisson – toutes ratées. Certaines ressemblaient à des têtes de chat battu, mais aucune aux pains en forme de chatons qu'elle avait espérés. On aurait plutôt dit de pauvres bêtes susceptibles d'inquiéter un refuge pour animaux.

La cuisine du cottage était trop étriquée. Cela n'avait pas eu grande importance à l'époque où elle ne participait pas à un concours et où elle se contentait de s'en servir ponctuellement pour le plaisir. Mais à présent qu'elle en avait besoin pour s'entraîner, ce n'était pas l'idéal. Debout devant l'évier déjà rempli de vaisselle sale, elle regarda les rayons du soleil filtrer par la petite fenêtre et mit distraitement l'un des pains ratés dans sa bouche. C'était savoureux, mais trop pâteux.

Elle envisageait de demander à Sylvie si elle pouvait se servir de la cuisine de *Chatpuccino* ce jour-là quand son téléphone vibra de manière insistante sur le plan de travail, illuminant l'écran. Un appel ?

Elle y jeta un coup d'œil et tressaillit. Lucas.

Elle se hâta de répondre.

— Allô ?

— Salut, Clem.

— Il y a un problème ? Il est arrivé quelque chose ? La vidéo a été publiée ?

— Non… Pardon. Elle n'a pas encore été partagée.

Elle se détendit. Les images de l'épreuve précédente étaient censées être diffusées dans la journée, ce qui signifiait qu'ils devaient s'attendre à un déluge de commentaires. Clem n'était pas pressée de les lire – elle s'y préparait mentalement, comme pour accueillir des mauvaises nouvelles –, et l'entraînement à la confection du pain était sa manière à elle de se distraire, même si elle avait également accepté l'aide de Lucas.

— Je tombe mal ? s'inquiéta-t-il.

— Non, je… Ah, je faisais une nouvelle tentative ratée pour la manche à venir.

Un sourire teinta la voix du jeune homme.

— Sûrement parce que tu as omis de consulter le maître du pain que je suis.

— « Maître du pain », c'est un titre officiel ?

— Je pensais demander à Dwayne de l'inclure dans mon intitulé de poste, affirma-t-il d'une voix enjouée. Ça te dit qu'on s'entraîne ensemble aujourd'hui, si c'est ce que tu es en train de faire ?

Le caractère abrupt de la suggestion la prit au dépourvu.

— Aujourd'hui ?

— Carrément, je n'ai rien de prévu. C'est mon jour de congé.

— D'accord, mais… (Elle s'interrompit.) Ma cuisine est minuscule. Je pensais me servir de celle de *Chatpuccino*… Elle est plus grande. Tu veux venir ? (Prenant conscience de ce qu'elle avait dit, elle ajouta précipitamment :) Attends, et si quelqu'un te voyait ? Le type du café pour chiens, qui rend visite au bar à chats !

Il y eut un long silence à l'autre bout du fil, comme s'il réfléchissait.

— Je pourrais porter un déguisement ?

— Un déguisement ? répéta-t-elle avec un petit rire amusé.

— Par contre, je n'ai pas de costume de chat chez moi, alors je ne vais pas pouvoir me faire passer pour votre nouvelle mascotte ou je ne sais quoi. Une casquette et des lunettes de soleil devront faire l'affaire.

En l'imaginant vêtu d'un costume de chat géant, Clem sourit béatement.

— OK.

— On se retrouve là-bas ? proposa-t-il.

— D'accord, je t'attendrai sur le parking.

17

TELLE UNE STAR DE CINÉ voulant échapper aux paparazzis, Lucas tira sa casquette de baseball sur son front et ajusta ses lunettes noires. Par cette belle journée ensoleillée au ciel dégagé, sa panoplie était adaptée à la saison. Clem lui fit signe depuis une voiture à hayon noire. Malgré lui, le baiser sous la pluie lui revint en mémoire. Il ne cessait d'y penser, à ce baiser – à elle. Il ne savait pas ce qui clochait chez lui ; il n'avait jamais trop su faire le premier pas, et n'avait pas eu l'intention de se laisser séduire. Mais lorsqu'il était près d'elle, c'était comme si tout était sens dessus dessous, y compris sa logique et sa raison.

Elle traversa le parking pour le rejoindre.

— Salut, lança-t-elle. Sylvie m'a dit qu'il n'y avait aucun problème pour qu'on se serve de la cuisine quand on le voudra, pour s'entraîner.

— C'est sympa de sa part.

— Emmie est souvent là aussi – elle vit à l'étage –, mais elle est sortie avec Jay pour la journée, alors Sylvie m'a demandé de remplir les distributeurs d'eau et de croquettes.

C'était un dimanche et l'établissement était fermé. La salle était spacieuse, et le soleil inondait le plancher. Lucas regarda autour de lui – chaque fois qu'il venait, il avait l'impression de jouer à une partie de « Où est le chat ? ». On ne les apercevait pas tout de suite mais, au bout d'un moment, on parvenait à les distinguer. Un félin couleur fauve était blotti sur une étagère en forme de panière, et on ne voyait pas son visage – rien qu'une grosse touffe de poils. Sous une chaise brillaient les yeux verts d'un chat noir. Un calico sortit de sous une table et sauta sur le bord de la fenêtre pour se dorer au soleil ; les pupilles dilatées, il regarda un oiseau fendre le ciel.

— Je reviens tout de suite, dit Clem.

— D'accord.

Lucas prit place près de la fenêtre et tendit le bras pour caresser le calico, qui fourra le nez dans sa paume et roula sur le dos, exhibant un petit ventre blanc et duveteux. Il le chatouilla distraitement pendant que Clem faisait le tour de la pièce en remplissant les distributeurs de croquettes et d'eau fraîche.

Tout en enfouissant les doigts dans la fourrure soyeuse du félin, ses pensées dérivèrent vers son père. Ils avaient eu une chatte quand Lucas était petit – il s'en souvenait à peine –, et son père l'avait manifestement adorée, même si elle s'était éteinte relativement jeune. C'est pour cette raison que sa mère était sûre qu'il adorerait cet endroit. Pour l'instant, ils ne pouvaient pas adopter d'animal domestique ; sa mère avait déjà beaucoup trop à faire et son père était toujours en souffrance. Et, même s'ils l'avaient voulu, ils n'auraient pas pu se le permettre financièrement. Mais il trouverait sans doute réconfortant de venir ici. Lucas se fit la promesse de lui en parler la prochaine fois qu'ils se verraient.

— C'est bon, déclara Clem en reparaissant. On va dans la cuisine ?

Il acquiesça, gratouillant le calico une dernière fois sur le ventre avant de se lever pour la suivre derrière le comptoir.

La cuisine était assez vaste pour accueillir plusieurs personnes, même s'il savait que Clem était seule à y travailler. Un grand four professionnel trônait au centre de divers appareils, dont un fouet électrique rutilant et une balance. D'autres supports et rayonnages contenaient toutes sortes d'outils et d'ustensiles, tout près des plans de travail en Inox. Il y avait aussi des grilles de refroidissement et un réfrigérateur.

— Tu es bien équipée, commenta-t-il. Et il y a de la place, en plus.

— Sylvie pensait embaucher quelqu'un pour faire la cuisine mais, pour l'instant, la pâtisserie lui suffit.

— On s'entraîne à quoi d'abord ? demanda-t-il. Que comptes-tu faire ?

— Je les appelle des petits pains-chatons. C'est une recette d'Hokkaido, un pain au lait d'origine japonaise qui est devenu populaire un peu partout. Je voulais les disposer dans une panière, et préparer une miche plus grande en forme de chat adulte. Celle-là serait du pain tigré. Le tout représenterait notre partenariat avec le refuge pour chats, et… Eh bien, l'année dernière, on a trouvé une minette errante dans le mur en pleine tempête de neige. Elle était enceinte.

— Je crois que ma mère m'en a parlé, affirma Lucas.

— Oui, certains des chatons ont été adoptés – Jared en a pris un chez lui. Sylvie a gardé la maman et l'un de ses petits. Je me suis dit que je pourrais illustrer cet événement, expliqua-t-elle. (Elle soupira.) Mais j'ai sans doute été trop ambitieuse… Je n'arrive à rien.

— Essayons voir. Je peux t'aider.

Clem prit un tablier suspendu à un crochet près de la porte ; il était décoré de cœurs et d'une multitude de chatons joufflus. Elle lui en jeta un autre, vert et orné de chats bruns, avant de se mettre à rassembler les ingrédients nécessaires.

— Je ne comprends toujours pas ce qui t'a poussé à vouloir m'aider, déclara-t-elle pendant qu'ils se lavaient les mains.

Il se le demandait lui-même. Était-ce le baiser qui lui avait donné envie de passer plus de temps avec elle ? Ou ce besoin machinal de prêter main-forte ? S'était-il tellement habitué à secourir ses parents qu'il agissait désormais de même avec tout le monde ? Il n'y avait jamais songé avant de rencontrer Clem.

— Je ne sais pas, j'ai pensé que ça pourrait être bénéfique pour nous deux, répliqua-t-il sans conviction.

— Oui, mais c'est un concours, tu aurais tout aussi bien pu me laisser en difficulté.

— C'est vrai. C'est un concours, certes – mais faisons en sorte qu'il soit équitable. Je tiens à ce que tu donnes le meilleur de toi-même, et c'est ce que je ferai de mon côté. Les autres n'auront aucune chance.

Elle éclata de rire. Dieu, comme il aimait l'entendre rire.

— Et après ? lança-t-elle. On s'affrontera l'un l'autre ?

— On dégainera les fouets pour la bataille finale, décréta-t-il gravement, une main contre le torse.

Elle gloussa encore.

— OK. (Elle ouvrit son application de prise de notes sur son téléphone.) Pour la miche principale, je vais m'en tenir à une préparation que je connais bien, mais quant aux petits – les chatons –, voici la recette. Elle me donne du fil à retordre. Une fois de plus, c'est sûrement un peu trop ambitieux, mais…

— Tentons le coup.

Ils se mirent au travail. Clem prépara d'abord la pâte tangzhong, mélangea la farine et l'eau dans une casserole qu'elle fit chauffer sur feu moyen, suivant les instructions jusqu'à ce que la substance s'épaississe en atteignant la bonne température. Elle recouvrit le tout d'un film plastique et l'entreposa au frigo. Lucas rôdait à ses côtés telle une ombre, pendant qu'elle lui expliquait ce qu'elle faisait.

— C'est la préparation de la pâte qui rate à chaque fois, révéla-t-elle pendant que le mélange refroidissait. Tu veux qu'on boive un café avant de s'y mettre ? Désolée, j'aurais dû t'en proposer un plus tôt.

— Bonne idée. Un café, ça me dit bien.

— Tu as toujours fait de la pâtisserie ? lui demanda-t-elle pendant qu'ils retiraient leurs tabliers et quittaient la cuisine pour regagner la salle principale.

Il secoua la tête.

— Non, j'ai seulement commencé quand on a ouvert le *Papatte Café* avec Dwayne. J'ai proposé d'apprendre, histoire d'économiser un peu d'argent au début. C'est devenu une habitude. Mon père aimait beaucoup ce que je faisais, alors j'en préparais un peu plus pour lui.

Lorsqu'il s'installa à une table, son pied accrocha une petite souris en caoutchouc qu'un des chats avait laissée. Elle tinta gaiement.

— Vous avez l'air proches, commenta-t-elle.

— C'est le cas.
— Qu'est-ce que tu veux boire ? Encore un moka ?
— Oui, merci.

Elle hocha la tête et commença à préparer les boissons chaudes. Lucas ne s'aperçut pas qu'un chat était enroulé sur le siège d'en face avant qu'un félin rayé ne pointe le bout de son nez au-dessus de la table et ne s'étire, les oreilles penchées. Il rit en le voyant cligner des yeux.

— Salut, toi. Tu as failli me donner une crise cardiaque.
— Sylvie dit toujours en blaguant que ce ne serait pas la pire des fins, lança Clem par-dessus le bruit du mousseur à lait, et Lucas rit.

Clem vint poser les boissons sur la table – un moka mousseux pour lui, saupoudré de cacao, et un thé au lait pour elle.

— Tiens. Je n'ai pas l'art de faire des motifs sur la mousse du café comme Emmie, alors tu vas devoir te contenter d'un moka tout simple, sans fioritures.

Elle s'installa en face de lui et sortit son téléphone de sa poche de jean pour consulter l'écran.

— Tu t'inquiètes pour la vidéo ? s'enquit-il.
— Un peu. (Elle posa son appareil sur la table, comme résolue à ne plus le regarder, mais sa main tressaillit.) J'ai eu des commentaires sur mes propres profils. Des nouveaux abonnés qui m'ont trouvée, qui parlent de *C'est ma fournée*. Ça fait drôle…
— Ah. Je ne suis pas trop sur les réseaux. Et tous mes comptes sont privés.
— Je regrette un peu d'y être en ce moment, admit-elle. Mais j'aime bien poster des vidéos de pâtisseries, et Sylvie me demande parfois de contribuer aux comptes de *Chatpuccino*.

En général, les photos et vidéos de mes créations marchent plutôt bien. Mais avec le concours… (Elle inspira un grand coup.) Je n'ai pas envie d'attirer cette attention supplémentaire.

— Ce sera bien pour toi de te mettre en avant, dit-il. Peut-être même d'autant plus que ça ne te plaît pas. Ça te donnera plus d'assurance. On ne sait jamais quelles occasions peuvent germer. Certains ont pu décrocher des contrats d'édition et participer à des émissions de télé.

— Je ne suis pas sûre de le vouloir !

Elle parut effrayée par cette perspective.

— Pourquoi pas ? On pourrait exploiter le côté chien et chat. (Il sourit.) Tout le monde adorerait. On pourrait même écrire une BD à quatre mains sur le sujet.

Elle sentit ses joues s'enflammer, gagnées par cette teinte de rose qui lui était familière.

— Ce serait plus le domaine d'Emmie que le mien, déclara-t-elle.

Jamais il n'avait vu de femme aussi belle que lorsqu'elle était gênée. Lucas but une gorgée de son moka pour éviter de la regarder. Comparé au *Papatte Café*, le calme de *Chatpuccino* était un bol d'air frais : pas de bruit de griffes sur le sol, de jappements ni d'aboiements, de randonneurs animés qui se disputaient au sujet de cartes et d'itinéraires – même quand l'établissement était ouvert, l'ambiance restait tranquille. Ayant fini de boire, le chat rayé roula sur le dos en étirant ses pattes de devant.

Clem vérifia encore son téléphone, et son visage blêmit. Elle manqua de lâcher son appareil.

— Elle a été publiée ! couina-t-elle en faisant déjà défiler l'écran.

— La vidéo de l'épreuve ?

Elle hocha la tête, et ce faisant ses cheveux eurent un joli mouvement.

— Lire les commentaires tout de suite n'est sûrement pas une bonne idée…, l'avertit-il en furetant dans sa poche pour sortir son propre téléphone.

En temps normal, il aurait suivi son propre conseil, mais elle semblait au bord des larmes, ce qui lui donnait envie de savoir ce que les gens disaient.

Il comprit aussitôt ce qui avait suscité un tel désarroi.

« Vous l'avez vu foncer la secourir ? Ce garçon, c'est un rêve. Mais qu'est-ce qu'il lui trouve ? Elle s'habille comme une gamine et son nez est tout écrasé ! »

« De toute manière ça ne marchera jamais entre eux, les chiens détestent les chats, haha ! »

« Il est carrément trop bien pour elle ! »

« Arrête, ils sont canon tous les deux – leurs bébés seraient super mignons. »

« Je parie qu'il n'est pas son genre. »

Lucas avait généralement la peau dure, mais il se sentit mal à l'aise de voir que de parfaits inconnus parlaient d'eux si ouvertement. Même les commentaires les plus élogieux avaient un arrière-goût bizarre, comme si ces gens émettaient des hypothèses au sujet des personnages d'une série télé et ne se rendaient pas compte que Lucas et Clem étaient réels.

Lorsqu'il releva la tête, les yeux de Clem scintillaient de larmes. Elle renifla et cligna des paupières.

Lucas remua sur son siège, ne sachant que faire.

— Ohé, souffla-t-il, se voulant rassurant. Ne sois pas triste…

Avec un rire tremblant, Clem tira ses cheveux derrière ses oreilles.

— Regarde-moi, je pleure comme une Madeleine à cause de cette histoire, marmonna-t-elle, comme pour elle-même. (Elle refoula d'autres larmes et, se reprenant, leva les yeux vers lui.) Désolée. C'est tellement ridicule.

— Une madeleine au chocolat ? contra-t-il.

— Qu-quoi ?

— Ce n'est pas forcément une mauvaise chose. Les madeleines au chocolat sont délicieuses, non ?

Le rire qui éclata alors était plus franc cette fois, éclairant le visage de la jeune femme. Mais il ne tarda pas à s'estomper, telle une ampoule qu'on éteint. Elle fixa son téléphone en fronçant les sourcils et appuya sur son nez.

— Avant, on se moquait toujours de mon nez. Ça faisait longtemps que ça n'était plus arrivé.

Elle prit une grande inspiration, mais ses épaules restèrent voûtées.

— Ton nez est adorable. Ne les écoute pas.

Il eut envie d'ajouter « ton visage tout entier est parfait », mais il ravala son commentaire. Elle le fixa, les joues joliment roses.

— Peut-être qu'on n'aurait pas dû… Tu sais… Quand tu m'as raccompagnée chez moi…

Elle esquissa un geste vague, et il comprit qu'elle parlait du baiser. Lui aussi s'était demandé s'ils avaient eu raison de le faire. Il avait été tellement happé par la situation – par elle. Par les sentiments qu'elle lui inspirait. Avait-il bien fait d'agir ?

Clem but une gorgée de son thé et regarda l'un des chats noirs courir après son camarade roux.

— Écoute, lança-t-il. Je suis désolé de t'avoir embrassée, si c'est ce qui te dérange. Peut-être que je…

— Mais non ! s'écria-t-elle. Moi aussi, j'en avais envie. C'est seulement que…

Elle n'acheva pas sa phrase, comme pour chercher les mots qui convenaient. La voyant encore au bord des larmes, il sentit sa poitrine se serrer.

Clem baissa les yeux sur son téléphone et en fit défiler l'écran. Son visage se décomposa, et elle étouffa un cri.

— Mon Dieu !

— Qu'est-ce qu'il y a ?

— Comment ? Comment est-ce qu'ils…

Elle était si bouleversée qu'elle manqua de faire tomber son téléphone.

— Laisse-moi voir.

Il attrapa l'appareil, et elle le lui reprit aussi sec, abasourdie, comme s'il avait essayé de frapper l'un des chats.

— Je le verrai quoi qu'il arrive, souligna-t-il doucement, si c'est dans les commentaires. Allez, Clem, c'est de nous deux qu'ils parlent. On est ensemble dans cette histoire, alors laisse-moi regarder.

Les mots qu'il choisissait semblèrent la sortir de sa tétanie. Lentement, elle se pencha et poussa son téléphone vers lui sur la table.

— Ça ne nous concerne pas tous les deux. Tu vois ce lien ? dit-elle, si bas qu'elle en murmurait presque. Celui que tout le monde partage ? Clique dessus.

Lucas considéra l'écran et pressa sur le lien. Il vit apparaître une vidéo, mais elle n'avait pas l'air d'être celle du concours, car il y faisait trop sombre. Il releva la tête vers elle, comme pour lui demander la permission. Clem se cacha derrière ses mains. Les chats continuaient à se courir après dans la pièce, battant furieusement le plancher de leurs coussinets. L'un d'eux bondit sur une table.

— Tu la verras quoi qu'il arrive, comme tu l'as dit, déclara Clem, la voix étouffée par ses mains.

Il appuya sur « Play ». Au début, l'image était floue, et il aperçut les bribes d'un trottoir, ainsi qu'un ample pantalon noir et blanc calé dans des bottines fourrées.

— Je me sens bête, disait une voix de femme.

Elle semblait surexcitée, mais un peu incertaine aussi.

— J'aurais dû mettre le costume dans un sac et l'enfiler en arrivant.

— Ne raconte pas n'importe quoi ! lança une autre voix en riant.

Lucas ne voyait toujours rien, mis à part le trottoir sombre et des bouts de pantalon noir et blanc.

— Tu es parfaite comme ça. C'est un enterrement de vie de jeune fille à thème – le but, c'est de faire dans l'exagération.

— Mais ce n'est pas ton cas !

— Je vais bientôt me changer. Je te l'ai déjà dit, ma sœur va me prêter un costume. Ce n'est pas comme si j'avais fait exprès de m'éclabousser de vin rouge !

— Je ne comprends toujours pas pourquoi ta sœur fait son enterrement de vie de jeune fille dans un coin comme Cumbria, gémit la première. C'est super tranquille par ici. Il y a des endroits où ça bouge beaucoup plus que…

— On est arrivées ! Vas-y, entre la première.

— Moi ?

— Carrément, les autres filles te repéreront tout de suite. Plus vite on les trouvera, plus vite je pourrai me changer.

— OK, OK, ne me pousse pas.

La caméra fut obscurcie par un bras, avant de se fixer vers le haut, révélant une Clem manifestement nerveuse. Si Lucas ne rit pas, ce fut parce qu'il sentait déjà que quelque chose clochait.

La jeune femme portait un costume de vache couvert d'un patchwork de taches blanches et noires. Sur le ventre était imprimé un gros cercle rose, agrémenté de deux pis qui pendouillaient. Elle avait également relevé la capuche, sur laquelle étaient cousues une paire d'oreilles, ainsi que deux cornes jaunes au niveau des tempes. Elle était visiblement plus jeune dans cette vidéo, car les traits de son visage étaient plus doux et ses cheveux plus longs, au point de descendre sur sa poitrine. En voyant son air inquiet, Lucas se crispa. Rien de bon ne l'attendait.

— Tu es en train de filmer ? demanda la Clem à l'écran.

Lucas jeta un coup d'œil à la Clem actuelle, qui avait délaissé son thé. Elle s'était à moitié détournée, les coudes calés sur la table et, les yeux luisants de larmes, regardait deux chats, le roux et le noir, jouer ensemble.

— Qu'est-ce que tu filmes comme ça ? insista la Clem de la vidéo.

— Ça fait longtemps que je ne l'ai pas vue. Je veux capter sa réaction à ton costume ! (Rêvait-il, ou cette autre fille venait-elle d'étouffer un gloussement aux dépens de Clem ?) Vas-y.

Dans la vidéo, Clem la prenait au mot et poussait les deux battants qui donnaient sur l'intérieur du bâtiment. L'image était encore assez sombre, mais on aurait dit un lieu de réception, ou une salle des fêtes. La caméra suivit sa progression dans l'entrée, et la vidéo se fit plus lumineuse à mesure qu'elles s'avançaient sous l'éclairage intérieur.

Ce n'était à l'évidence pas un enterrement de vie de jeune fille. Des rangées de chaises avaient été installées dans la pièce, devant un pupitre et un grand projecteur diffusant un paysage ainsi que les mots « CARRIÈRES DANS LA PROTECTION ANIMALE ». Nombre des sièges étaient déjà occupés, et des gens se servaient en flûtes de champagne et en collations disposées autour de la salle.

Lorsqu'ils remarquèrent la présence de Clem dans son costume de vache, chaussée de bottes fourrées, des rires fusèrent. Quelqu'un cria, mi-amusé, mi-stupéfait :

— Qui a embauché une mascotte ?

Sur la vidéo, Clem était clouée au plancher, rigide, les bras plaqués contre ses flancs. Elle tourna les talons et se mit à courir, mais la capuche dut s'affaisser et lui couvrir les yeux, car elle fonça dans une longue table près de la porte, où elle percuta un amas de verres à champagne et les envoya valser sur le côté. Lorsqu'ils s'écrasèrent au sol, elle eut les jambes complètement trempées.

Derrière la caméra, l'autre fille riait ; Lucas n'avait jamais rien entendu d'aussi cruel. La Clem à l'écran baissa sa capuche d'un geste brusque et, manifestement en larmes, prit la fuite. La vidéo se coupa.

Lentement, Lucas posa le téléphone entre eux. Clem se détourna et caressa le gros chat roux, qui était venu à sa rencontre. Il ne voyait pas son visage, caché derrière ses cheveux.

— Qu'est-ce qui a pris à ton amie de faire ça ? demanda-t-il, haussant la voix tant il était furieux de l'avoir vue traitée ainsi.

— Bonne question, marmonna Clem.

Elle se redressa et, les joues encore cramoisies, s'empara de son thé avant d'en boire une longue gorgée. Elle ne le regardait toujours pas, les yeux rivés sur le chat roux qui roulait sur le flanc en remuant la queue. Quand elle reprit la parole, elle avait visiblement la gorge nouée.

— On était à la fac quand cette scène a été filmée. Elle savait que je voulais travailler dans la protection des animaux. Sans doute qu'elle a trouvé ça drôle ? Elle s'était fait des nouveaux amis… (Clem baissa encore la voix.) Était-ce sous leur influence ? Certains d'entre eux pensaient que j'étais bizarre. Je n'en sais rien. Je n'ai jamais compris ce qui l'a poussée à faire ça. On était proches. J'avais confiance en elle.

Lucas grimaça.

— Elle ne m'a pas l'air d'être une très bonne amie.

— C'est aussi ce que je me suis dit. Et la raison pour laquelle on a cessé de se voir après.

— À quand remonte cette vidéo ?

— J'avais vingt ans, alors… Il y a environ cinq ans ? À l'époque, j'avais une trouille pas possible qu'elle soit diffusée sur le net et devienne virale mais, curieusement, elle n'a jamais dépassé les portes de l'université. Par contre, ça a suffi pour que tout le monde se moque de moi chaque fois que je me déplaçais dans le campus. J'étais dans un tel état de stress que j'ai fini par abandonner mes études. J'ai été mal pendant un bout de temps. Je n'arrêtais pas de m'imaginer à des entretiens d'embauche, si jamais les recruteurs étaient tombés sur la vidéo et…

Voilà pourquoi elle lui avait dit que sa vie avait déraillé. Lucas se repassa en boucle tout ce qu'elle venait de lui raconter.

— J'ai fréquenté la même fac que toi, admit-il, même s'il avait été une année au-dessus de la sienne. Il m'arrivait de m'occuper de la restauration à certains événements.

— Pourquoi poster cette vidéo maintenant ? demanda Clem, dont la voix se brisa. Je ne pige pas. À cause du concours ?

— Peut-être qu'elle est jalouse ? suggéra-t-il. (Il était tellement en rogne contre cette fille que les mots s'échappaient d'eux-mêmes.) Tu as réussi cette épreuve, tu as un talent fou, tu travailles dans un endroit génial, et tu es super belle – il y a de quoi t'envier. Peut-être qu'elle essaie de ternir ta réussite. Elle a dû se sentir menacée.

Clem le dévisagea, son thé à mi-chemin de ses lèvres.

— Je… Tu trouves que je suis belle ?

Il n'avait pas eu l'intention de se mettre à nu de la sorte. S'ensuivit la conclusion la plus logique :

— Je t'ai embrassée, non ?

Elle ouvrit la bouche pour répliquer mais, avant qu'elle ait pu poursuivre, le téléphone de Lucas vibra. Le mot MAMAN s'affichait à l'écran. Pris d'un mauvais pressentiment, il déverrouilla son appareil et constata qu'il avait six appels manqués et quelques messages non lus. Ceux-ci avaient dû arriver pendant qu'il était en cuisine avec Clem.

Papa est à l'hôpital. Appelle-moi.

18

LUCAS FIXA SON TÉLÉPHONE DU REGARD. Son corps était devenu léger comme une plume et le bourdonnement dans ses oreilles couvrait tout le reste, y compris la voix de Clem – elle était en train de lui dire quelque chose. Les messages qu'il recevait semblaient des variations du premier :

Appelle-moi dès que tu peux, Lucas.

Nous sommes actuellement à l'hôpital.

Le troisième était plus précis :

Il a eu une chute. Tu peux venir ?

Il était vissé sur son siège, le bourdonnement allant crescendo. Pendant qu'il faisait l'andouille, qu'il aidait Clem à faire du pain, son père avait été hospitalisé. Que fabriquait-il encore là ?

C'était précisément pour ça qu'il avait dit à Dwayne qu'il n'avait aucune envie de fréquenter des filles. Ses parents avaient besoin de lui, et aucune petite amie ne l'avait jamais accepté. Sans compter que Clem était sa rivale, et qu'il devait toucher l'argent de la récompense pour sa famille. Pour son père, qui était à présent à l'hôpital ; il ignorait quel était son état, s'il avait été gravement blessé ou pas. Il leur fallait un diagnostic, et une maison sécurisée. Que lui avait-il pris de vouloir aider Clem ?

Les paroles de la jeune femme finirent par percer le sifflement strident qui lui vrillait les oreilles.

— Tout va bien ? demandait-elle.

— Je dois y aller, dit-il machinalement.

Il parlait comme de loin, comme s'il planait près du plafond.

— Y aller… ? répéta-t-elle. Mais… et la pâte à pain ? On ne l'a pas encore préparée. Tu as dit que tu m'aiderais ?

La pâte… C'est vrai. Il se leva.

— Essaie avec du lait froid sorti du frigo plutôt que chaud, conseilla-t-il. Ça accélère la levée. Et laisse-la lever une fois.

— Tu es sûr ? La recette dit que…

— Oui, j'ai entendu un boulanger célèbre en parler à la télé.

Ses mots étaient précipités. Il avait la tête ailleurs, quelque part de l'autre côté des collines, dans la chambre d'hôpital où son père devait reposer, blessé. Il parlait vite, pressé d'en finir et de partir.

Clem hocha la tête et se mit debout à son tour, le front plissé par l'inquiétude.

— D'accord… Je vais essayer. Mais où est-ce que tu vas ?

Sa voix se brisa.

— Mon père est à l'hôpital. Je dois partir.

*

Sans qu'il sache comment, l'appel de sa mère avait fait ressortir ce qui tourbillonnait comme du pollen entre Lucas et Clem, comme s'il voyait les choses à travers une loupe grossissante, et cette histoire lui sembla soudain trop personnelle, trop intime. Elle avait proposé de l'accompagner à l'hôpital, mais il avait décliné. Il roula penché sur le volant, en pestant sur tous ceux qu'il jugeait trop lents. Il n'était pas inhabituel que des touristes ou visiteurs conduisent au pas pour admirer le panorama, les moutons, l'immensité des lacs, et les pics abrupts qui s'étiraient vers le ciel. Ce jour-là, il manquait de patience à leur égard.

Le trajet lui sembla durer des heures. Quand, finalement, il se gara dans le parking et fonça à l'intérieur, il était encore tendu, les épaules crispées. Enfin, il trouva sa mère qui l'attendait au chevet de son père. Elle le serra dans ses bras.

— Il va bien ? chuchota Lucas. Qu'est-ce qui s'est passé ?

— Il est juste à côté, et il va très bien, affirma son père d'une voix bourrue.

Lucas ne s'était pas aperçu qu'il était réveillé. Il s'écarta de sa mère et se tourna vers son père, qui était assis dans le lit d'hôpital, calé contre une petite montagne d'oreillers. Il souffrait en permanence jour après jour mais, vu de l'extérieur, il semblait en parfaite santé. Même là, à l'hôpital, il n'avait pas l'air en si mauvais état – seulement fatigué, les rides creusées plus profondément autour de ses yeux bleus, qui parvenaient malgré tout à pétiller d'une lueur malicieuse ne reflétant pas son âge.

— Il est tombé tout à l'heure, expliqua sa mère d'une voix grave.

Elle semblait secouée, et s'était renversé quelque chose sur sa chemise, comme si elle s'était précipitée pour venir au plus vite. Lucas serra sa main dans la sienne.

— J'avais des courses à faire… (Elle prit une grande inspiration.) Je m'en veux terriblement. Je me suis sans doute absentée trop longtemps…

— N'importe quoi, décréta son mari avec un geste indolent. Tu ne peux pas rester cloîtrée toute ta vie, Meredith, et je n'attends pas de toi que tu le fasses.

— Mais… (La mère de Lucas se mordit la lèvre inférieure.) Richie… Tu as toujours eu des vertiges, et tu n'as jamais fait une telle chute. Et si tu t'étais trouvé dans l'escalier ?

Sa mère n'avait pas tort ; en ce cas, ç'aurait été bien plus grave. À cette pensée, Lucas sentit son ventre se tordre. Mais son père balaya leurs inquiétudes d'un nouveau geste.

— Je vais très bien – rien de grave. Rien que quelques petites égratignures. Arrêtez de me regarder comme si j'allais mourir d'un instant à l'autre, sinon je reviendrai vous hanter le jour où ça arrivera !

Lucas sourit, rassuré de l'entendre plaisanter. Sa mère, elle, fit la moue.

— Ne vous occupez pas de moi, insista son père. J'en ai assez qu'on ne parle toujours que de moi – aujourd'hui, je n'ai fait que ça avec les docteurs. Et Lucas doit se concentrer sur le concours, pas sur mes problèmes. Qu'est-ce que tu vas faire pour la prochaine épreuve ? Tu es passé à l'attaque avec cette fille ?

— Richie ! s'écria son épouse en s'approchant du lit pour lui enfoncer un doigt dans la jambe à travers les couvertures. Ne lui demande pas si…

— Arrête ça. Pas de préliminaires quand je suis alité…

— Merci d'éviter ce genre de blagues en ma présence ! s'offusqua Lucas.

À ces mots, sa mère éclata de rire, comme si une digue s'était rompue et laissait déferler toute sa tension. Visiblement plus détendue, elle agrippa la main de son mari et l'embrassa sur le coin du crâne.

— J'ai prévu toutes sortes de pains pour cette épreuve – focaccias, muffins anglais, un peu de tout, répondit Lucas. Il faudra que tu les goûtes pour me donner ton avis quand tu sortiras d'ici, histoire que je trouve les bonnes saveurs. Quand est-ce que tu pourras rentrer à la maison ?

— Ils veulent le garder sous surveillance dans le cas d'une commotion cérébrale, expliqua sa mère. Il s'est cogné le crâne. Je suis navrée de t'avoir effrayé, Lucas. Je… J'ai eu peur que le coup soit trop violent, que des saignements…

— Maman, ce n'est rien, lui assura Lucas. Tu as bien fait. Je suis désolé de ne pas avoir vu tes messages tout de suite. J'étais en train de… m'entraîner pour le concours.

— Si j'avais su que cette chute me vaudrait un rôle de dégustateur officiel, je m'y serais mis plus tôt, déclara son père.

— Richie !

— Je blague, Mer…

Une vibration sonore s'éleva brusquement – c'était le téléphone de son père, posé sur le coin du lit. Il l'approcha des coussins sur lesquels il reposait.

— C'est sûrement ta sœur, Rich…, commença sa mère. Je lui ai dit ce qui s'est passé.

— Si vous alliez vous boire un café, vous deux ? suggéra le père de Lucas. Ça risque d'être un peu long.

— Tu veux quelque chose ? demanda Lucas.

Son père secoua la tête en articulant un *non merci*, avant de prendre l'appel.

Lucas entraîna sa mère loin du lit et, ensemble, ils longèrent les couloirs éclatants de l'hôpital, dépassant un immense arc-en-ciel peint au mur en l'honneur du personnel de santé, pendant que le claquement de leurs pas résonnait autour d'eux. Ils ne tardèrent pas à atteindre un escalier en colimaçon qui les emmena au rez-de-chaussée, où ils passèrent devant l'accueil. De l'autre côté d'une porte à double battant se trouvait le réfectoire, d'où s'élevaient des bruits de couverts, ainsi que des effluves de cuisine qui se mêlaient aux odeurs cliniques de l'hôpital.

Sa mère s'installa à une table pendant qu'il leur commandait des cafés et lui achetait un sandwich. Lorsqu'il posa le plateau et s'assit en face d'elle, elle avait accroché son sac à main au dossier du siège en plastique.

— Merci, dit-elle en acceptant le café avec reconnaissance et en enroulant ses mains autour de la tasse.

Autour d'eux, les visiteurs n'étaient pas nombreux : quelques couples âgés qui bavardaient en buvant du thé ; un vieillard qui feuilletait un journal froissé ; un homme en blouse, le nez plongé dans un livre, probablement en pause.

— Tu devrais essayer de manger.

Il poussa vers elle le sandwich – poulet et garniture, son préféré. Avec un hochement de tête, elle attrapa le sachet et entreprit de le déballer, mais ne fit pas mine d'y toucher, se contentant d'en tripoter les bords, de les plier sur le côté. Le rire et la joie suscités par les plaisanteries de son mari s'étaient envolés lors de la traversée des couloirs.

— Je ne sais plus quoi faire, avoua-t-elle en poussant un lourd soupir. Je suis constamment à découvert. Ta tante nous a suggéré de prendre un logement moins cher, mais nous n'avons pas l'argent nécessaire pour déménager, et même si c'était le cas, toute notre vie est ici. Mon boulot. Toi. Je ne veux pas nous déraciner. C'est ici, chez nous.

— Attends, protesta vivement Lucas. Vous n'aurez peut-être pas à aller jusque-là.

Sa mère mordit dans son sandwich et haussa les sourcils.

— Lucas, dit-elle, j'espère que tu n'as pas l'intention de…

— Maman, l'interrompit-il. Je vous aiderai si je le peux, alors tenez bon.

— L'argent du concours, si tu gagnes, est à toi, affirma-t-elle.

Elle lui adressa un regard sévère, comme pour le réprimander.

— Justement, répliqua-t-il. Il sera à moi, et j'en ferai ce que je veux.

Sans répondre, elle but une gorgée de café et secoua la tête en continuant de grignoter son sandwich. Il porta son attention sur l'un des couples âgés : chacun mangeait un bout de gâteau différent. Ils en coupaient un petit morceau et se le faisaient goûter mutuellement. Avec un pincement au cœur, il songea à Clem, mais se força à chasser cette pensée. Sa famille avait besoin de lui. Que lui avait-il pris, au juste, de vouloir lui filer un coup de main ? S'il continuait de se rapprocher d'elle, il finirait par baisser la garde et par gâcher ses propres chances de victoire. Ce qui ne pourrait que nuire à ses parents.

— C'est dur pour ton père actuellement, reprit sa mère. Je sais que son état fluctue beaucoup, mais je crois qu'il est au plus bas. Il en a marre.

— Il a besoin de se faire aider correctement, déclara Lucas.

Son téléphone vibra, mais il n'en tint pas compte.

— Je n'ai pas faim. Tiens, je te le donne, dit sa mère.

Elle poussa la moitié de sandwich vers lui. Il la prit à contrecœur ; du moins avait-elle un peu mangé.

— Je sais qu'il a besoin d'aide, acquiesça-t-elle. Mais tu as vu comment c'était, Lucas. On n'a pas compris que le problème était grave avant que ça devienne handicapant, et maintenant on se heurte à des obstacles chaque fois qu'on essaie d'arranger les choses.

— Il lui faut un spécialiste.

— Il est sur liste d'attente. Qui sait quand ça se débloquera ? (Avec un soupir, elle vida sa tasse de café.) En attendant, on est coincés.

Lucas s'abandonna sur son siège et secoua la tête. L'argent du concours pourrait tout changer : lui permettre de verser un acompte, de décrocher un rendez-vous dans le privé pour son père afin qu'il n'ait pas à patienter une éternité pour se faire aider convenablement. Lucas allait devoir s'y mettre sérieusement. Il l'avait trop pris à la légère, comme s'il s'agissait d'un simple concours de village, alors que c'était beaucoup plus que ça. Il comprit, en étudiant le couple âgé qui mangeait ses gâteaux, que Clem lui plaisait. Énormément, même. Le baiser, vif et lumineux, ne cessait de flotter dans son esprit comme un nuage d'été. Mais cette révélation lui fit l'effet d'un coup de poing dans le ventre.

Cette attirance ne pourrait que le mener à sa perte.

*

Clem était encore à *Chatpuccino*. Tâchant d'oublier sa préoccupation pour Lucas et sa famille, elle avait poursuivi sa fabrication de pain. Mais elle n'avait pas vraiment la tête à ça. Elle avait formé les boules de pâte, leur avait façonné de mignonnes petites pattes et oreilles, et avait suivi les autres étapes – selon les conseils de Lucas –, avant de patienter jusqu'à ce que ses mini-pâtes en forme de chat aient doublé de volume. Elle les brossa alors à l'aide d'un œuf battu et les mit au four mais, distraite par son inquiétude, elle les laissa trop cuire, et certains pains ressortirent un peu noirs aux entournures. Elle avait oublié de les recouvrir d'aluminium pour qu'ils ne brunissent pas trop. En outre, ils étaient très compacts et caoutchouteux, pas aérés comme ils l'auraient dû. Le pain au lait était censé donner l'impression de manger un nuage, pas… *ça*. Pourquoi n'y arrivait-elle pas ?

Les conseils qu'il lui avait prodigués… Avaient-ils été sincères ? Non, c'était absurde. Pourquoi aurait-il menti ?

À moins qu'il ait voulu saboter son travail. Elle repensa à Genie, au gros panneau qui disait « CARRIÈRES DANS LA PROTECTION ANIMALE », et sentit son ventre se retourner. Lucas aurait-il été capable de ce genre de subterfuge ? De lui proposer de l'aide pour la faire échouer ? Pour gagner ?

Sûrement pas. Et encore moins si son père était à l'hôpital. Mais elle avait déjà été blessée par quelqu'un à qui elle tenait.

Il ne fallait pas y penser pour l'instant. Songeant qu'elle devait au moins s'entraîner à décorer, elle tenta de peindre des visages sur les pains-chatons, mais elle manqua son coup, et certains finirent par afficher la même inquiétude que celle qui la rongeait. L'un d'eux semblait proche de l'hystérie. À bout de patience, elle disposa dans un plat ceux qui avaient l'air à peu près convenables et les porta dans le Chatlon. Dans la cheminée de briques grises, le poêle à bois était vide. L'ambiance était très cosy dans cette pièce en hiver, avec les bûches qui brûlaient, le feu qui crépitait et les chats lovés un peu partout. Ce jour-là, seuls quelques félins se prélassaient par-ci par-là – Binx, roulé en boule sur l'un des arbres à chat, la jaugea brièvement de son regard vert avant d'enfouir le museau dans sa fourrure anthracite et de se rendormir. Blottie sur le tapis, pattes rentrées, ses superbes teintes de bengal accentuées par la lumière du soleil, Kitty ouvrait et refermait paresseusement les paupières. Jess, dans une de ses positions préférées sur le dos du canapé, dormait avec sa queue noire enroulée autour d'elle.

Clem s'abandonna sur le cuir du canapé – et Jess gazouilla en guise de salut. Elle caressa la chatte sur la tête et consulta son téléphone. Aucun message de Lucas. Elle lui avait envoyé un texto plus tôt pour lui demander si tout allait bien et avait cru qu'à cette heure-ci, il lui aurait déjà répondu. Était-il arrivé quelque chose d'atrocement grave ?

À présent qu'elle avait son téléphone dans la main, il était trop facile de vérifier compulsivement ce qui se passait avec *C'est ma fournée*. Elle ne parvenait pas à se résoudre à visionner la dernière vidéo du concours. Elle n'avait aucune envie de se revoir bafouiller, mais, à en juger par les commentaires, l'émission semblait avoir adopté un point de vue particulier.

« Cette édition-ci est mille fois mieux que la dernière !! C'est du génie de la part de Ronan d'avoir misé sur chiens vs chats. »

« Maintenant, je me fiche des autres candidats. J'aimerais savoir s'ils seront ennemis ou amoureux. »

« Ils ne finiront jamais en couple. Ils ne sont même pas bien assortis ! Ça se voit qu'il a beaucoup plus d'assurance qu'elle. »

Chaque commentaire lui faisait l'effet d'un coup de poignard, et pourtant elle ne pouvait se retenir de regarder, de faire défiler, jusqu'à l'hébétement. Au bout d'un moment, elle supprima complètement ses applications de réseaux et, gagnée par la frustration, jeta son téléphone sur le fauteuil d'en face. Jess, surprise, quitta le divan d'un bond et Kitty ouvrit les yeux en grand, les oreilles inclinées. Même Binx remua, levant la tête d'un air ronchon.

— Désolée, les minets, marmonna Clem.

Elle attrapa un petit pain-chaton et mordit dedans. C'était l'un de ceux qui, par miracle, n'avaient pas brûlé et, même s'il avait bon goût, la texture n'était pas assez légère ni floconneuse. Clem soupira.

Quelques minutes plus tard, Emmie surgit dans l'entrée du Chatlon. Elle portait un jean taille haute et un T-shirt blanc, ainsi qu'un sweat à capuche *oversize* qui était au moins cinq fois trop grand pour elle.

— Salut, Clem, lança-t-elle avec un sourire chaleureux. (Elle dut remarquer que Clem étudiait sa tenue, car elle baissa les yeux dessus.) Il pleuvait tout à l'heure, alors Jared m'a prêté son sweat à capuche.

— Comme c'est gentil de sa part, dit distraitement Clem.

— Oooh, tu faisais des essais ? se réjouit Emmie.

Elle lâcha son sac à dos près du canapé, gratta Jess derrière les oreilles et s'assit à côté de Clem, se penchant pour inspecter les petits pains.

— Je m'entraîne pour la prochaine épreuve du concours, précisa Clem. Lucas était censé m'aider, mais…

Elle n'acheva pas sa phrase, prenant conscience de ce qu'elle venait de dire. Elle aurait mieux fait de le garder pour elle, mais elle n'avait pas eu de ses nouvelles, et semblait incapable de mettre de l'ordre dans ses idées.

— Lucas ? Le type du café pour chiens ? Le *Papatte Café* ?

— Je t'en supplie, n'en parle à personne, l'implora Clem en pivotant sur le divan pour lui faire face. On est tombés d'accord pour s'entraider. Mais maintenant, je doute que ce soit une bonne idée, et je ne sais même pas s'il était sincère. Ce que les gens disent…

— J'ai vu quelques commentaires, murmura Emmie. Je pense qu'il vaut mieux que tu t'abstiennes de les lire jusqu'à la fin du concours. Ça ne te fera aucun bien.

Emmie avait raison. Mais parfois, elle avait l'impression d'être un astéroïde en orbite autour du Soleil – le Soleil étant son téléphone. La force d'attraction était telle qu'elle en venait à croire que la seule manière de se débarrasser de cette obsession serait d'opter pour un vieil appareil à l'ancienne, sans applications ni internet.

Ou alors, de jeter le sien à la mer.

— Je sais que c'est difficile, poursuivit Emmie. Il m'arrive de faire des fixations sur mes comptes d'artiste, surtout depuis qu'ils se sont développés. Et j'ai beau avoir vingt commentaires positifs, c'est toujours les négatifs qui ressortent. Je peux goûter un de ces petits pains ?

Clem hocha la tête.

— J'ai jeté ceux qui étaient trop brûlés. Sers-toi. Mais ils sont trop compacts.

Emmie déchira un bout de mie et prit une bouchée. Clem n'arrivait pas à déchiffrer son expression.

— Pas si mal, déclara-t-elle. Ils sont bons. Je vois ce que tu veux dire, c'est vrai qu'ils sont compacts. Ne prends pas cet air triste ! Je suis sûre que tu t'en sortiras à merveille dès que tu auras trouvé la solution.

— Le père de Lucas est à l'hôpital, révéla Clem.

Ça faisait du bien de lâcher du lest, et Emmie avait toujours été gentille avec elle, alors elle savait qu'elle pouvait lui faire confiance.

— Quoi ? C'est grave ?

— Je n'en sais rien… Il est venu m'aider tout à l'heure, et puis il est parti précipitamment. Je lui ai écrit pour lui demander si ça allait, et il ne m'a pas répondu.

— C'est peut-être compliqué, là-bas. Je suis certaine qu'il répondra dès qu'il en aura l'occasion.

— Il m'a donné des conseils, mais…

Emmie finit de manger son petit pain. Kitty avait quitté sa place sur le tapis pour s'asseoir autour de ses chevilles, les pupilles cerclées de noir, comme si elle portait de l'eye-liner.

— Tu ne peux pas en avoir, Kitty ! protesta Emmie en faisant mine de la chasser, mais la chatte ne bougea pas. Ce n'est pas pour toi.

— On s'est embrassés, avoua soudain Clem. Moi et Lucas.

C'était trop lourd de garder ça pour elle. Elle avait voulu en parler avec Lucas, mais il avait foncé à l'hôpital, ce qui était compréhensible. Emmie faillit lâcher son morceau de pain, et Kitty, tel un suricate, leva les pattes avec un air d'attente. Quand il devint évident qu'Emmie n'allait rien lui donner, elle se rallongea.

— Quand ? demanda Emmie en finissant son pain.

Clem lui expliqua rapidement ce qui s'était passé.

— Je sais que ça n'a plus d'importance maintenant, avec son père qui est hospitalisé et tout, mais…

— Continue ? l'encouragea Emmie.

— Avec tous ces commentaires et cette rivalité chiens/chats sur laquelle est focalisé le concours… J'ai l'impression de m'être un peu emballée. C'est-à-dire que l'embrasser n'était pas une bonne idée. Et puis, quelqu'un que je connais a refait surface, et c'est compliqué…

Elle lui raconta pour Genie et la vidéo. C'était éprouvant de répéter la même histoire qu'elle avait narrée à Lucas, mais Emmie finirait forcément par voir les images, si ce n'était pas déjà fait.

— Je ne sais pas si Lucas m'aidait pour les bonnes raisons, ajouta-t-elle. Et je m'en veux même de le dire à haute voix, mais…

Lorsqu'elle eut terminé, Emmie affichait un air sombre, un petit pli au-dessus de l'arête du nez.

— Tu crois que c'est Genie qui a publié cette vidéo ?

Clem haussa les épaules.

— Elle l'a filmée, qui veux-tu que ce soit d'autre ? Et les images avaient été diffusées à l'époque, alors d'autres auraient pu la partager aussi, mais elle est venue au concours. Ça ne peut pas être une coïncidence.

— Tu pourrais lui parler pour tâter le terrain ? Peut-être qu'elle cherchait simplement à s'excuser ?

— Je ne sais pas…

— À toi de voir. Je comprendrais que tu n'en aies pas envie. Elle a trahi ta confiance. Quant à Lucas… (Emmie marqua une pause et s'épousseta les mains.) Il t'a dit ce qu'il ressentait pour toi ?

— On n'a pas vraiment eu le temps d'en parler. Tout à l'heure, il… Il a plus ou moins laissé entendre que j'étais belle, et il a évoqué le baiser, mais il a dû filer…

Les traits d'Emmie s'éclairèrent.

— Il a l'air de craquer pour toi ! Mais qu'est-ce qui te fait croire qu'il n'est pas sincère ?

— Eh bien, c'est mon rival, non ? Et il a très envie de gagner. Il a de bonnes raisons de vouloir l'argent de la récompense. Ce que je comprends parfaitement. (Clem prit une inspiration.) Comment suis-je censée lui faire confiance quand il a tout intérêt à ce que je perde ? Je ne le connais pas depuis longtemps…

— Assez longtemps pour l'avoir embrassé, souligna Emmie avec malice en lui donnant un petit coup d'épaule.

— Argh !

Clem enfouit son visage dans ses mains – elle avait les joues en feu. Emmie éclata de rire.

— Ça fait plaisir de te voir prendre un peu l'initiative.

Clem peina à réprimer le sentiment de culpabilité qui l'assaillait. Lucas voulait gagner le concours pour le bien de ses parents ; quant à elle, elle n'avait même pas été capable d'avoir « l'initiative », comme l'avait formulé Emmie, de s'inscrire d'elle-même. Au bout du compte, c'était Sylvie qui avait appuyé sur le bouton.

Elle secoua la tête et, abattue, se laissa choir en arrière sur le canapé.

— Ce n'est pas moi qui me suis inscrite à ce concours. (Elle évita Emmie du regard, le menton collé contre la poitrine.) J'ai rempli le formulaire, et puis j'ai pris peur. Sylvie est tombée sur la candidature et a cru que j'avais oublié de lui demander de remplir les sections la concernant. Alors, elle les a complétées et a cliqué sur « Envoyer ».

Le silence s'abattit, et Clem n'arrivait toujours pas à regarder Emmie en face, craignant d'être jugée. Elle suivit du doigt une ligne sur le divan en cuir.

— Qu'est-ce que ça change ? demanda enfin Emmie.

— Quoi ? (Clem releva brusquement le menton.) Comment ça ?

Le visage d'Emmie était empreint de douceur.

— Peu importe que ce soit toi ou Sylvie qui l'a envoyé. Maintenant, quels que soient tes peurs ou tes doutes, tu participes au concours. Tu t'en sors super bien. Ne te rends pas malade pour ça.

— M-merci, bredouilla Clem.

Elle n'était pas certaine de s'en sortir si bien que ça – mais peut-être qu'Emmie avait raison. Elle se sous-estimait sans doute. L'ennui étant qu'elle n'était pas sûre de savoir comment réagir si jamais les choses dégénéraient. Si elle commettait encore des erreurs, ou si Genie – ou Lucas, d'ailleurs – lui faisait du mal, redeviendrait-elle celle qu'elle avait été auparavant ? Trop terrorisée pour quitter la maison, pour côtoyer des gens, pour faire quoi que ce soit ?

— Et Lucas, il te plaît ? s'enquit Emmie.

— Oui.

Elle savait que c'était vrai – le fait qu'elle avait eu l'audace de l'embrasser, de suivre son instinct envers et contre tout, en était la preuve. Mais pour l'heure, elle devait mettre son instinct de côté. Elle se tordit les mains.

— C'est juste que… Les spéculations, les vidéos, ce que les gens disent, et maintenant Genie… Et le père de Lucas qui est à l'hôpital… Je ne sais pas si…

— Genie appartient à ton passé, déclara Emmie. Essaie de ne pas avoir de préjugés sur les gens du présent, Clem. Peut-être que tu dois mieux connaître Lucas d'abord, et puis voir comment se déroule le concours. Ce sera sûrement plus facile quand les caméras ne seront pas braquées sur toi, ajouta-t-elle, et que tu n'auras plus à gérer les commentaires de parfaits inconnus sur internet. C'est probablement ce qui te rend sceptique à son égard.

Clem hocha la tête. Elle l'avait pensé aussi, et entendre Emmie le confirmer la calmait un peu.

— Merci, Emmie.

— Pas de souci, déclara la jeune femme en claquant ses mains sur ses genoux et en se levant d'un coup, ce qui fit sursauter les chats parsemés autour de la pièce. Bon, si on se préparait un café frappé ?

19

Clem avait envie d'appeler Lucas, mais ses paumes devenaient moites chaque fois qu'elle y songeait. En cette soirée déjà chaude, le soleil déclinant teintait le séjour du cottage de nuances de terracotta. Assise par terre sur un tapis, elle jouait avec Misha à l'aide d'un bâton au bout duquel était fixé un oiseau en caoutchouc. Elle agitait la baguette, et riait de voir la chatte sauter en accomplissant une pirouette digne d'une ballerine.

— Je me demande comment tu peux faire ça sans te casser le dos ! s'émerveilla-t-elle en remuant de nouveau le jouet pour regarder la féline fendre l'air.

Misha attrapa le volatile entre ses pattes et l'épingla au tapis, toutes griffes dehors.

Clem jeta un coup d'œil à son téléphone. Lucas ne lui avait toujours pas répondu, et elle était tenaillée par la terrible angoisse que quelque chose de grave soit arrivé. Ses deux parents, à elle, se portaient bien – même si elle ne parlait pas souvent à son père, puisqu'il vivait tout au sud du pays avec sa nouvelle compagne et leurs enfants. Elle serait bouleversée si l'un des deux était hospitalisé. Elle pria pour que le père de Lucas s'en sorte.

Elle fit tournoyer l'oiseau en caoutchouc près du tapis et du plancher, et Misha bondit dangereusement près des jambes nues de Clem pour le happer entre ses griffes.

Son téléphone vibra sur la table basse. Clem s'avança si rapidement qu'elle se cogna le genou sur le coin et siffla entre ses dents. Elle lâcha le jouet et s'empara de son appareil.

C'était Lucas. Elle pressa aussitôt sur le message.

Désolé d'être parti si soudainement. Ne t'en fais pas, rien de grave.

Elle répondit.

J'ai craint le pire. Ton père va bien ?

Il mit cinq bonnes minutes à réagir. Misha, assise, fixait Clem du regard en agitant la queue, comme pour réclamer de jouer encore. Elle dessina distraitement des cercles avec la baguette, et la chatte s'élança à sa suite. Enfin, il répondit.

Lucas : Oui, il a fait une chute, mais pas trop brutale. Merci de t'en être inquiétée. Il faudrait peut-être qu'on parle
Clem : J'allais dire la même chose. Je ne voulais pas te déranger, avec ton père qui était hospitalisé
Lucas : Oui. Écoute, ce baiser, je sais qu'on était deux à le faire. Je t'ai embrassée aussi. Mais je n'aurais sans doute pas dû. J'ai déjà beaucoup à gérer. Tu me plais, mais je ne suis pas sûr d'être prêt pour une vraie relation. Désolé. J'aurais dû le dire plus tôt. Je ne voulais pas te mener en bateau.

Malgré les petits couinements de Misha, qui attendait que sa maîtresse dégaine de nouveau le jouet, Clem resta tétanisée. Une sensation brûlante lui enserra le crâne, comme une onde chaude qui l'emplissait de honte.

Elle avait prévu de dire ce qu'Emmie lui avait conseillé : qu'elle ne regrettait pas de l'avoir embrassé, mais qu'il valait sans doute mieux voir où ils en étaient après le concours, car aller plus loin à ce stade serait trop dur pour elle sous le regard observateur d'inconnus. Et puis, elle voulait être sûre de pouvoir lui faire confiance – ce qu'elle n'avait pas compté lui préciser. Mais voilà qu'il tournait la page pour de bon. Sans se contenter de remettre à plus tard.

Les mains tremblantes, elle rédigea une réponse, et dut revenir en arrière à trois reprises pour corriger des coquilles. Elle finit par la supprimer, car elle détestait le conflit, et ne souhaitait pas paraître agressive. Lucas envoya un autre message.

Lucas : Je suis désolé. Je crois que cette histoire d'hôpital a clarifié la situation.
Clem : Comment ça ?
Lucas : Mes parents doivent passer avant le reste. Il faut que je veille sur eux. Je suis vraiment navré, Clem

Des larmes lui montèrent aux yeux. Elle se força à répondre :

Clem : On ferait mieux de ne pas s'allier. Pain, gâteau, quoi que ce soit. Aucune entraide.
Lucas : Oui

Clem jeta son téléphone sur le canapé.

Elle avait du mal à croire qu'elle ait pu être aussi bête. L'embrasser avait été une terrible erreur. Ils étaient en concurrence, pas censés échanger des baisers. Il y avait eu tellement de blagues sur les chats et les chiens, sur leur rivalité au sein du concours. Elle commençait à se dire que c'était la meilleure manière de ne plus penser à Lucas Bowen : le voir comme son rival, et rien d'autre. Ce serait beaucoup moins douloureux.

*

Dans la salle principale de *Chatpuccino*, Clem fixait du regard une nouvelle fournée de pains-chatons ratés posée sur le plan de travail. Emmie se tenait debout à côté d'elle. Leur allure n'était pas si catastrophique – ils avaient des formes de têtes de chats, avec de minuscules pattes –, mais ils étaient plus petits qu'espéré. Clem planta les poings sur ses hanches en soupirant.

C'était le début de soirée, et elle était restée au café après l'heure de fermeture pour s'entraîner. Emmie, qui n'avait rien de prévu, était descendue lui tenir compagnie. Il n'était encore que 20 heures, mais Emmie avait déjà enfilé une paire de chaussons à motifs de champignons et un pyjama rose princesse Peach. Presque tous les félins dormaient dans divers recoins de la pièce – la plupart sur des arbres à chat, mais Salem était blotti sur le siège près de la fenêtre, une tache noire sans visage. Binx les observait du coin de l'œil depuis une chaise voisine.

— Ils ne devraient pas être aussi petits ! se lamenta Clem en montrant du doigt les pains-chatons.

— Goûtons-en un, suggéra Emmie.

Elles en coupèrent chacune un – ils étaient conçus pour être partagés ainsi –, en prirent une bouchée et mâchèrent lentement. Clem fit la grimace – toujours aussi compact et caoutchouteux. Elle avala à contrecœur, mécontente du résultat.

— Pareil qu'avant, conclut Emmie en continuant de mastiquer.

Clem gémit.

— C'est censé être extrêmement moelleux, avec une texture fondante – onctueuse.

— Bon, alors là, c'est trop épais.

— Oui. Lucas m'a forcément menti. Il m'a conseillé n'importe quoi.

Un pli apparut sur le front d'Emmie, et elle cala les coudes sur le plan de travail.

— Tu crois vraiment qu'il a fait ça ? Qu'il cherche à te saboter exprès ?

— Sinon, comment expliques-tu ces échecs à répétition ? J'ai suivi la recette à la lettre, je l'ai simplement modifiée en ajoutant ses suggestions.

— Tu devrais essayer sans, pour voir. Ça te donnera une indication.

— Je n'y arrivais pas avant non plus. Il y avait toujours quelque chose qui clochait, et je ne savais pas quoi. Remarque… (Clem sortit son téléphone.) Je pourrais demander. J'ai beaucoup cherché sur Google, mais les recettes y sont trop nombreuses. J'ai trouvé la mienne dans un livre, et elle est très précise.

— Qui penses-tu consulter ? s'enquit Emmie.

Un petit sourire aux lèvres, Clem pianota sur son téléphone. Si le nombre grandissant de ses fans l'avait auparavant intimidée, peut-être pourrait-elle à présent le tourner à son avantage.

— Internet. Mais d'une manière un peu différente. Maintenant, il y a pas mal de boulangers qui me suivent.

Elle rédigea rapidement une story, qui disparaîtrait au bout de vingt-quatre heures, pour parler de la recette et de ce qui n'allait pas. Elle fit en sorte que les abonnés puissent lui laisser des réponses.

— Les internautes auront peut-être des suggestions, déclara-t-elle, et je peux aussi ne pas tenir compte de celles de Lucas, pour voir s'il mentait ou non.

Sa communauté réagit plus vite qu'elle ne l'aurait cru, car les notifications surgirent moins de cinq minutes plus tard, alors que les jeunes femmes se préparaient du thé. Certains recouraient à des formules mathématiques alambiquées, ce qu'elle trouva un peu exagéré. Elle décida de commencer par les idées les plus faciles : se servir d'un robot pâtissier plutôt que de pétrir la pâte manuellement. Et elle reprendrait sa recette d'origine, *sans* les conseils de Lucas.

— Je vais réessayer, dit-elle à Emmie.

— Tout de suite ? Je peux manger ceux-ci ? demanda Emmie, le sourire jusqu'aux oreilles, en désignant les pains-chatons.

— Bien sûr. Mais tu peux rentrer chez toi, tu sais – pas besoin de traîner par ici.

— Pourquoi je m'en irais quand je peux manger tes restes ? protesta Emmie en prenant un morceau de pain. J'aurais dû dire à Jared de venir. Je ne parviendrai jamais à lui en garder, c'est trop bon. D'ici quelques minutes, il ne restera plus rien.

Clem rit.

— Ravie d'apprendre que ça ne va pas finir à la poubelle, malgré la texture. Allez, je m'y remets.

Laissant Emmie avec le pain qu'elle achèverait sûrement toute seule, Clem se replia dans la cuisine. Elle mit un tablier et contempla autour d'elle les surfaces brillantes, les étagères, le four professionnel qui scintillait comme pour lui faire un clin d'œil et lui confier un secret.

— Bon, déclara-t-elle en nouant la ficelle de son tablier. C'est reparti.

Elle avait beau connaître la recette par cœur, elle la fit apparaître sur son téléphone – elle avait pris une photo de la page dans le livre en question – et la parcourut. Elle devait s'assurer que tout serait parfait.

Elle commença par préparer la pâte tangzhong, fouettant la farine et l'eau dans une casserole avant de la poser sur une plaque chauffante. Cette étape réussissait toujours, même s'il fallait que le mélange atteigne une température bien précise – elle avait un thermomètre qui lui permettait d'y veiller. Une fois que ce fut fait, elle laissa refroidir le tout au congélateur avant de passer à la pâte à pain.

C'était là qu'elle devait faire attention. Elle ralentit la cadence, vérifia plusieurs fois la recette tout en faisant chauffer le lait et fondre le beurre avant d'y ajouter du sucre et du sel. Elle suivit méticuleusement chaque phase, chaque instruction au mot près, jusqu'à obtenir une boule de pâte à travailler. En temps normal, elle aurait commencé à la pétrir à la main, sur une surface farinée, jusqu'à ce que la substance soit à la fois lisse et vaguement collante. Ce coup-ci, elle se dirigea vers son robot pâtissier.

— On va bien voir si tu as raison ou pas, Lucas, marmonna-t-elle.

Elle brancha l'appareil et le regarda malaxer la pâte. Une partie d'elle espérait que Lucas ne s'était pas trompé, mais elle avait un mauvais pressentiment.

*

Quelques heures passèrent avant que Clem ne regagne le Chatlon, où elle trouva Emmie affalée sur le divan en cuir avec une console de jeux qui tintait gaiement. Lilian, blottie sur ses genoux, dormait profondément, mais elle leva la tête à l'entrée de Clem, huma l'air et repéra l'odeur du pain sucré.

En façonnant les boules de pâte, Clem avait tout de suite senti qu'il y avait quelque chose de différent – les dimensions semblaient plus acceptables et, à la sortie du four, les petites miches étaient magnifiques, légèrement ambrées et dorées, pas carbonisées comme la fois d'avant. Après les avoir laissés refroidir, elle les avait décorées précipitamment, troublée par l'idée que Lucas avait eu tort. La sensation lui brûlait encore la peau.

— Prête à me donner ton avis ? lança-t-elle à Emmie d'une voix légèrement tremblante. Ils ont déjà meilleure allure.

Emmie se redressa, et Lilian sauta par terre avant de s'étirer en forme de C, la queue rigide.

— Donc, ça veut dire que…, dit Emmie en changeant de position sur le divan.

Lilian s'éloigna et bondit sur le fauteuil d'en face, où elle s'installa pour se nettoyer les pattes et le museau.

— Oui, acquiesça Clem en s'asseyant à côté d'Emmie, le cuir du canapé se dégonflant sous son poids. Il avait tort. Tiens, commençons par ceux-là. Mais je suis à peu près sûre que maintenant, ils sont au point.

Clem posa la nouvelle plaque à côté de l'ancienne – Emmie avait presque tout mangé, mis à part quelques morceaux.

— C'était pour garder de la place pour le meilleur, déclara cette dernière avec un grand sourire.

Elle prit un morceau de la nouvelle fournée, et Clem l'imita.

— Santé, fit Emmie, et elles entrechoquèrent leurs bouts de pain comme des verres de vin.

Ensemble, elles prirent une bouchée. Ce fut instantané : la texture était parfaite. Tendre, moelleuse, fondante. Semblable à un nuage, précisément ce qu'il fallait. Tout en mâchant, Clem ouvrit le pain pour jeter un coup d'œil au centre. À l'intérieur, il était superbement léger et élastique. Jess apparut par la chatière, comme si elle sentait qu'on distribuait de la nourriture, et s'assit à leurs pieds avec un air d'attente. Emmie soupira d'aise.

— Seigneur, c'est divin ! s'extasia-t-elle. (Sa mine heureuse s'effaça lorsqu'elle releva la tête vers Clem.) Mais quand même, il n'a pas pu te mentir exprès ? Il a dû commettre une erreur. S'emmêler les pinceaux.

Vraiment ? Clem ne savait trop quoi penser. Il avait foncé à l'hôpital peu après. Était-il possible qu'il se soit trompé, vu les circonstances ? Ou cherchait-il à la perturber ? Était-ce pour cela qu'il essayait de l'assister ?

— Je ne sais pas, répondit-elle lentement. Il a proposé son aide bien avant que son père soit hospitalisé. Ça doit sembler affreux dit comme ça. Je sais qu'il traverse une mauvaise passe, mais…

— Non, ce n'est pas affreux, contra Emmie en finissant son pain et en s'époussetant les doigts sur son pyjama pendant que Jess suivait le moindre de ses gestes. Tu as connu une mauvaise expérience avec Genie, alors je comprends ta méfiance.

— Tu sais…, lâcha Clem d'une petite voix, qui lui semblait aussi pâteuse que sa première fournée. Il m'a finalement dit qu'il ne voulait pas d'une relation. Que sa famille passait en premier. Il n'a pas envie de mieux me connaître. Plus maintenant. Du coup, je lui ai répondu qu'on ne devait pas se donner la peine de s'entraider.

Emmie s'approcha de Clem et enroula son bras autour de ses épaules.

— Je suis désolée, Clem.

— Qu'est-ce que je dois faire ? J'allais suivre ton conseil, attendre le déroulement du concours. Voir s'il y avait quelque chose entre moi et Lucas, après coup. Mais maintenant…

Emmie prit une voix féroce.

— Tu sais ce que je pense que tu devrais faire ? Tu devrais gagner.

20

QUAND, EN JUIN, la deuxième manche du concours arriva, Lucas avait passé tout son temps libre soit dans sa propre cuisine, à tester son pain avec Dwayne, soit dans celle du *Papatte Café*. Il avait eu du mal à faire un choix pour cette épreuve-ci, mais avait fini par opter pour un assortiment comprenant les divers types de pain qu'ils proposaient au café : focaccia à la tomate et au basilic, cake à la banane, baguettes croustillantes, croque-monsieur, muffins anglais. Il disposerait le tout dans un panier, en allusion aux promeneurs de chiens qui venaient prendre des en-cas pour agrémenter leur pique-nique du dimanche au bord du lac. Son père avait goûté à tout et donné son approbation.

Lucas n'avait pas parlé à Clem depuis qu'il lui avait affirmé devoir se concentrer sur sa famille. Pourtant, elle hantait ses pensées. Pendant qu'il fabriquait son pain, il ne cessait de songer au fait qu'il lui avait proposé son aide avant de l'envoyer promener.

Ce matin-là, le bus sinuait le long des chemins lacustres ; sur leur gauche s'étirait une vaste étendue d'eau grêlée de pluie. C'était une journée d'été chaude mais maussade, et le lac faisait l'effet d'un plat argenté reflétant les nuages. Ce tableau lui rappela l'instant où il avait embrassé Clem sous le parapluie, où il avait senti le poids rassurant de ses lèvres douces sur les siennes. Le frémissement qui s'était emparé de lui, comme si elle lui avait caressé la peau du bout des doigts. L'étonnement de Clem lorsqu'il s'était écarté.

— Euh, allô, Lucas ? T'es sur quelle planète ? demanda Dwayne en lui agitant une main devant le visage.

— Qu-quoi ?

Lucas se tourna vers lui, tout en gardant le dos calé contre son siège. S'il se penchait trop, il risquerait de voir Clem, assise près de la fenêtre de l'autre côté de l'allée. Il avait soigneusement évité de croiser son regard jusque-là.

— Laisse tomber, dit Dwayne en secouant la tête. Veille seulement à te sortir la tête des nuages quand on y sera.

La grisaille était toujours de mise quand ils atteignirent leur destination. Lucas se précipita pour descendre avant Clem, mais il ne put l'éviter une fois dans la tente et face à leurs postes de travail, puisqu'ils étaient positionnés l'un à côté de l'autre. La pluie crépitait sur la toile et des feuilles mortes voletaient dans la brise croissante pour venir se coller sur les flancs transparents. Il ne put s'empêcher de décocher un regard à la jeune femme pendant que tous patientaient en bavardant.

Elle discutait tranquillement avec Sylvie. Et il avait beau s'être remémoré dans le bus pourquoi il tenait à garder ses distances, il eut l'impression de se prendre un coup dans le plexus solaire. Les cheveux jusqu'aux épaules, elle portait un rouge à lèvres de couleur vive et un T-shirt blanc orné d'un chat qui se prélassait au-dessus du mot « non ». Son jean était baggy et taille haute, son haut rentré dans la ceinture. Une pensée lui traversa l'esprit avant qu'il ait pu la chasser : cette femme serait renversante même enroulée dans un vieux sac froissé.

Bientôt, Ronan et les autres juges pénétrèrent dans la tente d'un pas décidé, considérablement décoiffés par le vent. Des membres de l'équipe filaient de-ci de-là pour arranger leur coiffure et leur maquillage, et essuyer la pluie sur les lunettes de Jonathan avant le début du tournage. Ronan portait un costume rose saumon aux pâles rayures brunes et une cravate verte ; on aurait dit le présentateur ringard d'une émission pour enfants. Viviana et Laurette étaient impeccables comme toujours, les cheveux lisses et brillants, sans le moindre frisottis. Sa peau mate saupoudrée d'or, Viviana ressemblait à un elfe scintillant. À cette pensée, Lucas songea à Clem, et à son lembas raté. Plus il avait appris à la connaître, elle, ses passions et ses excentricités, plus il s'était senti… léger.

— Salut tout le monde ! Heureux de vous revoir, et bienvenue à cette deuxième épreuve, bêla Ronan une fois que les caméras eurent commencé à filmer. C'est la semaine du pain ! Bon, vous connaissez tous les règles…

Il expliqua comment l'épreuve allait se dérouler – surtout pour les spectateurs, puisque les candidats, eux, étaient déjà au courant. La caméra resta braquée sur lui du début jusqu'à la fin.

— Nous avons hâte de voir ce que vous nous avez préparé. Bonne chance, et à vos fourneaux ! acheva-t-il avec un geste ample.

Puis ce fut le branle-bas de combat habituel, tous se précipitèrent autour de leurs postes pour réunir le nécessaire.

Lucas se sentait nerveux. *C'est comme une matinée de travail au café*, se dit-il.

Sauf que ça changerait tout pour papa et maman, intervint une petite voix sortie des tréfonds de son esprit. *Que feront-ils si tu échoues ?*

Mais il ne pouvait pas penser à ça. Seulement à ce qui venait juste après. Au processus.

Les ingrédients s'accumulèrent sur le plan de travail, et il adressa un hochement de tête à Dwayne, qui le lui rendit, l'air aussi déterminé que lui. Ils n'avaient presque pas besoin de se parler, car ils avaient répété leurs gestes des dizaines de fois, évoluant dans la cuisine comme des danseurs de ballet qui voletaient l'un autour de l'autre. Ils entamèrent donc leur chorégraphie, tourbillonnant et mélangeant les ingrédients.

La première fois que sa concentration flancha – mis à part lorsqu'il dut répondre aux questions des juges face à la caméra –, ce fut quand une forte odeur de brûlé lui fouetta les narines. Levant la tête, il vit Clem s'emparer précipitamment d'une casserole pour l'éloigner du feu tout en faisant signe à Sylvie de s'approcher avec un air paniqué.

— Il faut tout recommencer ! l'entendit-il crier. J'ai fait brûler la pâte tangzhong… Mais on aura perdu du temps. Et il faudra quand même attendre qu'elle refroidisse… On va devoir se dépêcher.

Sylvie formula une réponse que Lucas ne perçut pas, la tapota sur l'épaule et longea leur poste d'un coup, le chignon légèrement de travers. Clem se débarrassa de la mixture brûlée, les joues aussi écarlates que son rouge à lèvres – la caméra, rivée sur elles, avait capté tout l'incident. Il aurait voulu se précipiter vers la jeune femme, mais il tint bon. Elle avait les lèvres qui tremblaient.

On est rivaux, se rappela-t-il.

Ce n'était pas un premier rendez-vous, où il devait se présenter sous son meilleur jour. Il faillit trébucher, et Dwayne lui attrapa le bras pour le stabiliser.

— Concentre-toi sur ton travail, lui conseilla son ami à voix basse.

— Désolé, marmonna Lucas. Je m'y mets.

— Tes parents, lui souffla Dwayne.

— Je sais.

Il les garda en tête tout en étalant et façonnant la pâte, avant de l'enfourner, l'odeur du pain frais aux herbes et aux épices emplissant la tente de ses effluves alléchants. Il tressaillit quand Clem fit tomber une boule de pâte et que celle-ci roula jusqu'à ses pieds.

Non, se dit-il. *Ne l'aide pas.*

La caméra, qui avait tout suivi, s'était arrêtée sur lui, tel un œil gigantesque attendant de voir ce qu'il allait faire. Il considérait la boule appuyée contre sa chaussure, incapable d'en décoller le regard. Pas question de la ramasser, de s'impliquer. Mais lorsque Clem s'agenouilla pour la prendre elle-même, et qu'elle leva le visage vers lui, il sentit sa poitrine se serrer, comme si quelque chose s'était bloqué dans sa cage thoracique.

Clem se redressa avant de s'éloigner en marmonnant un « Désolée ». Elle dit à Sylvie qu'elles allaient devoir la jeter – elles ne pouvaient pas la faire cuire alors qu'elle avait été contaminée.

Cette épreuve semblait mal se dérouler pour elle. Était-ce sa faute, à lui ? Il aurait dû se réjouir de voir une de ses concurrentes échouer – mais ce n'était pas le cas. À la place, il prenait sur lui pour ne pas l'aider.

Il tâcha de ne pas en tenir compte, de se concentrer le temps de saupoudrer le plan de travail de farine, de sortir sa pâte, de l'étaler jusqu'à obtenir l'épaisseur désirée. Ces muffins anglais devaient être *parfaits*. Comme tout le reste. Dwayne prépara une plaque de cuisson pendant que Lucas découpait méticuleusement huit muffins parfaitement formés avant de les laisser reposer.

C'était un délicat exercice d'équilibriste que de travailler sur cinq pains différents à la fois. Le nœud dans le creux de son estomac se serrait à mesure que Dwayne et lui évoluaient l'un autour de l'autre.

Une fois que tout fut cuit et disposé devant eux, la composition aussi devait être impeccable. Lucas posa le panier sur l'extrémité du plan de travail – il était rond, avec une poignée recourbée et un couvercle, et il inséra délicatement à l'intérieur une bande de tissu à carreaux rouges. Cela lui évoquait vaguement le Petit Chaperon rouge. Tant mieux – cette touche de fantaisie ne pourrait qu'être un plus aux yeux des juges.

— Bon, allez, déclara Dwayne en se frottant les mains. Qu'est-ce qui serait le mieux ? Moi, je ferais peut-être ressortir les baguettes, comme ça… (Il lui montra en les plaçant dans le panier et en les inclinant un peu sur les côtés.) Elles seront calées par les muffins anglais.

— Les focaccias et croque-monsieur sur le dessus, suggéra Lucas. Ce sont ceux qui donnent le plus envie.

Ils se penchèrent tous les deux, comme pour habiller un bébé à l'occasion d'une séance photo, et se reculèrent une fois qu'ils eurent fini afin d'apprécier le résultat.

— Ça m'a l'air bien, approuva Dwayne pendant que Lucas ajustait la position des focaccias de sorte à rendre les garnitures plus visibles.

Quand Ronan annonça la fin de l'épreuve, Lucas, Dwayne et les autres candidats s'alignèrent au fond de la tente pour accueillir le verdict des juges. En posant son panier de pique-nique devant lui, Lucas prit conscience de la différence entre sa réalisation et celle de Clem. Il avait disposé amoureusement ses créations pour permettre aux membres du jury de voir l'assortiment de pains, dont l'odeur flottait autour d'eux. Mais, de toute évidence, certains étaient bien plus petits que prévu – et la mie au levain n'avait pas la texture habituelle, laissant entrevoir des tunnels béants. Il crispa les mâchoires. Cela le contrariait, mais il ne pouvait rien y faire.

Par contraste, la proposition de Clem était superbe. Les pains-chatons étaient tous collés ensemble, comme un pain à partager. Ils affichaient une teinte ambrée foncée, un peu plus pâle sur les bords, avec des petites pattes qui sortaient de chaque miche et de minuscules visages moustachus parfaitement dessinés. Certains yeux étaient recourbés pour leur prêter un air souriant, d'autres en V inclinés de sorte à traduire une certaine espièglerie. Ils étaient glacés, et luisaient malgré le jour lugubre. Aux côtés des chatons se trouvait une plus grande miche de pain tigré, épais et croustillant, en forme de maman chat géante, avec des motifs de moustaches et des grosses pattes.

Lucas sentit son cœur se serrer. Son ouvrage semblait parfait.

Les mains fourrées dans les poches de son jean, Clem se tenait le menton dressé et les épaules droites. Sylvie surprit le regard de Lucas et lui sourit en articulant un « Bonne chance » silencieux. Hésitant, il lui adressa à son tour un sourire et un hochement de tête. Clem ne lui avait donc rien dit de ce qui s'était passé entre eux ? Il en éprouva un élan de reconnaissance. Il savait qu'il l'avait blessée, et elle aurait parfaitement eu le droit de s'en plaindre à d'autres.

Tels des vautours, les juges, menés par Ronan, entreprirent de s'approcher de la table, avant d'inspecter les créations des candidats. En atteignant Lucas et Dwayne, Ronan ajusta sa cravate, prit une grande inspiration et décocha un sourire éblouissant à la caméra.

— Ah, j'adore la semaine du pain ! déclara-t-il avec un claquement de lèvres outrancièrement théâtral. L'odeur est toujours très appétissante. (Il huma l'air.) Alors, qu'est-ce que vous nous avez préparé ? Lucas, tu peux nous expliquer ?

— C'est un assortiment que nous proposons au *Papatte Café*, répondit-il. Un reflet de notre expérience estivale. Promeneurs de chiens, randonneurs, voyageurs... Ceux qui ne restent pas boire un café peuvent prendre à emporter pour pique-niquer près du lac.

— Ah, merveilleux ! commenta Ronan en s'approchant pour humer l'odeur des pains.

— Un excellent concept, approuva Laurette. Même s'il semblerait que tu n'aies pas laissé reposer assez longtemps certains d'entre eux.

— On peut goûter à tout ? s'enquit Jonathan.

— Allez-y.

Lucas montra le panier, et les juges se servirent. Jetant un coup d'œil à Dwayne, qui acquiesça, il entreprit d'expliquer en quoi consistaient les divers types de pain.

Une fois que tout eut été goûté au moins une fois, Ronan leva la tête, une tranche de cake à la banane à la main.

— C'est vraiment très bon, surtout le cake à la banane, déclara-t-il. La focaccia est ma préférée – les herbes aromatiques et l'ail vont très bien ensemble, et la croûte est très croustillante. Malheureusement, le pain au levain est le point faible – Laurette a raison, tu ne l'as pas assez laissé reposer. La pâte est trop creusée. Regarde tous ces trous !

— Et la texture est assez… (Viviana s'interrompit, comme pour chercher le mot adéquat. Elle tenait encore un bout de pain au levain dans sa main, comme si elle n'avait pas envie de le finir. Lucas retint son souffle.) Elle est pâteuse, acheva-t-elle. Et il n'a pas beaucoup de goût, ce qui est dommage, car ta focaccia est délicieuse.

— C'est vrai que le cake à la banane est savoureux, intervint Jonathan en se servant une deuxième fois. La saveur du fruit est bien équilibrée, pas trop envahissante. Et j'adore les touches de cannelle et de noix concassées. Ça marche très bien.

Jonathan scrutait encore le contenu du panier, comme pour y déceler une erreur invisible.

— Quel dommage pour le pain au levain, conclut-il. Mais les muffins anglais non plus ne semblent pas avoir assez levé. Ils sont tout écrasés.

Ne sachant que dire, Lucas hocha machinalement la tête, en priant pour que sa gêne ne se voie pas trop. L'espoir de réussir cette épreuve s'estompait lentement. Où avait-il donc cafouillé ? Avait-il la tête ailleurs, comme l'avait dit Dwayne, parce qu'il était trop obsédé par Clem ? Ou était-ce à cause de l'hospitalisation de son père ?

Quand les juges avancèrent vers Clem, ses espoirs s'effondrèrent davantage, et il risqua un regard vers elle. Elle réprimait un sourire, et Sylvie la tenait par le bras pour la soutenir.

Ronan étudia sa création avec un air indéchiffrable.

— Pourriez-vous me parler de ce que vous avez fait aujourd'hui, mesdames ?

— La miche principale est une mère chatte, expliqua Clem. Il s'agit d'une recette relativement courante, mais revisitée à ma façon, et nous avons travaillé dessus toutes les deux. Les pains-chatons à partager sont du pain au lait Hokkaido, pour lesquels j'ai utilisé la méthode tangzhong. C'est censé symboliser notre collaboration avec un refuge pour chats, et le soin que nous apportons à l'ensemble de nos petits compagnons. L'hiver dernier, nous avons eu un incident pendant une tempête de neige où nous avons trouvé une chatte errante enceinte. Elle a fini par atterrir chez Sylvie avec un de ses petits, et notre chauffeur-livreur a adopté l'un des autres. Nous avions prévu d'avoir un pain-chaton en plus, mais… Eh bien… il y a eu un léger imprévu en cuisine.

— Oui, nous l'avons vu, confirma Laurette avec un sourire amusé.

— Quoi qu'il en soit, le thème et le concept sont charmants, affirma Ronan. Et c'est splendide – quelle superbe présentation !

Les autres juges acquiescèrent d'un hochement de tête. Lucas balaya la table du regard. Les autres aussi s'étaient surpassés : il y avait une brioche flocon d'allure impressionnante accompagnée de chutney, ainsi qu'une collection de pains en forme de champignon – même si le résultat de ceux-là était un peu bancal, et ressemblait plus à un village lugubre en pleine liquéfaction.

Derrière Clem, Sylvie lui serrait fermement la main. Lucas détourna le regard pour le braquer sur les juges. Il était rongé par la peur. S'il ne l'avait jamais embrassée en retour, s'il ne lui avait pas proposé de l'aider… Pourquoi s'être laissé distraire à ce point ? Que lui avait-il pris ? Il courait le risque de se faire éliminer du concours, et qu'arriverait-il alors à ses parents ? Ils finiraient à la rue, et il savait que ce serait sa faute.

Les juges commencèrent par déchirer les pains-chatons de Clem pour se les partager. Ils mâchèrent d'un air pensif.

— C'est d'un moelleux ! s'extasia Ronan.

— Il est bien sucré aussi, renchérit Laurette en tenant un petit bout de pain au lait entre ses doigts délicats. La texture est parfaite – le tangzhong donne une consistance légère et onctueuse, ce que doit être le pain au lait.

— Tu as dû travailler dur pour aboutir à ce résultat, déclara Viviana. C'est incroyablement savoureux… Ça fond dans la bouche. (Elle inspecta la miche qu'ils venaient de déchirer en plusieurs morceaux.) Et j'aime beaucoup la manière dont tu les as façonnés et décorés. Particulièrement les visages.

— Tu as parfaitement collé au thème, en convint Jonathan.

Les juges passèrent au pain tigré, qu'ils découpèrent, les tranches se détachant sous le *crunch-crunch* du couteau. Cette miche aussi parut pleinement les satisfaire, car ils mordirent dedans avec de grands sourires.

— Excellent, commenta Ronan. Il ne m'arrive pas souvent d'être à court de mots, mais je ne peux rien te dire d'autre que des éloges.

Il tendit la main à Clem pour serrer la sienne.

La jeune femme semblait sur le point de pleurer, mais son visage était radieux. Elle battit des cils et échangea une poignée de main avec Ronan.

— C'est du très bon travail, Clem, lança Jonathan en lui décochant un clin d'œil alors que les juges s'éloignaient.

Le cœur de Lucas tambourinait dans sa poitrine. Les autres aussi eurent l'air de s'en sortir à merveille – mis à part les auteures des pains en forme de champignon, qui géraient le petit magasin de produits de la ferme vers Kendal. Elles aussi recueillirent des commentaires peu enthousiastes. Viviana estima que les miches, loin de paraître sympathiques et réconfortantes, ressemblaient plutôt à des décorations d'Halloween.

Puis les juges partirent délibérer.

À leur retour, lorsqu'ils s'assemblèrent à l'avant de la tente pour révéler l'identité des candidats éliminés, Lucas eut du mal à respirer. Il avait un mauvais feeling.

C'est fini, pensa-t-il. *Fini pour moi*. Il avait manqué de créativité. Un panier de pique-nique ? Pourquoi n'avait-il pas penché pour une idée moins simpliste ? Et comment avait-il pu rater le pain au levain et les muffins anglais ?

— Vous avez tous donné le meilleur de vous cette semaine, et vous devriez être fiers de vous et de ce que vous avez accompli, les félicita Ronan.

La caméra balaya le visage des candidats, se concentrant sur les plus tendus d'entre eux. Lucas luttait pour faire en sorte que sa nervosité ne soit pas visible.

— Nous nous sommes longuement concertés pour parvenir à une décision unanime. Nous sommes navrés de devoir éliminer ces deux-là. Cette équipe a fait preuve de beaucoup d'imagination et de talent, et nous savons que tout le monde l'adore. Malheureusement, elle n'a pas été à la hauteur cette semaine. Alors que tous les autres ont intensifié leurs efforts.

Lucas ferma les yeux. C'était pour lui.

21

— Nous sommes vraiment désolés, mais… *Pain de sucre*. C'est vous qui nous quittez cette fois, annonça Ronan.

Au début, Lucas crut avoir mal entendu. Il n'était pas éliminé ? Les juges s'avançaient pour compatir avec les candidates de *Pain de sucre*, les pâtissières de la boutique de produits de la ferme, qui se détachèrent de la file pour échanger une poignée de main avec Ronan et les autres. Il avait donc très bien entendu. Une étincelle de joie s'alluma en lui – il était passé. Ce n'était pas fini pour lui. À côté de lui, Sylvie prit Clem dans ses bras avant d'aller serrer la main à celles qui partaient. Viviana les tapotait sur l'épaule en leur parlant à voix basse.

— Mec, on a réussi ! s'écria Dwayne en claquant Lucas dans le dos avec une telle force que ce dernier manqua de tomber en avant. On a eu chaud.

Debout près d'eux, Clem lança à Lucas un regard qu'il ne parvint pas à interpréter. Son sourire était… étrange, comme celui d'une marionnette contrainte de se dérider. Pour l'instant, la caméra était orientée ailleurs, braquée sur les candidates éliminées et ceux venus les réconforter.

— Félicitations, lui dit Clem avec un semblant de raideur.

Pourquoi cet air bizarre ? Elle croisa les bras et l'étudia, appuyée contre l'un des postes de travail.

— Je suppose qu'en fin de compte, tu n'as pas obtenu ce que tu voulais.

Ce qu'il voulait ? Qu'entendait-elle par là ? Gagner – c'était là son unique souhait. Elle le savait depuis le début.

— De quoi tu parles ? demanda-t-il, perplexe.

— Tu le sais très bien.

— Vraiment pas… ?

Il était stupéfait, à la fois par sa réussite et par les paroles de Clem. Il s'était manifestement planté, mais quelqu'un d'autre avait fait encore pire que lui, et il s'en était sorti de justesse. L'une des pâtissières de *Pain de sucre* reniflait pendant que Jonathan lui serrait vigoureusement la main. Les juges s'apprêtèrent alors à féliciter ceux qui avaient été retenus, et un tourbillon de gens se mit à bavarder avec animation.

— Clem, de quoi tu parles ? insista-t-il.

Dwayne rôdait près d'eux, l'air tout aussi dérouté.

— Tu le sais. (La lèvre de Clem trembla, et elle la mordit.) Je ne dirai rien ici, devant la caméra et tous les autres. Mais tu sais pertinemment de quoi je parle.

La caméra pivota vers eux, tel un laser lui brûlant la joue. Leur discussion s'éteignit. Il n'avait pas envie d'évoquer ça devant l'objectif, et elle non plus.

Il fourra les mains dans les poches de son jean et adressa un hochement de tête à Ronan, qui vint lui donner une petite tape sur l'épaule en le félicitant chaleureusement. Un sourire pâle flottait sur les lèvres de Lucas, qui se demanda si d'autres percevraient qu'il était faux – qu'il incarnait le même personnage qu'il avait conseillé à Clem d'adopter face à la caméra. C'était un drôle d'amalgame : la joie d'avoir appris qu'il avait réussi, assombrie par le malaise qu'il éprouvait après les paroles de Clem. Peut-être n'avait-elle pas apprécié de l'entendre dire qu'il ne cherchait pas de relation sérieuse, que sa famille passait avant tout le reste ?

Lucas balaya cette pensée comme s'il s'agissait d'un nuage de poussière. Il avait simplement fait preuve d'honnêteté. Cela valait mieux que de laisser la situation dégénérer d'elle-même, non ?

La caméra se coupa, et Lucas lâcha un soupir de soulagement.

— Qu'est-ce qui s'est passé, là ? demanda Dwayne en désignant Clem, qui avait traversé la tente pour rejoindre Sylvie et leur tournait le dos.

— Je n'en ai pas la moindre idée.

— C'est quelque chose que tu lui as dit ?

— Non… Pas aujourd'hui. Enfin, je lui ai fait comprendre récemment que je ne voulais pas d'une relation… actuellement… et que je n'étais pas intéressé, avoua-t-il.

— Mince alors, lâcha Dwayne en passant une main sur son crâne chauve. Pourquoi tu as fait ça ?

— Parce que c'est la vérité.

— Vraiment ? OK, peut-être que tu ne cherchais pas à te caser. Mais ça, c'était avant qu'elle arrive. Et j'ai vu les regards que tu lui lances. Même Reina, qui est une chienne, s'en apercevrait. Elle te plaît, mon vieux. Accepte-le.

*

Tous sortirent avec leurs créations sur la pelouse, où les collations habituelles seraient disposées, aux côtés d'un petit public qui allait déguster les diverses propositions. Clem ne cessait de se tripoter les cheveux et de caler la même mèche derrière son oreille. La pluie s'était arrêtée depuis longtemps, et la lumière chaude du soleil perçait les nuages pour inonder la surface de la tente, mais l'herbe sous leurs pieds restait humide et spongieuse. Son bonheur euphorique se dégonfla comme un ballon lorsqu'elle s'imagina de nouveau face à Genie. Peut-être ne serait-elle pas parmi les spectateurs ce jour-là ? Peut-être ce qui s'était passé la dernière fois l'avait-il découragée ?

Hélas, Genie faisait bel et bien partie du groupe agglutiné devant la tente, assise à l'une des tables tout à droite, à l'ombre d'une grande marquise. Sa chevelure méchée brillait comme si elle avait été lustrée.

Clem traversa la pelouse en veillant à ne pas glisser sur l'herbe mouillée et disposa quelques tranches de sa miche ainsi qu'un petit pain-chaton sur la table devant Genie. Le siège d'en face était vide et, autour d'eux, la foule assemblée piochait dans ce qui leur était proposé. Le cameraman fit quelques prises avant de partir filmer des entretiens avec les juges et les candidates de *Pain de sucre*, qui se tenaient non loin de là.

— Salut, Clem, lança Genie.

Sa voix était aussi caressante que dans ses souvenirs – autoritaire, assurée, comme si son gloss lissait ses paroles. Clem avait aimé cette assurance la première fois qu'elle avait rencontré Genie, qui s'était affalée sur une chaise à côté d'elle lors d'un séminaire en déclarant : « C'est mieux qu'on soit assises ensemble plutôt que seules, non ? » C'était là qu'elles étaient devenues amies.

Malheureusement, Clem se rappelait aussi l'instant où leur amitié avait pris fin.

Genie portait un ensemble assorti composé d'un pantalon de jogging baggy et d'un petit top ajusté ; elle avait toujours été stylée, même dans des tenues toutes simples. Ses cheveux étaient lisses, rehaussés de mèches blondes et cuivrées – son look de prédilection. Cet aspect-là n'avait pas changé. Mais tout le reste, oui, y compris le lien qui les unissait. Le malaise dansait autour d'elles comme le vent, leur murmurant des bribes du passé.

Clem croisa les bras lorsqu'une rafale siffla autour de la marquise et rafraîchit l'air.

— Qu'est-ce que tu fais là ? demanda-t-elle en tâchant de parler d'une voix égale.

Elle ne voulait pas que Genie perçoive son angoisse.

— J'ai essayé de t'ajouter, en ligne, affirma cette dernière en se penchant. Et de t'envoyer un message. Est-ce que tu…

— J'ai vu, l'interrompit Clem. Je n'ai rien à te dire.

À sa grande surprise, Genie se rembrunit, et elle prit un air mauvais.

— Moi, j'ai beaucoup à te dire, riposta-t-elle. Des choses que je n'aurais pas dû garder pour moi à l'époque.

— Ça remonte à des années, souligna Clem, en se retenant d'ajouter : « Genie ».

Prononcer son nom aurait été trop familier, trop intime. Genie n'avait pas l'air prête à s'excuser, alors que se passait-il ? Clem ne voyait pas bien pourquoi celle-ci affichait une telle contrariété quand c'était elle qui avait filmé cette vidéo, qui avait sali leur amitié.

Clem ne comprenait pas, et ça la bouleversait, car elle ne voulait pas d'un nouveau conflit. À l'époque, elle avait cru à un malentendu. Et même si ce n'était pas le cas, elle était convaincue que Genie reconnaîtrait son erreur et s'excuserait de lui avoir infligé une blague aussi cruelle. Elle avait laissé passer quelques jours histoire de permettre à la poussière de retomber – et à ses émotions, aussi. Sauf qu'elle n'avait jamais pu tout à fait s'apaiser, car la vidéo n'avait pas tardé à être reprise par d'autres étudiants, et les gens s'étaient mis à se moquer d'elle dans les couloirs, à la railler lors des cours magistraux. Elle n'avait pas osé postuler pour un stage dans la protection animale, de peur que les recruteurs ne reconnaissent la fille au costume ridicule. Et Genie ne l'avait jamais recontactée, ni défendue. Les jours s'étaient changés en semaines, en mois, et son amie continuait à l'éviter chaque fois que leurs chemins se croisaient, allant jusqu'à s'asseoir le plus loin possible pendant leurs cours en commun.

Clem en avait abandonné ses études et, après son départ, une fois qu'une année s'était écoulée, la douleur avait cessé d'être aussi vive. Ce n'était plus qu'une plaie mal cicatrisée qui n'était douloureuse que si on appuyait dessus.

Et c'était justement ce que Genie était en train de faire.

— Je sais que ça fait des années, déclara Genie en se penchant vers elle, c'est d'ailleurs pour ça que je n'arrive pas à croire que tu sois encore en train de faire ça. Franchement, j'hallucine.

Elle lâcha un rire étouffé.

— Qu-quoi ? s'écria Clem, déconcertée, en regardant par-dessus son épaule pour s'assurer que la caméra ne venait pas vers elles. Je ne sais vraiment pas de quoi tu parles.

— Bien sûr que non. De la même manière que tu ne l'as pas tout de suite reconnu.

Genie leva les yeux au ciel. Elle s'empara du petit pain-chaton, en arracha un bout et le mit dans sa bouche avec un soupir.

— C'est plutôt pas mal. Dommage que tu ne sois pas aussi bonne amie que pâtissière.

À ces paroles, Clem se hérissa. Ses genoux tremblaient tellement qu'elle crut s'effondrer. Elle n'avait rien fait de mal. Alors, pourquoi Genie déterrait-elle le passé ?

— Je ne vais pas rester plantée là à me faire insulter. Je m'en vais, déclara Clem, avant de tourner le dos pour traverser le gazon.

Elle n'avait pas fait dix pas que Genie lui attrapa le poignet. Clem pivota ; Genie se trouvait là, le visage aussi sombre que l'orage. La poigne qui l'enserrait était comme un étau, dure et osseuse. Clem regarda autour d'elle, mais les caméras étaient encore braquées sur les juges.

— Tu me fais mal, dit-elle en essayant de dégager son bras, mais Genie tint bon, et l'agrippa de plus belle.

Sa main lui blessait le bras, qui virait au rouge. Et puis, tout à coup, Lucas apparut entre elles, un éclair de cheveux sombres et d'eau de Cologne aux effluves de sable qui firent tourner la tête à Clem. Il happa le bras de Genie en la fusillant du regard. Plus grand qu'elles deux, il la toisait.

— Lâche-la, ordonna-t-il.

Il s'exprimait d'une voix grave, douce mais ferme.

En voyant son visage, Clem se figea – ses mâchoires crispées, déterminées, ses sourcils froncés. Il prenait sa défense. Comment était-ce possible, alors qu'il essayait par ailleurs de gâcher son travail ? Elle ne put retenir une bouffée de fierté à l'idée qu'il vole à son secours.

Genie libéra Clem, et Lucas la lâcha à son tour.

— Ça va ? demanda-t-il à Clem en s'emparant de son bras pour l'étudier sous toutes les coutures, comme s'il craignait qu'elle ne soit blessée.

Il passa le pouce sur sa peau mate, là où la main de Genie avait serré, sur la marque rouge qu'elle avait laissée, et elle frissonna malgré la douceur de l'air et le soleil sur ses cheveux. Pourquoi tant de prévenance après lui avoir signifié qu'elle ne l'intéressait pas ?

Ce genre d'attitude ne pouvait que le rendre encore plus attirant.

— Pourquoi tu es aussi gentil ? marmonna-t-elle, presque pour elle-même.

— Oh, bien sûr, il n'y en a que pour elle, siffla Genie en croisant les bras.

Lucas se tourna vers elle.

— De quoi tu parles, Georgina ? Je t'ai invitée ici comme amie, pourquoi tu t'en prends à Clem ?

— Tu te souviens d'elle, au moins ?

Georgina ? songea Clem.

— C'est Genie son prénom, pas Georgina, dit-elle, troublée.

— Quoi ? s'étonna Lucas. Vous vous connaissez, vous deux ?

— Tu étais le seul à refuser de m'appeler Genie ! Je t'ai pourtant dit que c'était ce que je voulais, en dernière année de lycée, déclara Genie. Je suppose que tu m'as toujours vue comme la petite Georgina du quartier. Tu pensais que Genie n'était qu'une phase.

— Tu vas me dire ce qui se passe, oui ? lança Lucas à Genie – ou Georgina, il avait l'air de ne plus trop savoir.

Entre ces deux noms et son air sombre, Clem avait l'impression de ne jamais l'avoir connue.

— Pourquoi tu l'as agrippée comme ça ? ajouta Lucas.

Genie éclata de rire, rejetant en arrière sa superbe crinière d'or.

— Je vois que Clem a encore joué la carte de l'innocence. Je suis sûre que c'est comme ça qu'elle t'a eu, toi aussi. Tu ne te rappelles pas l'époque où tu travaillais au bar étudiant ?

— C'est un peu flou, Georgina, vu que j'y suis resté tout au long de mes études pour gagner de l'argent. Tu vas devoir être plus précise.

— Je venais te voir au bar chaque fois que je le pouvais. Entre deux cours, ou dès que j'avais une pause, précisa Genie. Et Clem… (Elle jeta un regard noir à Clem, dont elle parlait comme si elle n'était pas là, ce qui la hérissa encore plus.) Je lui ai dit qu'il y avait quelqu'un qui me plaisait au bar, qu'on avait grandi ensemble et que j'avais toujours eu un faible pour toi. Et voilà que tout à coup, je la vois flirter avec toi à la bibliothèque.

Effarée, Clem demeura interdite. Elle se rappelait vaguement que Genie avait craqué pour un type au bar étudiant, mais elle ne l'avait jamais vu – pour sa part, elle avait tendance à éviter ces lieux bondés, préférant traîner dans la bibliothèque ou dans un café plus tranquille. La plupart du temps, elle prenait la voiture pour se rendre dans le cottage de sa mère et s'asseoir avec Misha plutôt que d'aller dans ce bar – il avait toujours été trop animé pour elle, trop rempli de bavardages, de bruits et de chaos.

Mais flirter avec Lucas ? Elle ne le connaissait même pas à l'époque, alors comment aurait-elle pu… Elle les regarda à tour de rôle, tâchant d'assembler le puzzle jusqu'à ce qu'enfin, tout se mette en place, telles les pièces d'un Tetris s'emboîtant dans les cases adaptées.

Elle l'avait effectivement déjà rencontré.

22

CLEM ENTENDIT L'UN DES JUGES RIRE au loin pendant qu'il se faisait interviewer à l'autre bout de la pelouse, comme pour commenter la bizarrerie de cet échange avec Genie.

— C'est absurde, décréta Lucas, les sourcils froncés, avant que Clem ait pu répliquer. Je viens à peine de la rencontrer ! Tu es venue ici pour causer des ennuis autour d'une série de coïncidences et d'accusations fantasques ? (Il secoua la tête.) Moi qui croyais que tu avais surmonté ça…

— Surmonté ça ? Mais je t'ai dit ce que j'éprouvais pour toi…

— Et moi, je t'ai répondu que je te voyais comme une sœur. (Lucas soupira, se gratta le front, désormais navré.) Je t'en prie, Georgina…

— C'est Genie, s'agaça-t-elle.

L'ironie de la chose, c'était qu'elle insistait pour qu'il la nomme ainsi tandis que de son côté, elle s'obstinait à l'appeler « Lukey ».

— Bon, alors Genie, concéda-t-il. Tu ne peux pas continuer comme ça, sinon il ne nous sera pas possible de…

— Quoi, tu vas me menacer, maintenant ?

— Non, protesta-t-il doucement, comme s'il tâchait de gérer un chien sauvage. Je ne te menace pas. Je ne ferais jamais ça. Mais on ne peut pas rester amis si tu essaies toujours de me conquérir, d'éveiller en moi des sentiments qui n'y sont pas. Ça ne peut pas marcher.

Il avait beau s'exprimer d'une voix calme et douce, Genie avait la tête de celle qui venait de se faire gifler, car deux taches rouges apparaissaient sur ses joues. Elle aspira une grande goulée d'air, avant de s'éloigner d'un pas lourd sans leur accorder un regard.

D'instinct, Clem s'élança après elle – car, manifestement, il y avait eu un malentendu, quelque chose qu'elle n'avait pas saisi des années plus tôt et qui brillait à présent comme sous l'effet d'un projecteur. Mais Lucas posa une main sur son épaule et elle s'immobilisa. Sa paume était aussi chaude que le soleil sur sa tête.

— Laisse-la, conseilla-t-il. Donne-lui le temps de se calmer.

— Mais elle a tout compris de travers !

Clem n'arrivait pas à croire que Genie puisse être Georgina. L'amie dont Lucas lui avait parlé, celle qui l'avait mis au défi d'escalader un arbre et qui avait été catastrophée de le voir se casser une jambe.

— Je ne savais pas que c'était toi, dans la bibliothèque. Je ne savais pas que c'était toi, le gars du bar qui lui plaisait, enchaîna-t-elle.

— Qu-quoi ? lâcha Lucas, dérouté.

— Tu as dit que tu ne me connaissais pas à l'époque, mais quand elle a parlé de la bibliothèque… Je m'en suis un peu souvenue, admit Clem. Simplement, on ne savait pas comment on s'appelait. Et c'était il y a longtemps.

Elle se sentait à présent à la fois terriblement gênée et toute chamboulée, car elle ne parvenait pas à croire à une telle coïncidence. C'était presque comme si… les choses étaient censées se passer ainsi, comme si elle avait été destinée à retrouver Lucas. Ce qui était parfaitement ridicule, car elle ne croyait ni au sort ni au destin.

— Tu es sûre ? demanda-t-il.

— Je n'arrivais pas à trouver un livre dont j'avais besoin pour une dissertation, poursuivit-elle. (Elle regarda ses pieds, tout plutôt que son visage.) Je cherchais dans tous les rayons. Tu avais le dernier exemplaire, et tu l'as rendu pour que je puisse le prendre. J'avais des délais serrés.

Malgré elle, elle sourit à ce souvenir. Pas étonnant qu'elle ne l'ait pas reconnu – à l'époque, il avait les cheveux coupés très court, légèrement rasés sur le côté, au lieu de la tignasse sombre et épaisse qui était à présent la sienne. Et son visage avait été glabre, rien à voir avec la barbe de trois jours qui ornait désormais ses mâchoires. Il avait également paru fatigué ce jour-là, les yeux cernés. Il lui avait confié avoir veillé tard pour regarder des films.

Clem leva la tête. Sourcils froncés, il semblait réfléchir à ce qu'elle venait de dire.

— Attends, c'était toi ? demanda-t-il. Pas moyen, impossible. Tu avais…

— Les cheveux blonds ? Oui, à l'époque. Et puis, quand j'en ai eu assez de me cramer les cheveux en les décolorant, je suis revenue à mon brun naturel. Je les ai teints avant que Genie filme cette vidéo. (Elle tira sur une mèche sombre.) Ils étaient aussi plus longs.

Il la contempla avec une telle intensité qu'elle eut l'impression de se trouver sous un microscope. Mais son regard était doux, pas comme celui qu'il avait eu pour Genie à peine un instant plus tôt. Elle frissonna.

Clem se remémora d'autres aspects de cette interaction dans la bibliothèque : le fait qu'elle avait été complètement happée par ses yeux verts, qu'elle avait cherché un prétexte pour continuer à discuter après qu'il lui avait donné le livre. Elle lui avait demandé quels films il avait regardés – de la science-fiction, pour une dissertation –, et ils avaient parlé de leurs longs-métrages préférés. Quand elle lui avait confié qu'elle adorait la trilogie du *Seigneur des anneaux* mais n'avait jamais vu les versions longues, il avait déclaré qu'ils devraient les regarder ensemble un jour.

Après cette fois dans la bibliothèque, elle avait repensé à lui pendant des mois, déçue de ne pas le recroiser dans le campus pour lui reparler de sa proposition. Il était resté dans son esprit, comme s'il y avait allumé une étincelle.

— Je n'arrêtais pas d'espérer te revoir, mais ça n'a jamais été le cas, et puis j'ai décroché mon diplôme, avoua-t-il.

— Vraiment ? dit-elle lentement.

Elle éprouvait une frustration mêlée de joie. Après tout, il lui avait menti, pas vrai ? Il avait tenté de saboter ses chances en lui prodiguant de mauvais conseils. Et il avait affirmé ne pas être intéressé par elle, devoir se concentrer sur sa famille. Cet aveu changeait-il la donne ?

— Oui…

La voix de Lucas s'éteignit.

— C'est quand même incroyable qu'on n'ait jamais réussi à se revoir ! dit-elle.

À vrai dire, elle s'était un peu retirée du monde après l'abandon de ses études, du moins jusqu'à ce qu'elle commence à travailler chez *Chatpuccino*.

— J'ai pas mal bougé au début, expliqua-t-il. On s'occupait de la restauration d'événements avec Dwayne. À des festivals, des jeux de rôle grandeur nature.

Debout sur le gazon, ils se turent, pendant que le soleil de l'été les réchauffait et que la brise leur portait les conversations des juges, du public et des membres de l'équipe. Curieusement, la relation entre Clem et Lucas semblait à présent constituée de diverses couches, comme la composition d'un gâteau – les bords devenant trop tendres au goût de Clem. Elle ressentait une gêne à la fois vertigineuse et plaisante à l'idée qu'il ait voulu la recroiser. Mais le malaise était tellement intense que c'était comme s'il lui perçait la poitrine.

— Je n'arrive pas à y croire..., dit-elle. Je n'arrive pas à croire que c'était toi. Je n'aurais jamais pensé que ça pourrait se produire...

— C'est vrai que ça fait drôle...

Leur conversation s'interrompit, ponctuée par le chant des oiseaux dans les arbres et les bavardages du public, le choc des cuillères sur les assiettes. Ce bruit ramena brutalement Clem à la réalité. Non loin de là, les quelques spectateurs savouraient encore les diverses recettes, et certains étaient interviewés face à la caméra. Les petits pains-chatons de Clem avaient été abandonnés sur la table de Genie, leur teinte ambrée irisée par le soleil. En les voyant, elle se rappela leur situation. Le fait qu'ils s'étaient déjà rencontrés avait-il de l'importance ? Ce qu'elle souhaitait vraiment savoir, c'était s'il avait essayé, oui ou non, de saboter son travail.

— J'ai une question à te poser, chuchota Clem, tiraillée.

Il l'avait défendue face à Genie, ce qui comptait pour elle. Mais il fallait qu'elle en ait le cœur net.

— C'est à propos de ce que tu m'as dit dans la tente ? s'enquit-il. Comme quoi je n'ai pas eu ce que je voulais… ? C'était quoi, cette histoire ?

La confusion était peinte sur le visage de Lucas.

— Est-ce que tu m'as menti ? lança-t-elle.

— Euh… Hein ? Menti sur quoi ?

Elle s'approcha de lui et baissa la voix au cas où quelqu'un aurait tendu l'oreille ; elle ne tenait pas à ce que leurs désaccords atterrissent sur les réseaux sociaux. Sa voix se mit à trembler et quelque chose en elle lui disait de s'en tenir là. Elle détestait les conflits et en avait déjà eu sa dose ce jour-là, avec Genie. Mais il fallait qu'elle dise ce qu'elle avait sur le cœur. Autant en finir une bonne fois pour toutes.

— Tu m'as proposé de l'aide pour cette manche, pour les petits pains-chatons. Est-ce que tu m'as donné un mauvais conseil exprès pour que je gâche tout ?

Il la dévisagea, stupéfait, un air indéchiffrable sur le visage. Et puis, il éclata de rire et secoua la tête avec incrédulité.

— Quoi ? Bien sûr que non !

Clem recula de quelques pas. Malgré ses tremblements, elle serra les poings, comme pour attiser sa colère. Mieux valait de la colère que de la nervosité.

— Vraiment ? Parce qu'à chaque fois que j'ai essayé ta méthode, ça n'a pas marché. J'ai fini par trouver une solution de mon côté. Si j'avais suivi ton conseil, j'aurais sûrement été éliminée. C'est ce que tu voulais ?

— Tu ne peux pas vraiment me croire aussi sournois ! s'offusqua-t-il, les traits soudain tendus. Je ne suis pas comme ça. Je t'ai aidée parce que tu étais en difficulté ! Je t'ai embrassée parce que tu me plais, et…

— Et qu'est-ce que Genie est venue faire là, dans le public ? poursuivit Clem, partie sur sa lancée. Tu l'as fait venir exprès ?

— C'est de la paranoïa. J'ignorais pourquoi elle tenait tant à venir, jusqu'à maintenant. Tu m'as entendu ; tu as vu ce qui s'est passé.

Ils avaient atteint une impasse, et elle ignorait quoi dire d'autre. Genie lui avait causé du tort autrefois alors même qu'elles avaient été amies. Comment savoir si Lucas disait la vérité ?

— On ferait mieux de retrouver les autres, déclara-t-il avec raideur. Le bus ne va pas tarder.

Clem ne répondit rien – son esprit s'emballait, et elle ne savait quoi penser de leur échange.

*

Lucas avait réussi cette épreuve de *C'est ma fournée*. Malgré tout, il était désarçonné par ce qui s'était passé après le tournage – par ce qu'avait dit Genie. Et Clem. Durant le trajet en bus – dans lequel il régnait une chaleur suffocante, même les vitres baissées –, il ne fit que cogiter sans réussir à mettre de l'ordre dans ses pensées. Lorsqu'il finit par arriver chez lui avec Dwayne et qu'il inséra la clé dans la serrure, son esprit marchait encore à plein régime. Dwayne insista pour qu'ils boivent un verre et fêtent leur réussite, et une fois que Reina se fut installée sur la couverture étendue sur le canapé pour mâchouiller une friandise, ils attrapèrent un cidre frais dans le frigo.

Il faisait encore jour dehors, et la lumière filtrait par les portes de derrière pour ruisseler sur le plan de travail en granite. Dwayne ouvrit sa canette avant de s'écrouler sur une des chaises autour de la table de la cuisine.

La maison était spacieuse et lumineuse, grâce à ses grandes fenêtres, et tout était magnifiquement décoré, avec une moquette moelleuse et du mobilier moderne. C'était bien mieux que l'ancien appartement de Lucas, qu'il avait loué seul pour une petite fortune – alors qu'il y avait des fenêtres cassées, une vieille moquette, et des placards gonflés et éraflés dans la cuisine. Dwayne avait hérité de cette maison, ainsi que d'une belle somme d'argent, à la mort de son père. Ils avaient ouvert le *Papatte Café* peu après et, en plus de devenir son associé, Lucas avait fini par louer une chambre chez Dwayne. Au final, ça se passait plutôt bien ; il y avait largement la place pour deux, et ils avaient déjà été colocataires à la fac. Et puis, c'était pratique lorsqu'ils avaient besoin de parler business – ils avaient installé un bureau/salle de réunion à l'étage.

— Allez, accouche, lança Dwayne en buvant une lampée de cidre frais avant de claquer des lèvres avec satisfaction. C'était quoi, le topo, dans le bus ? Je t'ai vu parler à Clem. Qu'est-ce qui s'est passé ?

Lucas étudia la condensation qui gouttait sur sa canette de cidre. Il aurait dû jubiler. Et il se réjouissait d'avoir réussi, bien sûr. Mais il n'arrivait pas à digérer ce qu'il avait appris au sujet de Clem. Et de Genie, d'ailleurs.

Avec un soupir, il raconta tout à Dwayne.

— Georgina est toujours amoureuse de toi ? demanda Dwayne, incrédule. (Il émit un sifflement de dérision.) J'hallucine qu'elle se fasse encore appeler Genie.

— À l'époque, elle disait qu'elle trouvait ça classe. Je n'aurais jamais cru qu'elle en serait encore là. (Lucas s'appuya contre le plan de travail et but une gorgée de cidre, rafraîchi par son acidité fruitée et pétillante.) Je n'aurais pas dû l'inviter.

— Pourquoi tu l'as fait ?

— Elle n'arrêtait pas de dire qu'elle s'ennuyait et qu'elle voulait venir. Et j'avais promis qu'on se verrait pendant son séjour dans le coin.

— Pfff. Tu parles qu'elle s'ennuyait ! Elle est venue rendre visite à sa famille, non ? (Dwayne s'abandonna en arrière sur son siège.) Elle ne s'ennuie pas du tout, mon pote. Elle espère que tu vas changer d'avis à son sujet. Elle a dû entendre parler du concours et voir comment tu étais avec Clem, lire les commentaires.

— Oui, maintenant, je le sais. Mais je pensais qu'elle en avait fini avec tout ça, qu'elle en avait fini avec moi.

— À mon avis, ce n'est jamais trop possible, déclara Dwayne. Du moins, pas tant qu'on n'a pas coupé les ponts. Tu croyais vraiment que ça pourrait marcher, d'être ami avec elle alors qu'elle en voulait plus ?

Lucas crispa les mâchoires, et serra la canette dans sa main avec une telle vigueur qu'il manqua de la broyer.

Georgina faisait partie de sa vie depuis si longtemps. Ils avaient grandi ensemble. Quand son père s'était mis à se plaindre de douleurs, et qu'à la maison c'était devenu difficile, elle avait été là pour lui. Il se rendait chez elle pour s'évader, ou alors ils appelaient d'autres amis et allaient au cinéma, claquant tout leur argent de poche d'un coup. Impossible de l'éjecter de sa vie, si ? Après toute une enfance passée ensemble ?

— Je pensais que ça s'arrêterait naturellement, admit-il en venant s'asseoir en face de Dwayne. Qu'en partant vivre ailleurs, elle rencontrerait quelqu'un, ou…

— Je doute que ça lui soit arrivé. Sinon, qu'est-ce qu'elle ferait là ? (Dwayne lui lança un regard entendu par-dessus le bord de sa canette.) Qu'est-ce que tu disais ? « La famille passe avant tout le reste. Les femmes n'en valent pas la peine. » (Il s'esclaffa et, jetant la tête en arrière, but une grande gorgée de cidre.) Tu devrais appliquer ce précepte à Georgina.

— Tu sais ce que je voulais dire. Je parlais d'une vraie relation.

— Tu comptes vraiment t'y tenir ? Après ce que tu viens d'apprendre au sujet de Clem ? J'ai l'impression que, déjà avant, elle te plaisait. Que tu l'as laissé filer.

Il sourit. C'était plus compliqué que ça, mais il y avait une chose qui restait vraie en ce qui le concernait.

— La famille passe toujours en premier, insista-t-il, les sourcils froncés. Évidemment. Je dois les aider.

— Tu les aides depuis que tu es gosse.

— Ils ont besoin de moi.

— Tu ne peux pas passer ton temps à te bagarrer pour les autres, mon vieux, déclara Dwayne. (Il regarda à travers les vitres des portes du patio, vers le jardin, où les arbres verts dansaient dans la brise de l'été et où le bleu du ciel s'assombrissait.) Tu dois aussi te battre pour toi. Tu crois qu'ils voudraient que tu renonces à des occasions pour eux ? Que tu fasses une croix sur une fille qui te plaisait – sur une fille qui te plaît ?

— Ce n'est pas du tout ce que je suis en train de faire, répliqua-t-il d'une voix faible.

Les paroles de Dwayne le bousculaient. Chacune lui faisait l'effet d'un coup de poignard, car il savait que son ami avait raison. Et il avait beau s'être toujours dit que ses petites copines ne comprenaient rien – qu'il avait des responsabilités, des engagements, une famille à aider –, tout au fond de lui, il savait pourquoi elles étaient parties et lui s'était retrouvé tout seul. Parce qu'il avait été incapable de s'engager suffisamment dans leur relation. Il était trop occupé à s'assurer que ses parents allaient bien.

Dwayne étudia Lucas avec une lueur presque triste au fond de ses yeux noisette.

— Mais la question, c'est combien de temps tu vas continuer à t'empêcher de vivre ? Et, aussi : est-ce que tu vas laisser filer Clem une seconde fois ?

Lucas ne sut quoi répondre, car cette question le touchait plus profondément que le reste – alors, il vida sa canette en silence. Reina s'approcha et lui donna un petit coup de tête, il la gratta entre les oreilles jusqu'à ce qu'elle remue la queue.

— Tu ne comptes pas lui parler ? reprit Dwayne.

— On l'a déjà fait.

— Oui, mais tu sais ce que je veux dire.

— Elle croit que je lui ai menti. Et c'est faux. Je devais faire vite parce que mon père était à l'hôpital, et je me suis trompé. Maintenant, elle pense que je l'ai fait exprès.

— Reparle-lui. Dis-lui ce que tu viens de me dire, que tu étais stressé et que c'était un accident. Dis-lui ce que tu ressens vraiment.

Lucas regarda les arbres secoués par le vent, leurs feuilles d'un vert éclatant, tout en caressant la tête de Reina. Il ignorait s'il avait vraiment envie de s'ouvrir à ces émotions, quand il devait veiller sur sa famille – et quand Clem le prenait déjà pour un menteur.

23

C'ÉTAIT PLUS FORT QU'ELLE. Clem ne cessait de consulter les réseaux sociaux pour voir les réactions à la dernière épreuve de *C'est ma fournée* – en partie pour détourner ses pensées de Lucas et du souvenir de cette journée à la bibliothèque. Sa mère était sortie travailler et elle serait seule jusqu'au soir. C'était un jour gris et pluvieux, aussi l'avait-elle essentiellement passé blottie sur le divan, Misha endormie sur ses genoux. Elle avait englouti tout un paquet de cookies – l'emballage vide reposait sur la table basse –, se sentant à la fois coupable à l'idée d'avoir accusé Lucas sans preuve, et perdue car elle n'arrivait plus à savoir s'il était digne de confiance ou pas.

Malgré la pluie, il faisait bon, et elle était vêtue d'une robe en coton légère. Misha lui tenait chaud avec sa fourrure, mais elle ne voulait pas la chasser. Elle caressait la chatte sur le cou et le dos pendant qu'elle dormait.

Clem faisait défiler son écran. Les commentaires n'étaient plus les mêmes, c'était évident. Misha quitta les jambes de la jeune femme pour aller s'enrouler au niveau de ses chevilles.

Lucas était passé du statut de chouchou à celui de grand méchant, et de plus en plus de théories fleurissaient sur leur relation hors caméra. Comme si les choses n'étaient déjà pas assez difficiles ainsi, les spectateurs avaient remarqué la tension qui régnait entre elle et Lucas.

Elle fit apparaître la vidéo de l'épreuve et la visionna jusqu'à se voir elle-même à l'écran, à l'instant où elle félicitait Lucas. La caméra n'avait pas saisi ce qu'elle lui disait ensuite – l'attention avait été fixée sur les candidates de *Pain de sucre*, qui venaient d'être éliminées. Mais, de toute évidence, elle avait dû dire quelque chose. Clem savait précisément quoi. *Je suppose qu'en fin de compte, tu n'as pas obtenu ce que tu voulais.* Dans la vidéo, Lucas se décomposait, et un pli se creusait sur son front. De son côté, comme elle était contrariée, elle s'assombrissait.

« Qu'est-ce qu'il a ?? Il avait vraiment l'air de tenir à elle, et voilà qu'il la snobe. C'est bizarre. Il s'est passé quelque chose ? Je n'arrive pas à croire qu'il ne l'ait pas aidée ce coup-ci ! Il a dû adopter une stratégie pour gagner, et elle en fait partie. Il sait qu'elle est douée, il doit la voir comme une menace. Peut-être qu'elle s'en est rendu compte, elle aussi. »

Lucas se faisait sacrément malmener dans les commentaires. En lisant cette dernière accusation, elle sentit son cœur s'emballer. Avaient-ils vu juste ? Les gens la trouvaient talentueuse, ce qui lui faisait très plaisir. Mais leurs suggestions au sujet de Lucas étaient-elles fondées ? Avec un soupir, elle se frotta la nuque, où une douleur commençait à se former.

En tout cas, quelle que soit la vérité, elle n'aimait pas le voir traîné ainsi dans la boue. Il avait besoin de gagner pour remporter l'argent susceptible d'aider sa famille, ce qu'elle comprenait. Pour sa part, elle n'était pas certaine que les finances soient jamais entrées en ligne de compte. Elle avait déjà un petit pécule disponible pour le jour où elle voudrait s'installer quelque part ; et tout ce qu'elle pourrait glaner pour lancer sa propre boîte ne serait qu'un plus. En outre, elle continuerait d'économiser en vivant chez sa mère. En ce qui concernait Lucas, le besoin était plus urgent.

Mais il avait maintenu catégoriquement qu'il ne recourrait ni aux mensonges ni à la ruse pour gagner.

Elle avait envie de le croire, car elle ignorait comment elle réagirait si elle apprenait qu'il s'était servi d'elle.

Soudain, trois petits coups furent frappés à la porte à l'aide du heurtoir. Elle sursauta. Misha bondit et fonça se cacher à l'étage. Clem se redressa. Peut-être sa mère attendait-elle un colis ? Elle enfila ses pantoufles et se dirigea vers l'entrée.

Là, debout sur la marche, se tenait la dernière personne au monde qu'elle aurait imaginé y voir : Lucas. Elle se figea, la porte à moitié ouverte.

Et revoilà ce petit battement dans son ventre, comme un papillon sur le point de s'élancer. Il portait un haut bleu ample à col en V et un jean sombre ; une fois de plus, elle fut frappée par l'intensité de ses yeux verts. Elle ne comprenait pas comment elle avait pu l'oublier, comment il pouvait être ce type qu'elle avait croisé à la bibliothèque.

— Qu'est-ce que tu fais là ? demanda-t-elle.

Elle n'ouvrit pas tout à fait la porte. D'un côté, elle brûlait de l'entraîner à l'intérieur et de l'embrasser follement – le bleu lui allait si bien –, mais elle avait aussi envie qu'il parte, car les commentaires qu'elle avait lus sur internet tourbillonnaient dans sa tête.

— On peut parler ? lança-t-il gravement.

— De quoi ?

Elle se demanda si lui aussi avait vu les réactions en ligne.

— Je sais que tu m'en veux. Mais j'aimerais qu'on parle, insista-t-il.

Elle regarda par-dessus son épaule le paquet de cookies vide et les miettes éparpillées sur la table basse, ainsi que *Le Hobbit* qui passait à la télévision. Consciente du désordre, elle ouvrit la porte en grand malgré tout.

Il entra, et elle referma derrière lui.

— Merci, dit-il.

— Tu veux boire quelque chose ?

— Non, ça ira. Je ne vais pas rester longtemps.

Il demeura dans l'entrée avec un air gêné pendant qu'elle s'installait sur le canapé. Comme il ne s'asseyait pas, elle lui fit face.

— Je tenais à m'excuser, commença-t-il. D'avoir invité Georgina au concours. Si j'avais su que vous deux aviez été amies…

— On ne l'est plus, trancha Clem.

— Oui. Mais si j'avais été au courant de ce qui s'était passé – que c'était elle qui avait filmé cette vidéo –, je ne lui aurais jamais proposé de venir.

Elle hocha la tête, à court de mots. Misha descendit lentement l'escalier, renifla la moquette et leva les yeux vers Lucas avec un air incertain. Concluant manifestement qu'il n'était pas une menace, elle s'avança et roula sur le dos, se frottant contre le tapis et étirant ses pattes de devant.

— Et je voulais aussi que tu saches… Que non, je n'ai pas cherché à saboter ton travail, Clem. Je n'ai pas menti, affirma-t-il d'une voix ferme en la fixant droit dans les yeux.

L'intensité qu'elle lut dans son regard lui serra le cœur, et elle dut se détourner.

— Ce jour-là, je venais d'apprendre que mon père était à l'hôpital. J'essayais de t'aider, mais j'ai dû réfléchir à toute vitesse pour me rappeler les astuces que j'avais entendues, parce que j'étais pressé de le rejoindre. (Il prit une longue inspiration.) Si tu refuses de me croire…

Une vague de honte la submergea et elle se sentit terriblement coupable. Son esprit était trop encombré, alourdi par les commentaires trouvés sur les réseaux sociaux, les actes passés de Genie, ses propres angoisses qui s'accumulaient comme des feuilles de papier froissées.

Il avait désormais le regard rivé sur ses baskets, et semblait… blessé. Le soleil brillait à travers la petite fenêtre en voûte au-dessus de la porte d'entrée et, de son halo jaune, dessinait les contours de Lucas, comme si le monde lui-même souhaitait le mettre en lumière.

— Je suis navrée de t'avoir accusé. Je ne savais pas quoi penser, dit-elle, presque précipitamment, tâchant de se justifier. Je sais que tu veux gagner. Je ne te connais pas depuis très longtemps, ajouta-t-elle sans conviction. Pardonne-moi.

— Je ne suis pas comme ça. Quand je t'ai proposé de l'aide, j'étais sincère, déclara-t-il en poussant un nouveau soupir. Même si…

— Quoi ?

Ce mot sembla trébucher sur lui-même, et le pouls de Clem s'affola. Il avait dit qu'il ne s'intéressait pas à elle, mais c'était avant qu'ils se rendent compte qu'ils s'étaient déjà croisés plusieurs années plus tôt.

— On dirait qu'en fin de compte, tu n'avais pas vraiment besoin de mon aide, acheva-t-il en passant une main dans ses cheveux sombres, et elle entrouvrit involontairement les lèvres. Tu as trouvé la solution, tu as réussi haut la main tes petits pains-chatons. Tu as toutes les chances de gagner ce concours, Clem.

Elle ne s'était pas attendue à ce qu'il la complimente. Elle aurait préféré qu'il ne soit pas aussi gentil. Elle n'avait pas autant besoin que lui de gagner ce concours, et ça la rongeait de l'intérieur.

— Je… Lucas…, bredouilla-t-elle. Écoute…

Il secoua la tête.

— Non, ce n'est rien. On venait à peine de se rencontrer, et je suis sûr que tu as lu tous ces commentaires en ligne…

— Non, ce n'est pas rien, dit-elle, fâchée contre elle-même.

Elle s'était méprise sur son compte. Elle avait pensé qu'il la blesserait, comme Genie avant lui. Et pourquoi avait-elle été si en colère qu'il puisse saboter ses chances, alors qu'elle n'avait même pas vraiment voulu participer à ce concours au départ ?

— Ce n'est pas moi qui me suis inscrite à l'émission ! lâcha-t-elle de but en blanc.

Cet aveu fut accueilli par un silence assourdissant.

— Quoi ? demanda-t-il enfin.

— J'ai commencé à remplir le formulaire et j'ai pris peur. Si je suis là, c'est uniquement parce que Sylvie est tombée sur ma candidature inachevée et qu'elle a cru que j'avais oublié de lui demander de compléter les rubriques la concernant. C'est elle qui a cliqué sur « Envoyer ».

Il ne répliqua pas.

— Je suis tellement désolée. Je ne devrais même pas être là, mais toi et ta famille, vous en avez besoin…

— Ne nous prends pas en pitié, Clem, rétorqua Lucas, dont les yeux lançaient des éclairs.

Il lui décocha un regard sévère qu'elle ne lui avait jamais vu, et elle rougit.

— Je n'ai pas pitié de vous. Seulement, je…

— Laisse tomber, dit-il en balayant sa remarque au loin. Je ne t'en veux pas pour ça. Tu participes bien au concours, non ? Alors, peu importe comment tu es arrivée là. Si tu réussis les épreuves, c'est uniquement grâce à tes compétences.

Lucas avait fourré les mains dans ses poches et faisait passer son poids d'un pied sur l'autre, comme s'il hésitait entre rester ou partir. Trouvait-il vraiment que les raisons de sa présence au concours n'avaient aucune importance ou cherchait-il à cacher le fond de sa pensée ? Elle n'aurait su le dire, et il ne semblait pas avoir envie d'en parler.

— Il y a autre chose dont tu voulais discuter ? demanda-t-elle avec espoir.

Ils n'avaient toujours pas abordé ce qui s'était passé entre eux.

— Tu as dit… Tu as dit que tu avais espéré me recroiser un jour, pas vrai ? Après notre première rencontre dans la bibliothèque ?

Lucas ouvrit la bouche pour répondre, sembla hésiter, puis demeura silencieux. Clem fit de son mieux pour ne pas pleurer. C'était sa faute, à elle, pour l'avoir mal jugé, pour avoir tout gâché. Elle ne pouvait pas s'attendre à ce que les choses se passent bien, surtout maintenant qu'elle avait avoué que sa présence au concours relevait presque du hasard. Ou peut-être que ça n'avait rien à voir avec ça, et tout à voir avec Genie.

— Et voilà qu'on se recroise, mais que tu hésites quand même… C'est à cause de Genie ? Tu lui plais, affirma Clem.

— Ce n'est pas elle, le problème, déclara Lucas. Je lui ai déjà dit que je la voyais comme une sœur.

— Alors, quoi ? J'ai l'impression que le courant passait bien entre nous. Toi, c'est sûr que tu me plais, et… (Elle prit une inspiration.) C'est parce qu'on est rivaux, ou parce que j'ai tout fichu en l'air ?

Il regarda Misha rouler sur le tapis, presser ses rayures sur l'étoffe – la seule qui soit heureuse dans cette pièce. Lucas semblait d'humeur sombre, et tiraillé.

— Non, ce n'est pas à cause de toi. Ça peut arriver de se tromper sur les autres. C'est juste que… Je dois aider mes parents, dit-il d'une voix tendue. Je ne peux pas me laisser distraire… par quoi que ce soit. (Il esquissa un geste vague entre eux.) Je ne sais pas, ce n'est pas le bon moment. Je voulais seulement que tu saches que je ne t'ai pas menti.

— D'accord. Merci d'être passé, répliqua Clem en se détournant, troublée.

Sa vision se brouilla de larmes, et elle dut les chasser rapidement en clignant des yeux.

— Je suis désolé, reprit-il. C'est… C'est trop important. Mes parents ont besoin de moi.

Les paroles de Lucas restèrent en suspens avant qu'elle rétorque :

— Donne tout pour le concours. Une fois que ce sera fini, on n'aura plus jamais à se revoir, si c'est ce que tu veux.

— Je n'ai pas dit ça, protesta-t-il, comme au supplice. Je dois me concentrer, c'est tout. Sur le concours.

— Et après, qu'est-ce qui se passera ?

— Je... Je ne sais pas.

Elle continuait de lui tourner le dos, de crainte d'exploser en sanglots, et ne put voir son expression. Elle l'entendit ouvrir, ses pas s'éloignèrent, et la porte se referma derrière lui en claquant.

*

Le lendemain, après avoir passé la majeure partie de son dimanche à paresser sur le canapé – et ce n'était pas beau à voir –, Clem partit travailler à *Chatpuccino*. Par ce splendide jour d'été, les oiseaux gazouillaient dans les arbres et voletaient dans le ciel azur. Le cerisier devant le café n'était plus en fleur, et Clem regrettait de ne plus voir ses pétales rose vif joncher le sol comme des bonbons. Il n'empêche, cette journée semblait plus radieuse que les autres, sûrement grâce à la présence du soleil et aux larmes qu'elle avait versées, comme si elle s'était purgée de tous les sentiments qui avaient pu la traverser dernièrement. Peut-être parviendrait-elle à ne plus penser à Lucas. C'était pour le mieux. Même si une petite part d'elle résistait à cette idée, et continuait de se demander ce qui aurait pu se passer si la situation avait été différente.

Dans la salle principale, l'ambiance était assez tranquille, comme souvent le lundi – un couple de personnes âgées buvait un thé près de la fenêtre. La plupart des chats dormaient, blottis dans des alcôves. Salem sautilla vers elle dès qu'elle traversa la pièce et, avec un sourire, elle se pencha pour le caresser derrière les oreilles et le long de son pelage noir soyeux. L'odeur du café frais flottait dans l'air.

Derrière le comptoir, Emmie regardait son téléphone. Ses cheveux relevés étaient dégagés de son cou par une pince en forme de patte de chat. Elle leva les yeux quand Clem poussa la barrière et lui sourit.

— Salut, Clem, dit-elle. C'est tellement calme aujourd'hui que je prenais le temps d'aller sur internet.

— Comment ça se passe ?

— Super bien, répondit Emmie en tournant son écran pour lui montrer une illustration rose d'un fraisier avec une tête de chat blanche sur le dessus. Les gens aiment bien les dessins de minous qui ressemblent à des gâteaux. Je me suis remise à en publier pendant le concours, et j'ai dû attirer quelques fans de l'émission.

— Ravie d'avoir pu te rendre service, déclara Clem.

L'année dernière, Emmie lui avait demandé si cela ne la dérangerait pas d'intégrer ses pâtisseries à ses propres illustrations. Celles-ci avaient décollé sur internet depuis qu'Emmie avait ouvert une boutique en ligne avec l'aide de Jared et qu'elle s'était mise à partager des vidéos de l'avancée de ses dessins, mais Clem se réjouissait d'apprendre que l'émission lui avait également été bénéfique. Emmie le méritait. Elle avait évoqué l'idée de réduire ses heures de moitié, raison pour laquelle Sylvie avait embauché Matt, même s'il ne travaillait qu'un ou deux jours pour le moment.

— Je devrais te faire un… Oh…

Elle s'interrompit pour regarder par-dessus l'épaule de Clem, car quelqu'un avait poussé la porte.

Clem se retourna. Un couple venait d'arriver – un homme grand et corpulent, avec un ventre rond et un voile de sueur sur le front, qui marchait à l'aide d'une canne. Sa compagne, le visage plissé par l'inquiétude, peinait à ouvrir la petite barrière pour le laisser passer.

— Attendez, je vais vous aider, lança Clem en se hâtant vers eux.

Elle tira sur la barrière pour permettre à l'homme d'entrer en boitillant. La femme, vêtue d'un haut rose et d'un short, le suivit.

— Merci beaucoup, dit-elle.

Tous deux lui semblaient… curieusement familiers. La femme avait des yeux verts de la couleur du gazon, et un petit nez délicat. Quant à l'homme, ses cheveux, entièrement gris comme chaque poil de sa barbe, avaient la même qualité rebelle que ceux de Lucas, et ses sourcils étaient tout aussi épais. Son menton, également, ressemblait au sien.

— Vous devez être Clem, déclara la femme en lui touchant le bras. Je suis Meredith. Voici Richie.

— Vous me connaissez… ? commença Clem, surprise.

— Bien sûr ! (Le sourire de Meredith s'élargit.) Nous suivons *C'est ma fournée*, et Lucas nous a tout raconté de vous.

24

— Vous êtes le père et la mère de Lucas ? s'enquit Clem pour vérifier ses soupçons.

« Lucas nous a tout raconté de vous », avait affirmé Meredith. Il avait parlé d'elle à ses parents. Elle voulut demander ce qu'il avait dit, mais la conversation était déjà passée à autre chose, et elle ne savait pas comment faire machine arrière.

— Oui, déclara Richie en clopinant jusqu'à une table dans le coin avant de s'effondrer sur une chaise en soupirant. Ces fichus genoux, c'est un vrai cauchemar aujourd'hui. Ah, voilà qui est mieux.

Il s'abandonna sur son siège. Lorsqu'il regarda autour de lui, son expression changea et sa grimace de douleur se mua en curiosité.

— Il y a un chat là-haut ! s'écria-t-il en montrant une étagère en forme de U encastrée dans le mur, d'une voix aussi aiguë que celle d'un enfant.

Une longue queue brune pendait par-dessus le rebord.

— Regarde, Meredith !

— Je le vois, confirma sa femme en s'approchant de la table avec un doux sourire.

— Vous pouvez commander là, au comptoir, indiqua Clem en désignant Emmie, qui les salua de la main. Les boissons sont à volonté si vous avez payé à l'heure. Pour manger, c'est en plus. Mais je suis sûre que la réceptionniste vous l'a déjà expliqué.

— Merci, dit Meredith. Qu'est-ce qui te ferait plaisir, Richie ? Une part de gâteau ?

Richie tendit le cou, tout en serrant les dents, pour étudier le menu inscrit sur la grosse ardoise suspendue au-dessus du comptoir, puis les rangées de donuts et de pâtisseries disposées dans les présentoirs en verre.

— Je vais prendre un de ces célèbres donuts-chats, dit-il. Et un café noir.

— Je reviens tout de suite, affirma Meredith en allant commander auprès d'Emmie.

Clem resta près de la table ; elle devait travailler, mais ses pieds refusaient de bouger – elle avait envie d'en savoir plus sur les parents de Lucas. Son père avait fini par venir, mais elle était étonnée que Lucas ne les ait pas accompagnés. Sans doute préférait-il l'éviter, après tout ce qui s'était passé.

Binx s'approcha, balançant ses épaules d'un côté et de l'autre, sa queue en l'air, et sauta sur la table devant Richie, qui éclata de rire. Il venait à peine de franchir la porte, et sa joie était contagieuse – elle se surprit à imiter son sourire.

— Coucou, t'es qui, toi ? demanda Richie.

Il caressa Binx, et le matou enroula la queue autour de sa main et leva la tête en ronronnant.

— C'est Binx, répondit Clem. Sylvie dit qu'elle lui a donné le nom d'un chat dans un film – *Hocus Pocus* ? Il aime s'asseoir sur les ordinateurs portables quand les gens travaillent.

Je crois que c'est la chaleur des ventilateurs qui lui plaît. Du coup, il passe son temps à sauter sur les tables.

— Il n'y a pas d'ordinateur ici, petit gars, mais tu peux rester quand même, dit Richie.

Comme s'il l'avait compris, Binx s'installa, sa queue enroulée autour de lui, et laissa Richie le caresser. Les yeux du matou étaient rivés sur la fenêtre, où un oiseau planait au-dessus des arbres.

— Vous donnez du fil à retordre à mon fils, affirma Richie.

Meredith revint avec un plateau de nourriture et des boissons, et s'affala sur le siège à côté du sien. Il se frotta les mains de joie et tressaillit encore, étirant les doigts et les posant sur ses cuisses.

— J'ai hâte de goûter à vos donuts, histoire de voir s'ils sont aussi bons que…

— N'intimide pas cette pauvre fille, lança Meredith en décochant un regard bienveillant à Clem.

— Je suis ravie que vous soyez venus, déclara Clem très sincèrement. Sylvie avait laissé entendre que vous nous rendriez visite.

— J'ai toujours eu l'intention d'amener Richie. (Elle hésita, comme si elle allait développer, mais n'en fit rien.) J'étais déjà passée ici, grâce à mon travail au refuge pour chats. Si vous travaillez en cuisine, vous n'avez sûrement pas eu l'occasion de me voir.

— En général, je me terre là-bas, admit Clem. D'ailleurs, il faut que j'y aille. Profitez bien.

Clem les laissa et se dirigea vers la cuisine afin de se préparer pour la journée.

Lucas hantait ses pensées. Est-ce qu'il l'avait mentionnée juste en passant à ses parents ? Ou s'était-il étendu sur le sujet ? Le baiser lui revint à l'esprit, la douceur de sa bouche contre la sienne, leurs lèvres mêlées sous la pluie. Le frôlement de leurs doigts dans la bibliothèque, des années plus tôt – elle se rappelait encore combien cela l'avait désarmée. Elle ne cessa de songer à lui tout en mélangeant les ingrédients et en étalant la mixture pour ses biscuits sur des plaques de cuisson. Une fois qu'ils furent au four, elle décida qu'il fallait qu'elle lui parle. Elle retira son tablier et se rendit en salle de pause.

Elle sortit son téléphone de la poche de sa veste. En voyant sa photo et sa tignasse brune, elle hésita. Elle prit une profonde inspiration et rédigea un message.

J'ai vu tes parents au café. Je suis contente qu'ils soient venus. Ton père semblait heureux.

Après un bref flottement, elle ajouta une petite fioriture :

Je ne compte pas te ménager, alors tu as intérêt à tout donner.

Rencontrer les parents de Lucas l'avait radoucie, et elle n'avait pas envie de ruminer sa rancœur, même s'il ne pouvait plus jamais rien se passer entre eux – aussi y joignit-elle un émoji de chat souriant pour qu'il comprenne qu'elle plaisantait à moitié.

Il répondit pendant qu'elle se préparait une tasse de thé.

Ils ne m'ont pas dit qu'ils y allaient. Tant mieux. Merci de me l'avoir dit.

Des bulles de dialogue surgirent à l'écran pour indiquer qu'il était en train d'écrire.

Toi aussi, tu ferais mieux de mettre le paquet. Connaissant ton amour pour les chats, je suis sûr que tu sauras atterrir sur tes pattes quoi qu'il arrive, pas vrai ?

Il enchaîna avec une série d'émojis de chiens. Cette rivalité taquine troubla Clem, dont le pouls se mit à battre un peu trop vite.

*

Clem avait passé la majeure partie de son temps libre au bar à chats, à préparer la dernière manche du concours. L'épreuve exigeait de confectionner un gâteau, ce qui était justement son fort. Pour la finale, *C'est ma fournée* voulait qu'ils proposent une création sensationnelle digne d'une couverture de magazine : un diorama détaillé présentant leur commerce. Clem avait prévu de représenter *Chatpuccino*, avec sa vitrine – et ses chats blottis dedans, bien sûr –, son auvent beige et blanc, et sa pancarte en ardoise posée devant. Elle était en train d'ajouter le cerisier positionné sur la gauche du bâtiment, dans toute sa splendeur rose vif. Il n'était plus en fleur à présent qu'on était au cœur de l'été, mais il s'agissait d'une des particularités du café qu'elle préférait. Elle voulait que le gâteau soit gai et coloré, à l'image de ce que les gens ressentaient lorsqu'ils venaient, mais aussi pour refléter la volonté de Sylvie d'offrir un lieu de refuge et de réconfort.

Elle essayait un autre genre de génoise – celle à la vanille avait été trop fade, mais une aux fraises avec une crème épaisse la tentait bien, et elle avait décidé d'y intégrer des fruits frais. Elle avait arrêté son choix sur une version végane, car elle tenait à ce que ce diorama inclue le plus de monde possible.

Assise dans le Chatlon, son ordinateur portable ouvert sur les genoux, Clem cherchait de l'inspiration sur internet. C'était une belle journée lumineuse, le soleil inondait le canapé en cuir, et elle se trouvait dans un coin d'ombre afin de mieux voir son écran. Perchée sur le siège à côté d'elle, Lilian somnolait dans la clarté qui réchauffait les taches de son pelage noir, blanc et orange.

Le téléphone de Clem vibra sur l'accoudoir du divan – lorsqu'elle le consulta, le nom de sa mère clignotait à l'écran.

Elle décrocha, tout en continuant de faire défiler distraitement les pages d'un site de cuisine détaillant les meilleurs types de crème végane.

— Allô ?

— Ma chérie ! roucoula sa mère. Tu es encore à *Chatpuccino* ?

— Oui, je m'entraîne. Et toi, tu es où ?

— Je viens de finir une séance photo. Tu rentres bientôt ?

— Probablement d'ici une ou deux heures, répondit-elle. Je voulais essayer une crème aux fraises…

— N'en dis pas plus. Je peux venir goûter, si ça ne te dérange pas que je te tienne compagnie ?

— D'accord. Appelle-moi quand tu arrives, je t'ouvrirai.

Une demi-heure plus tard, sa mère était là. Clem la fit entrer par la porte de service. Sa mère s'arrêta pour câliner les chats. Nombre d'entre eux dormaient, dispersés autour des diverses installations, mais Eric s'approcha en agitant sa courte queue dès qu'il aperçut la nouvelle venue.

— Salut, mon mignon ! gazouilla sa mère en s'accroupissant pour le gratouiller sous le menton. J'ai de la peine pour Mish. Elle est restée seule tout l'après-midi.

Elle se dirigea vers un des arbres à chat pour dorloter Duchess.

Clem se sentit coupable.

— J'aurais aimé rentrer plus tôt, mais la génoise à la vanille n'était pas aussi convaincante que je l'espérais, et je voulais tenter autre chose.

— Non, mais ne t'en fais pas, je suis sûre qu'elle a passé son temps à dormir. Tu parlais de fraises et de crème… ?

— Viens par ici, je vais te montrer.

Elle guida sa mère vers le Chatlon, où Lilian somnolait. La chatte leva la tête à leur approche, ses grands yeux verts luisant au soleil et ses pupilles noires à peine visibles. Clem fit signe à sa mère de s'asseoir. Une fois qu'elle se fut enfoncée dans le cuir à côté de Lilian – qui en profita pour s'enfuir –, Clem posa son ordinateur devant elle et ouvrit son document de planification.

— Voici ce à quoi j'ai pensé. Toutes mes idées sont là.

Sa mère resta un instant silencieuse, le temps de tout digérer. Clem avait accumulé des pages de notes. Il y avait des images de gâteaux qu'elle avait mises de côté pour s'en inspirer, des petits textes expliquant ce à quoi elle voulait que le sien ressemble, des extraits de sites internet avec des astuces pour fabriquer des pâtisseries véganes, des photos de la devanture du bar à chats pour s'assurer de n'omettre aucun détail. Elle avait rédigé quelques phrases résumant ce qu'elle comptait dire aux juges pour leur présenter le diorama. Elle n'avait encore jamais rien préparé avec autant de soin. Mais elle tenait à se mesurer à Lucas avec toutes ses armes en main.

— C'est super, Clem, commenta sa mère.

Jess arriva d'un pas lent et sauta sur le divan derrière elle avant d'enfouir le museau dans ses cheveux. Sa mère tendit le bras pour lui caresser la tête ; le gros chat noir et blanc émit une série de ronronnements sonores.

Clem soupira.

— La météo prévoit une canicule. Il va faire plus chaud que d'habitude. Pile pendant la dernière manche. Ce sera plus dur de se concentrer dans une tente chaude remplie de fours allumés. Je croyais qu'il faisait toujours moche en Angleterre ?

Sa mère sourit.

— J'en ai entendu parler. Je pense quand même que tu vas gagner.

— Oui, mais tu es obligée de dire ça ! Tu es ma maman. C'est ton boulot.

Sa mère garda longtemps le silence et l'étudia, tout en continuant à caresser la joue de Jess.

— Je sais que tu es dure avec toi-même, Clem, déclara-t-elle enfin. Tu penses que tu as commis des erreurs, et tu ne te sens pas légitime à cause de la façon dont tu t'es inscrite au concours.

Clem sentit l'émotion lui nouer la gorge. Elle avait exprimé certains de ses scrupules à sa mère pendant l'émission, il ne s'agissait pas d'un secret.

— Je sais.

— Le truc, c'est que tu as déjà *presque* tout ce dont tu as besoin, poursuivit sa mère.

— Ah ? lâcha Clem, qui n'en était pas si certaine.

Elle n'était jamais sûre de rien, remettait toujours tout en question, doutait sans cesse.

— Tu as les compétences, le talent. Tu as résolu le problème avec les pains-chatons et tu ne t'es pas laissé démonter. Et tu travailles dur. Tu sais précisément ce que tu veux. Il ne te manque qu'une toute petite chose.

— Quoi donc ?

— Avoir foi en toi.

Sa mère écarta sa main de Jess pour tirer Clem à elle et la serrer dans ses bras.

— Tu es capable d'accomplir tout ce que tu veux, d'affronter tout ce que la vie te réserve.

25

Le jour de la finale, il faisait très chaud, l'ensemble du pays étant pris dans les griffes poisseuses de la canicule. Aussi prêt qu'il puisse l'être, Lucas n'avait pas particulièrement hâte d'être enfermé dans une tente remplie de fours allumés qui ne feraient qu'ajouter à la chaleur. On aurait dit que la nature elle-même essayait de leur compliquer la tâche. Comme le bus qui les emmenait au château de Wray n'était pas climatisé, il était en sueur avant même d'avoir atteint le parking.

Il ne put s'empêcher de remarquer la présence de Clem – Dwayne n'avait cessé de lui flanquer des coups de coude dans les côtes pendant tout le chemin et de tourner ostensiblement la tête dans sa direction, comme pour dire : « Regarde ce que tu manques. » Lorsqu'elle sortit au soleil, elle était resplendissante. Elle portait une robe années 1940 ornée d'une rangée de boutons sur le devant. Le tissu arborait un motif de chats rose pastel et bleu pâle, et elle l'avait assorti à une paire de sandales blanches. Son rouge à lèvres rendait sa bouche aussi charnue que des fraises. Lucas dut se retenir d'aller lui dire qu'elle était renversante. Il était miné par le regret car, en plus du fait qu'elle était belle à tomber, il savait qu'il y avait quelque chose entre eux. Avait-il eu tort de la repousser ?

Concentre-toi sur le concours, se dit-il. C'était sa seule chance de gagner.

Au bout de l'étendue d'herbe, à côté du château de Wray, la tente ressemblait à un phare d'un blanc éclatant. L'équipe de *C'est ma fournée* s'était surpassée pour cette ultime épreuve. Le coin alloué au public avait été agrandi – il encerclait à présent une bonne portion de la tente, laissant ainsi la place à un espace herbeux, telle une scène, où ils annonceraient le vainqueur. Les trophées des gagnants avaient été dressés sur une plateforme pourvue d'une arche entortillée de fleurs colorées. Contrairement aux autres manches du concours, qui étaient diffusées après le tournage, celle-ci serait filmée en direct, et chaque erreur serait immédiatement scrutée à la loupe.

La chaleur qui régnait était oppressante, des gouttes de sueur perlaient dans sa nuque. Il avait presque l'impression de voir l'air frémir. Sa nervosité n'arrangeait rien à l'affaire. Les caméras filmèrent leur entrée dans la tente, et il dut s'éponger à l'aide de mouchoirs entre deux prises.

— Pas de bol que ça tombe aujourd'hui, grommela Dwayne pendant qu'ils défilaient vers l'arrière.

Il n'y faisait pas plus frais – la tente retenait la chaleur à l'intérieur. Il sourit à Lucas et, une main levée, croisa fermement les doigts.

— Prions pour que tous les autres aient prévu des gâteaux glacés.

Lucas grogna.

— Ils ont été prévenus – on ne parle que de la canicule à la météo. Ils ont eu tout le temps qu'il fallait pour changer leur fusil d'épaule si c'était le cas.

— On peut toujours espérer…

Il ne restait plus que trois binômes – *Chatpuccino*, le *Papatte Café*, et une pâtisserie populaire du nom de *Péché Mignon*. Lucas doutait que le fait qu'ils soient moins nombreux limite la chaleur à l'intérieur de la tente. L'air y était déjà suffocant, ce qui n'irait qu'en empirant une fois que les fours tourneraient à plein régime.

Ils prirent place à leurs postes de travail respectifs, où *C'est ma fournée* les avait équipés en bouteilles d'eau pour s'hydrater. Lucas transpirait dans des recoins où il ne l'aurait même pas cru possible.

Il jeta un regard à Clem. Elle semblait calme, composée, ce qui le déconcerta un peu. Lors des autres épreuves, sa nervosité avait été flagrante. Il esquissa un sourire. Il ignorait si elle s'était simplement habituée au concours, ou si elle s'était préparée intérieurement pour cette finale.

Les juges s'étaient assemblés à l'avant de la tente, en une rangée régulière. Les boucles de Ronan faisaient des frisottis, et même Viviana et Laurette semblaient plus échevelées que d'habitude – Laurette avait défait les deux boutons supérieurs de sa robe-chemise, et Viviana s'éventait le visage avec sa main.

Le tournage commença. Les cameramen étaient en nage, leurs casquettes calées légèrement en arrière sur leurs cheveux trempés. Tous portaient des shorts amples sous leurs T-shirts *C'est ma fournée*.

— Chers pâtissiers ! lança Ronan en tapant dans ses mains.

Comme toujours, sa tenue rivalisait avec celle de Clem – costume jaune pâle, chemise aux motifs criards et cravate. Ses boucles châtains étaient particulièrement impressionnantes ce jour-là, les frisottis apportant un volume supplémentaire.

— Nous espérons que vous êtes prêts pour cette finale sensationnelle, où nous allons pouvoir admirer les superbes gâteaux représentant vos commerces respectifs ! (Il promena sur eux un regard avide, les mains encore jointes, comme s'il s'adressait à une classe d'écoliers.) Bon, j'imagine que ça risque d'être un peu éprouvant aujourd'hui, avec cette chaleur… (Il s'éventa le visage, théâtralement, en direction de la caméra.) Mais nous sommes sûrs que vous allez y arriver !

— J'espère que personne n'a prévu de crème glacée dans ses projets. Ça pourrait être compliqué…, ajouta Jonathan en se fendant d'un sourire étincelant.

Dwayne poussa Lucas du coude, et ils rirent dans leur barbe.

— Nous vous souhaitons bonne chance à tous, lança Laurette, et nous avons hâte de voir vos réalisations.

— À vos fourneaux ! dit Ronan en exécutant un grand geste de la main.

Lucas ignorait comment il pouvait être aussi guilleret alors qu'il portait un costume par cette chaleur.

Tous se ruèrent pour réunir leurs ingrédients et ustensiles dans le brouhaha maintenant habituel. Lucas mourait déjà de chaud, et les fours n'étaient même pas encore allumés ; il ne se sentait pas assez bien préparé. Il ouvrit une bouteille d'eau et en but une longue gorgée. N'auraient-ils pas dû installer un ventilateur ? C'était comme s'il était sur le point de passer un examen et que, malgré toutes ses révisions, il avait l'impression de n'avoir rien retenu.

Il prit une grande inspiration pour reprendre courage. Non, il allait y parvenir. Il songea à son père, qui serrait les dents, sombre mais stoïque, et aux plis d'inquiétude sur le visage de sa mère. Ces images lui donnèrent un coup de fouet, et il s'efforça d'ignorer la caméra qui se promenait autour de la pièce en se fixant sur chacun d'eux à tour de rôle – mais bien sûr, il dut répondre aux questions des juges comme d'habitude, ce qui arriva au moment où il passait son sucre glace au tamis pour sa pâte à sucre. Il s'agissait de Laurette, qui avait calé ses cheveux derrière ses oreilles pour ne pas les avoir dans la figure. Un voile de sueur s'était déposé au-dessus de sa lèvre supérieure, et son maquillage fondait à certains endroits.

— Qu'as-tu prévu aujourd'hui, Lucas ? Tu peux nous parler un peu de ton diorama ? lui demanda-t-elle en se penchant au-dessus de son poste.

— Je prépare une génoise vanille et chocolat, expliqua-t-il, avec une ganache – un mélange de chocolat noir et blanc, et de crème fraîche épaisse. Le gâteau en lui-même sera relativement élevé pour représenter l'ensemble du bâtiment du *Papatte Café*.

Elle émit un sifflement bas.

— Ça m'a l'air impressionnant.

— Je l'espère, approuva-t-il en dosant le reste des ingrédients pour sa pâte à sucre.

Dwayne l'aida à tout amalgamer soigneusement, puis à faire fondre le mélange sur feu doux – ce qui était déjà insoutenable dans la chaleur de la tente. Dwayne surveillerait la casserole pendant que Lucas commencerait la génoise, avant d'y ajouter le sucre glace tamisé.

Une fois que la pâte à sucre ressembla enfin à quelque chose et qu'ils l'eurent déroulée – suite à quoi il poussa un soupir de soulagement –, il la laissa reposer une heure et s'attela aux génoises ainsi qu'à la ganache. Ce faisant, il évita de regarder vers le poste de Clem, même quand il entendit les accents chantants de sa voix tandis qu'elle répondait aux questions des juges. Cette fois, il ne pouvait pas se permettre de se laisser distraire, pas comme lors des premières manches. Quand les génoises sortirent du four et que la ganache fut prête, il en étala d'épaisses couches sur le dessus, composant les strates de gâteau au fur et à mesure, jusqu'à obtenir ce qui ressemblait à une pile de pancakes. Il se servit de larges pailles pour maintenir le tout en place et en découpa le haut avec précision, avant d'ajouter un support en carton et d'y empiler d'autres couches de génoise et de chocolat.

Malgré tous ses efforts, son attention dériva vers Clem. Ses lèvres rouge carmin pincées par la concentration, elle travaillait avec du chocolat de modelage pour façonner un arbre avec, à côté d'elle, un bol rempli de Chamallows et de râpures blanches qui ressemblaient à des copeaux de noix de coco. Était-elle en train de former un cerisier, comme celui devant le café ? Une vive inquiétude l'assaillit soudain – Clem allait créer quelque chose de magnifique. Comment rivaliser ?

— Ne prête pas attention aux autres, lui conseilla Dwayne.

Lucas apportait la touche finale au sommet de sa tour pâtissière, qu'il lissait sur les côtés en aplatissant la ganache.

— Je sais.

Il travailla sur les décorations jusqu'à ce que la pâte à sucre blanche soit prête. Quand Dwayne l'aida à la déposer sur le gâteau, celui-ci ressemblait à un petit fantôme d'Halloween. Mais c'était sacrément pénible à mettre en place.

— Non, ça ne va pas, déclara Lucas, les dents serrées. C'est difforme. Relève un peu ce bout-là… Attends voir…

— Il ne faut pas qu'il y ait de bosses, approuva Dwayne tandis qu'ils recommençaient.

À la fin, le résultat était un peu bosselé quand même, mais ils ne pouvaient pas revenir en arrière à ce stade. Lucas essaya de l'aplanir du mieux qu'il le put à l'aide d'une spatule en plastique, tout en sachant qu'il ne pourrait vraisemblablement pas faire mieux.

Le reste du diorama s'avéra tout aussi ardu : mesurer méticuleusement les ouvertures sur la devanture du café, créer les petites fenêtres à l'aide de glaçage et les fixer avec de l'eau, modeler les marches de devant. Le façonnage de chaque pièce lui faisait l'effet d'une séance de torture. Tout devait être si précis, si délicat. Il jeta plusieurs décorations qui s'étaient soldées par un échec, et dut retenir une bordée de jurons quand la caméra lui passa devant et capta des bribes de sa souffrance. Il suait tellement qu'il dut s'arrêter régulièrement pour s'asperger le visage et se laver les mains. Le sentier pavé aussi s'avéra un vrai cauchemar à reconstituer, car il devait paraître naturel, mais ses premières tentatives ressemblaient plus aux efforts d'un enfant s'évertuant à tracer des cercles maladroits.

Initialement, il avait voulu créer une version miniature de Reina qui dansait autour du café, mais il se ravisa. Ériger une collection d'arbres avec des feuilles en papier comestible était déjà assez difficile comme ça, et il allait manquer de temps.

Une fois qu'il eut tout fini, ce fut comme s'il venait de courir un marathon ; ses habits étaient tellement trempés de sueur qu'il aurait pu passer pour un athlète. Il commençait à avoir mal au crâne, sa nuque l'élançait à force de se pencher sur son glaçage, et ses doigts étaient crispés par l'effort. Il avait tout donné. Il ne restait plus qu'à voir quelle serait la réaction des juges. Il but encore de l'eau, et en aspergea aussi sur son visage et son cou pour se rafraîchir.

— Le temps est écoulé ! lança Ronan en tapant dans ses mains pour attirer l'attention tandis que la caméra pivotait vers lui. Merci de tout arrêter.

Lucas sentit ses épaules s'affaisser. La création de Clem était posée sur le coin de son poste – il avait évité de la regarder pendant qu'il se concentrait sur son propre gâteau, sachant que son assurance en prendrait un coup. Et ce fut le cas.

C'était une splendeur. *Chatpuccino* était hyperréaliste, même si le gâteau en lui-même était assez petit et bien moins élevé que celui de Lucas, avec des fenêtres parfaitement glacées et décorées, l'auvent soigneusement coloré, le cerisier un amas rose de Chamallows et de ce qui semblait être de la noix de coco râpée. Elle était parvenue à ajouter des silhouettes de chats dans les fenêtres, peintes avec art. La façade en briques était constituée de lignes nettes et droites, et elle avait fabriqué un tableau noir sur lequel elle avait tracé le logo de l'établissement – un chat qui sortait la tête d'une tasse de café.

Face à elle, il n'avait aucune chance.

Il se pencha pour regarder plus loin, se dressa sur la pointe des pieds de sorte à voir ce qu'avait fait l'autre équipe : une représentation de leur pâtisserie, rose vif et débordant de personnalité, avec une recréation de leur van garé devant – mais le résultat n'était pas tout à fait aussi recherché que celui de Clem.

— Comme vous le savez, cette épreuve sera légèrement différente. Pour le bouquet final, nous allons juger vos créations dehors, devant un public bien plus important que d'habitude, leur expliqua Ronan. Merci donc de les apporter à l'extérieur, où nous discuterons ensemble de vos dioramas individuels. Nous vous renverrons alors dans la tente pendant que nous nous concerterons, que nous dégusterons, et que nous partagerons vos gâteaux avec les spectateurs. Enfin, nous annoncerons notre grand gagnant !

Ils sortirent tous avec leurs réalisations, Lucas tenant soigneusement la sienne dans ses mains et veillant à ne pas la lâcher. Une table oblongue était dressée, couverte d'une nappe en tissu sur laquelle ils posèrent leurs gâteaux, avant de s'aligner dans l'herbe derrière. La chaleur du soleil brûlait le crâne de Lucas, et il pria pour que ce soit bientôt fini, de sorte à pouvoir s'abriter.

Le public était assis en demi-cercle pour mieux voir – une série de visages, jeunes comme âgés ; certains tendaient le cou pour avoir un meilleur aperçu des présentations. Ils étaient à l'ombre d'une marquise, et Lucas repéra ses parents ; sa mère portait une jolie robe d'été à motifs de citrons et des sandales blanches, son père un haut vert à col tunisien et un bas de jogging sombre. Il remarqua que ce dernier tordait légèrement la bouche, ce qui aurait été imperceptible pour quelqu'un qui ne le connaissait pas. Il devait souffrir, mais tâcher de ne pas le montrer.

Il était venu malgré tout. Ils avaient amené Reina – Lucas n'avait pas voulu la laisser à la maison par si beau temps –, et elle était très sage, enroulée aux pieds de sa mère avec un bout de viande séchée.

Il fut agacé de constater que Georgina était là aussi, quelques rangées derrière eux, avec ses lunettes de soleil calées sur le crâne pour maintenir en arrière ses cheveux couleur miel. Il s'efforça de ne pas avoir l'air trop fâché, car la caméra ne cessait de revenir vers lui. Mais que faisait-elle là ? Il lui avait pourtant dit de ne pas venir ; mieux valait qu'elle garde ses distances. Elle n'avait pas intérêt à causer d'ennuis.

Ils écoutèrent la gérante de la pâtisserie expliquer en quoi consistait leur commerce et ce qu'elles avaient cherché à faire avec leur diorama rose. La caméra passa à Clem, qui agrippait fortement les pans de sa jupe.

— Tu pourrais me parler de ton diorama de *Chatpuccino*, Clem, et de la manière dont tu t'y es prise ? demanda Ronan.

— O-oui… Alors, c'est *Chatpuccino* au printemps, avec le cerisier en pleine floraison. (Elle montra l'arbre qu'elle avait construit, et sa voix s'affirma.) C'est fait en chocolat de modelage, et je me suis servie de Chamallows roulés dans de la noix de coco râpée pour les fleurs, expliqua-t-elle. Les sentiers devant sont en riz soufflé et en noix de coco. Le gâteau lui-même est à la vanille, fourré aux fraises et à la crème.

— Et qu'espérais-tu symboliser ? s'enquit Laurette.

Le public écoutait attentivement, tout comme Lucas. On n'entendait rien d'autre que le gazouillis des oiseaux dans les arbres et le bruissement de la brise qui lui rafraîchissait le crâne.

— Eh bien… Renaissance et nouveau départ. L'un des buts de Sylvie, avec *Chatpuccino*, est d'offrir une échappée aux pressions du quotidien. Un lieu où l'on puisse oublier ses tracas, ne serait-ce qu'un instant. Avec un peu de chance, quand vous ressortirez de *Chatpuccino*, vous vous sentirez comme neufs. Prêts à affronter tout ce que la vie vous réserve. Mais au-delà de ça… (Elle hésita, puis redressa le dos et poursuivit.) Moi aussi, j'y ai trouvé un refuge. Y travailler m'a permis de prendre confiance en moi, et c'est grâce au café que j'ai pu m'améliorer en tant que pâtissière. J'ignore si j'aurais pu y arriver sans Sylvie, sans tous les autres là-bas.

Il y eut un instant de silence, pendant que le public absorbait ses paroles. Malgré la chaleur, Lucas se sentait glacé de l'intérieur, et il remua les pieds dans l'herbe. Comment égaler ça ? En tant qu'entreprise, le *Papatte Café* représentait beaucoup à ses yeux et à ceux de Dwayne – pour eux, il s'agissait de l'accomplissement d'un but commun –, mais l'établissement ne portait pas de signification aussi profonde et intime que pour Clem. Ils avaient tous deux pataugé après l'université, avaient parlé d'ouvrir un café ensemble et de mettre leur expérience dans la restauration en pratique dans un domaine qui leur plaisait. Ça n'allait pas beaucoup plus loin que ça.

— De toute évidence, le café compte beaucoup pour toi, en conclut Ronan, et les juges à ses côtés hochèrent la tête. C'est visible dans la finition de tes décors. Les chats que tu as ajoutés dans les fenêtres sont une très jolie touche.

— C'est splendide, et nous avons hâte d'y goûter ! s'enthousiasma Viviana.

— Merci, dit Clem en baissant les yeux.

— Passons maintenant à vos rivaux, les chiens !

Ronan éclata de rire, et le public se joignit à lui. Comme à point nommé, Reina, qui mordillait son bout de viande séchée, leva la tête, aboya et remua furieusement la queue, son pelage brillant comme de l'or au soleil.

— On peut filmer le chien ? demanda Ronan au cameraman. Ce serait tellement parfait…

Il y eut une pause, pendant que la caméra captait quelques images de Reina. Quand l'objectif comme les spectateurs se retournèrent vers Lucas, il n'avait toujours aucune idée de ce qu'il allait pouvoir dire pour égaler le discours de Clem.

— Et qu'en est-il de ton gâteau, Lucas ? le questionna Ronan. Pourrais-tu nous expliquer comment tu l'as fabriqué, et ce qu'il signifie pour toi ?

Ce qu'il signifie pour toi. Il avait chaud au visage. Si ce gâteau avait du sens pour lui, ce n'était pas en raison du *Papatte Café*, mais parce qu'il voulait aider sa famille, son père. Il jeta un regard à ce dernier. Il lui adressa un sourire crispé malgré sa douleur, et son épouse lui prit la main. Il essayait de tenir le coup pour son fils.

Lucas se sentait aussi tendu que son père.

— C'est une génoise à la vanille, avec une ganache – un mélange de chocolat blanc, de chocolat noir et de crème fraîche épaisse, dit-il. Je me suis servi de pâte à sucre et de glaçage pour les décorations, comme les fenêtres, les portes et les autres petits détails.

— C'est vrai que c'est très minutieux ! commenta Viviana en s'approchant pour mieux voir.

— Quant à la signification…, commença Lucas.

Il hésita. Leur histoire ne lui appartenait pas. Pas avec tous ces spectateurs qui regardaient, et tous ces fans de *C'est ma fournée* si pressés de répandre la moindre rumeur sur internet. C'était déjà arrivé avec Clem, et il n'était pas sûr de vouloir que l'épisode se répète avec son père. Celui-ci était un homme fier. Il ne s'en remettrait jamais. Il était déjà assez dur comme ça de l'inciter à s'ouvrir à des professionnels de santé, et il détestait parler de ses douleurs.

Lucas inspira un grand coup et prit sa décision.

— Quand j'ai quitté la fac avec mon diplôme de cinéma en poche, je voulais devenir réalisateur. Mais ce n'est pas facile de percer dans ce milieu-là. J'ai fini par faire de la restauration événementielle avec Dwayne. (Les deux amis échangèrent un sourire.) Dwayne faisait des études de gestion – on s'est rencontrés à l'université. Bref, on a travaillé aux quatre coins du pays. On s'occupait des repas de mariage. De fêtes. D'entreprise. De GN – vous savez, les jeux de rôle grandeur nature ? On s'y amusait comme des fous, déguisés en pirates et en bandits.

Certains des spectateurs se mirent à rire, des murmures s'échangèrent entre ceux qui n'avaient probablement jamais entendu parler des GN et se demandaient en quoi ils consistaient. Ronan dut les réduire au silence.

Lucas eut un petit sourire avant de poursuivre.

— Tout ce dur travail – on devait bien pouvoir en faire quelque chose de plus. Au bout d'un moment, on a eu envie de rentrer chez nous et d'avoir une vie un peu plus stable, alors on a décidé d'ouvrir le *Papatte Café*, qui accueillerait également les chiens.

— Je vois. Donc, ce gâteau est une représentation de tous les efforts que vous avez dû déployer pour ouvrir votre commerce, peu après la fac ? Votre mentalité d'entrepreneur. Ça me plaît, déclara Ronan, qui hochait la tête. Moi aussi, j'ai lancé *Les douceurs de Ronan* alors que je venais de décrocher mon diplôme.

— Pas facile, de partir de rien – on sait ce que c'est ! ajouta Jonathan. Il me tarde de goûter !

— Merci, dit Lucas.

Son esprit toussotait comme un moteur défaillant. Cela voulait-il dire que son explication n'était pas tout à fait nulle ? Qu'il avait encore une chance de gagner ?

— Écoutez-moi, tous ! Les candidats vont regagner la tente pendant que les juges se concertent. Nous vous appellerons quand nous serons prêts à annoncer les résultats !

Lucas se retourna pour suivre les autres à l'intérieur. Il eut le temps d'apercevoir Georgina, qui avait quitté sa place au sein du public pour traverser la pelouse à gauche de la tente, ses cheveux lisses brillant au soleil.

Personne d'autre ne lui prêtait attention ; les spectateurs s'étaient mis à bavarder, et les juges se réunissaient pour couper les gâteaux et les déguster. Où allait-elle ?

Georgina disparut derrière la tente, loin des regards.

26

Il faisait encore terriblement chaud à l'intérieur de la tente, et les cheveux de Clem lui collaient au front. Ils étaient déjà là depuis cinq minutes, rien qu'eux trois – on avait demandé à leurs « moitiés » d'attendre dehors –, et ils patientaient dans un silence gêné. Clem ne savait pas quoi dire à Lucas et regrettait de ne pas se trouver avec sa mère, qui était assise parmi les spectateurs. Par chance, l'autre candidate, Dinah, était assez bavarde, et les complimentait tous les deux sur leurs réalisations. Ils se tenaient debout tout au fond de la tente, près du long plan de travail contenant le nécessaire à thé et à café, ainsi que des petites choses à manger. Clem attrapa quelques raisins pour calmer ses crampes d'estomac, ce qui eut pour effet de lui donner une légère nausée. Pendant que Dinah continuait de s'exprimer avec enthousiasme, Clem crut humer une odeur bizarre, comme quelque chose qui brûlait.

— Vous le sentez, vous aussi ? demanda-t-elle en reniflant encore.

— Quelqu'un a oublié d'éteindre son four ? demanda Dinah, qui s'approcha d'un des postes pour vérifier. On ne dirait pas. D'où vient cette odeur ?

Clem balaya la tente du regard, puis étouffa un cri. Des flammes léchaient le bas de la toile près du coin du long plan de travail, et elles montaient de plus en plus. Sans doute semblaient-elles encore petites, mais plus pour très longtemps.

— La tente est en feu ! s'affola-t-elle. Il faut qu'on parte avant que ça s'étende. Vite !

Dinah n'eut pas besoin qu'on le lui dise deux fois – elle hocha la tête et se précipita dehors, sûrement pour avertir les autres. Mais Lucas hésitait, et regardait autour de lui ; sans trop savoir pourquoi, Clem, qui le suivait, s'immobilisa à son tour. Prise de vertiges, elle sentait déjà la chaleur la gagner, intensifiant l'ardeur de la canicule.

— Qu'est-ce que tu…

— Est-ce qu'il y a un extincteur dans…

Ils n'eurent pas le loisir d'achever leur échange. Les flammes avançaient trop vite, s'élançaient le long des étagères et des rayonnages en faisant exploser des sacs de sucre et de farine. Clem poussa un cri d'effroi. L'incendie gagna rapidement les postes, les embrasant d'un feu orange vif qui consumait le bois et dévorait tout sur son passage.

Ils se trouvèrent séparés par les pics enflammés, et la tente se remplissait d'une épaisse fumée noire. Au loin, quelque part à l'extérieur de la tente, elle crut entendre Reina aboyer.

— Clem ! cria Lucas, la voix ponctuée de quintes de toux. Clem, est-ce que tu…

D'autres mini-explosions retentirent quand le feu saccagea les postes voisins et embrasa les ingrédients. Avec un cri de terreur, Clem recula en trébuchant pour s'éloigner alors que la fumée lui piquait les yeux et lui brûlait les poumons. Elle leva la tête en toussant – le plafond de toile était en train de *fondre*, de dégouliner comme du chocolat aqueux. Le poste derrière elle se consumait aussi.

Elle était en danger. La chaleur était cinglante. Il fallait qu'ils sortent de là avant que la tente ne s'effondre. Mais il était difficile d'avoir les idées claires ; elle était terrifiée, et sa peau la brûlait. Il lui semblait que toutes les issues étaient bloquées par le rugissement du feu.

Elle ne put réprimer sa toux, et celle-ci lui échappa brutalement, lui déchirant la poitrine. La panique vrilla en elle. Elle tâcha de trouver le moyen d'atteindre Lucas, ainsi que la sortie. Les aboiements de Reina se poursuivaient faiblement. Elle fut frappée par l'idée atroce qu'elle ne reverrait plus jamais la chienne, ni l'extérieur de la tente. Sa mère, Misha, ses collègues au café, Lucas…

— Clem… Je viens… Te…

Elle ne put entendre le reste de la phrase à cause du grondement du feu.

— Non ! suffoqua-t-elle.

Malgré sa terreur, elle savait qu'elle ne pouvait lui permettre de se mettre en danger pour elle – il devait sortir, sinon ils courraient un risque tous les deux.

Toute sa raison l'avait quittée pour céder à ses peurs. Elle ne cessait de tousser. Elle n'arrivait plus à respirer, et c'était horrible. Elle s'imagina s'écrouler là, sur place, le plafond fondu de la tente et tout le reste s'effondrant sur elle, et expulsant le peu d'air encore contenu dans ses poumons. Quand on finirait par la trouver, elle ne respirerait plus. Certes, la plupart de ses peurs irrationnelles étaient sans fondement, ce qui pouvait s'avérer un réconfort, mais cette fois, tout était bien réel ; à cet instant, son catastrophisme paraissait légitime.

— Clem ! Baisse-toi… D'accord ? Et avance… vite !

La voix de Lucas perça ses pensées.

— Reste baissée ! gronda-t-il.

Clem s'accroupit, le plus près possible du sol. Elle était incapable de se calmer, mais du moins les paroles de Lucas l'atteignaient-elles malgré sa terreur. Il lui disait quoi faire. Elle souleva l'ourlet de sa robe et le plaqua sur sa bouche histoire de réduire la quantité de fumée qu'elle inhalait. *Il faut sortir il faut sortir il faut…* Les yeux plissés, elle regarda des deux côtés. L'espace à gauche des postes de cuisine n'avait pas encore été touché par les flammes, et elle se dépêcha de franchir le mur de fumée. Il y eut un gros fracas, un martèlement lorsqu'elle s'avança, et une nouvelle vague de panique monta en elle. Encore des débris ?

— Clem ! Je… J'arrive…

La voix de Lucas se faisait plus nette à mesure que Clem s'approchait de lui, les yeux mouillés de larmes, et sa grande silhouette surgit de la fumée. Il flanquait de violents coups de pied dans les vestiges – placards, tiroirs et étagères effondrés – pour les écarter. Il pressait son T-shirt sur son nez, exhibant son ventre.

Il leur dégageait le chemin.

Lucas leva les yeux, la vit, et lui fit signe de venir. Clem courut vers lui, et n'avait jamais été aussi heureuse de se blottir dans les bras de quelqu'un. Elle lâcha un sanglot étranglé.

Il l'attira à lui et la guida vers la sortie, tous deux accroupis, tâchant d'éviter la fumée.

— Tout va bien ! dit-il d'une voix rauque. Reste baissée, on y est presque…

Ils longèrent la partie de la tente relativement épargnée, tandis que sur leur droite les flammes continuaient à flamber, mais il leur avait frayé un passage en poussant certains des rayonnages sur le côté – la sortie et le soleil devenaient visibles, un cube de lumière devant eux. Ils allaient y arriver !

Lucas la tira derrière lui, et ils émergèrent dans le jour pendant que Clem toussait et crachotait.

Aussitôt, d'autres mains furent sur elle, sur Lucas, les éloignant vivement de la tente. Clem était étourdie par tant d'animation, tant de clarté après avoir été plongée dans la fumée noire. Elle était incapable de parler, de réfléchir. Elle tremblait de tout son être. Lucas la tint fort contre lui, un bras enroulé autour de ses épaules pour la stabiliser.

— Ils sont sortis ! cria-t-on. Emmenez-les là-bas avec les autres, près de l'entrée du château ! L'incendie va gagner le champ et les arbres !

Autour de Clem, tout était flou – à cause du soleil, ou de la fumée qu'elle venait de traverser, elle n'aurait su le dire –, et elle n'arrivait pas à distinguer le visage de la personne qui parlait. La chaleur à l'extérieur était déconcertante, comme si elle était encore entourée de flammes. La tête lui tournait, et le monde tanguait. Mais Lucas la tint serrée dans ses bras tandis qu'on les guidait le long de la route, loin de la tente ravagée.

*

Ce n'était pas l'apothéose à laquelle Lucas s'était attendu. Cet incident l'avait secoué. Une pierre s'était logée dans le creux de son estomac. Il avait vu Georgina disparaître à l'arrière de la tente avant que tout ne s'embrase. Avait-elle déclenché ce feu à dessein ? Dès que cette pensée traversa son esprit, il la chassa, rongé par la culpabilité. Impossible. C'était idiot de sa part ; Georgina n'aurait pas voulu gâcher cette occasion pour lui, même s'il ne partageait pas ses sentiments. Et elle n'aurait jamais agi de manière aussi imprudente et dangereuse, elle n'était pas puérile à ce point. Non, quelque chose avait simplement dû prendre feu par cette chaleur.

Lorsqu'il tendit le cou pour regarder au-delà de la foule, il ne trouva aucune trace de Georgina. Pompiers et ambulanciers couraient de partout, et des secouristes se précipitèrent vers lui et Clem, qui n'avait pas cessé de trembler depuis qu'ils avaient quitté la tente. Il continuait à lui agripper les épaules, craignant qu'elle ne flanche s'il la lâchait.

Les parents de Lucas se précipitèrent aussi vers eux, sa mère en larmes l'enveloppant dans une étreinte, pendant que son père la suivait d'un pas plus lent et que, blême, il serrait l'épaule de son fils. Une autre femme se jeta sur Clem et l'étreignit contre son cœur – sa mère, devina-t-il. Ils ne s'éloignèrent que quand les secouristes leur dirent doucement que les deux jeunes gens devaient être examinés.

L'incendie fut maîtrisé, et ne s'étendit pas aux bois alentour. Après avoir été auscultés, Lucas et Clem furent aussitôt envoyés à l'hôpital pour vérifier qu'ils n'avaient pas inhalé trop de fumée, tandis que leurs parents les suivaient en voiture.

On vérifia leurs voies respiratoires, et on leur colla des masques sur le visage. Dans l'ambulance, on les mit en intraveineuse. Le respirateur de Lucas lui donnait chaud, lui pressait sur la peau, mais l'oxygène qu'on lui administrait le soulagea, et il s'abandonna à cette sensation. Quand il serra la main de Clem dans la sienne – car elle était pétrifiée, et grise comme la pierre –, elle ne le lâcha pas. Il sentit sa main frémir, et entremêla ses doigts aux siens.

Une fois à l'hôpital, où ils furent séparés pendant qu'on réalisait d'autres examens, il ne cessa de songer au visage paniqué de Clem, englouti par la fumée comme par le souffle épais et capiteux d'un monstre. La tente tout entière aurait pu s'effondrer sur elle. Elle aurait pu mourir.

Il ne l'aurait plus jamais revue.

Était-ce l'intention de Georgina depuis le début ? Rien que d'y penser, il en était malade. Certes, elle semblait incapable de se résoudre à renoncer, mais aurait-elle pu aller jusque-là ?

En quittant l'hôpital – il avait essayé de trouver Clem, mais elle lui avait écrit que sa mère la ramenait à la maison –, il lui envoya un message.

Je t'ai vue aller derrière la tente, Georgina. Il faut qu'on parle.

Elle vit le message, mais ne répondit pas. Ses soupçons le piquèrent comme des épines. Avait-elle vraiment joué un rôle dans cette histoire ? À force d'y songer, ses doutes s'amplifièrent, jusqu'à prendre toute la place.

Pourquoi s'était-il démené à ce point pour éviter Clem ? Il aurait pu se battre à la fois pour elle et pour sa famille. Il avait été tellement persuadé que toute relation en dehors de celles avec sa famille ne serait qu'une distraction qu'il n'avait pas tenu compte de la vraie nature de ses sentiments pour elle. Et si quelque chose lui était arrivé, il l'aurait regretté à tout jamais.

Ses inquiétudes s'étaient envolées comme de la fumée, car il avait pris conscience de ce qu'il aurait dû savoir depuis le début. Si on tient à quelqu'un, cela vaut la peine de s'y accrocher. La vie est trop courte. Et en conservant son amitié avec Georgina, il s'était cramponné à une relation toxique.

*

Le lendemain de l'incendie, Lucas était chez lui, et le café qu'il venait de préparer emplissait la maison de la puissante odeur des grains aromatiques. Dans le chaos qui avait suivi, aucun vainqueur n'avait été annoncé. En effervescence, internet ne parlait que de la tente en flammes et de ce qui avait pu en être la cause – et aussi du fait que le responsable devrait être puni par la justice. On exigeait également de connaître le nom du gagnant.

Depuis l'incendie, l'idée d'une victoire ne lui faisait plus le même effet. Il versa le café chaud et fumant dans une tasse, et y ajouta du lait et du sucre. Il ne savait plus qu'en penser. Son envie irrépressible de gagner s'était éteinte, remplacée par de la torpeur. C'était sans doute tout simplement dû à ce qui lui était arrivé. Quoi qu'il en soit, il ne pouvait pas tout contrôler, et il en avait assez, assez de s'obstiner. Et assez de cette toux, provoquée par la fumée qu'il avait inhalée – il avait mal dormi, même si les médecins lui avaient conseillé du repos. La toux l'avait tenu éveillé, et sa poitrine était douloureuse.

On frappa à la porte. De manière hésitante.

L'espace d'un instant, il crut qu'il s'agissait de Clem et l'espoir revint. Mais il se rappela qu'il avait demandé à Georgina de passer le voir.

Reina se mit à aboyer et à bondir dans le couloir ; Lucas entendit ses griffes racler le plancher. Laissant la cafetière gargouiller, il alla ouvrir. Reina dansait autour de ses chevilles en remuant sa queue touffue et en tirant sa langue rose.

— Couchée, Reina, dit-il en étouffant une nouvelle quinte de toux pendant que la chienne essayait de sauter et manquait de le faire basculer en arrière. Du calme.

Une fois que Reina se fut un peu maîtrisée, il ouvrit la porte.

Georgina se tenait sur le seuil, nettement moins impeccable et étincelante que d'habitude. Ses cheveux étaient ramassés en une queue-de-cheval désordonnée, avec des bosses qui dépassaient sur le côté, et sa robe en jean était froissée. Des cernes bleuâtres lui entouraient les yeux ; elle n'avait pas dû dormir. Elle ne portait à la main que son téléphone et ses clés de voiture.

— Dwayne n'est pas là, si ? demanda-t-elle.

Sa voix était tendue, étranglée par la panique.

Lucas tint Reina par le collier pour l'empêcher de se jeter sur Georgina.

— *Non*, Reina, la gronda-t-il, en toussant de plus belle. Et Dwayne est au travail, comme je te l'ai dit, ajouta-t-il d'une voix un peu éraillée. Toute la journée.

Ils étaient convenu que Lucas resterait en arrêt maladie le temps de récupérer – il avait parlé au docteur ce matin-là, qui avait confirmé que c'était une bonne idée. S'il prenait soin de lui et qu'il n'y avait pas d'autres complications, il serait de retour au *Papatte Café* d'ici une ou deux semaines. Clem aussi avait pris un congé – elle le lui avait appris par message la veille –, même si elle s'en voulait de laisser *Chatpuccino* avec une réserve limitée de pâtisseries.

— Entre, dit-il d'un ton pincé en s'effaçant.

Quand Georgina pénétra dans le couloir, il referma derrière elle et la guida vers la cuisine. Reina frétillait à leurs côtés en remuant vigoureusement la queue.

Il faisait plus sombre, car le soleil de la veille avait cédé au gris, l'air humide et moite laissant présager l'orage à venir. De gros nuages noirs traversaient le ciel.

— Tu en veux ? proposa-t-il en désignant la cafetière où le café coulait encore.

— D'accord… merci, répondit Georgina.

Lorsqu'il s'affaira, elle sursauta, comme un lapin dans les phares d'une voiture. Il se rappelait comment elle buvait son café. Avec du lait, du sucre – mais pas du vrai, de l'édulcorant. Dans son dos, elle tordait ses clés de voiture dans sa main, les faisant cliqueter. Il regarda derrière lui. Reina vint les renifler, intriguée, et elle caressa la chienne sur la tête.

— C'était un accident, lâcha-t-elle soudain.

Lucas faillit renverser la tasse de café qu'il venait de remplir, manquant de se brûler la main.

— *Quoi ?* dit-il en se retournant vers elle, bouche bée. C'était donc bien toi ! Georgina – je veux dire, Genie –, est-ce que tu te rends compte que…

— Je ne l'ai pas fait exprès ! s'écria-t-elle, larmoyante.

Elle serra ses clés dans sa paume, et ses jointures blanchirent. Reina gémit et lui lécha les mains.

— Je suis allée fumer une cigarette, j'ai voulu faire vite, le temps que les juges délibèrent…

— Du coup, quoi ? Tu as jeté un mégot *allumé* dans l'herbe sèche ? En pleine canicule ? Tu es bête ou quoi ?

Son silence était évocateur. C'était précisément ce qu'elle avait fait. Il eut un rire incrédule, même si cela n'avait rien de drôle. La tête penchée sur le côté, Reina les regardait à tour de rôle, sentant que quelque chose clochait entre ces deux humains.

— Tu en as parlé à quelqu'un d'autre ? demanda-t-il.

Il avait délaissé le café sur le plan de travail. Il toussa, se frotta le torse pour soulager la douleur.

— Non, je…

— Tu le devrais…

— Lucas, je pourrais m'attirer de sérieux ennuis ! Ce n'était pas volontaire ! Ma vie est déjà assez désastreuse comme ça – j'ai du mal à joindre les deux bouts à Londres, je gâche mes chances avec toi…

— Écoute, l'interrompit-il, la voix enrouée, à la fois par la toux et par l'agacement. Il faut que ça s'arrête. Je t'ai dit que je n'étais pas intéressé. Je pensais que tu l'avais compris, que tu avais tourné la page et que tu t'étais trouvé quelqu'un à Londres. Mais voilà que tu reviens déterrer le passé. Et t'en prendre à Clem.

Georgina fronça les sourcils.

— Je lui avais dit qu'il y avait un type qui me plaisait, que c'était le cas depuis des années ! Elle savait que c'était toi, et elle t'a parlé quand même…

— Qu'est-ce que tu en sais ? Elle te l'a avoué, ou c'est toi qui l'as inventé pour justifier ton comportement puéril ?

Une fois de plus, elle sombra dans le silence, car elle n'avait rien à répliquer. Lucas inspira à pleins poumons en tâchant de ne pas tousser. Reina traîna ses pattes vers lui pour enfouir le museau dans sa main, et il lui frotta le coin de la tête.

— C'était toi, pas vrai ? lâcha-t-il brusquement. Toi qui as partagé la vidéo de Clem, à l'époque de la fac ? Pour la ridiculiser ? Pourquoi tu l'as filmée, au juste ? Qu'est-ce qui t'a pris de lui infliger ça ? C'était cruel.

— Je te l'ai déjà dit ! Je lui avais confié qu'il y avait un type du bar étudiant qui me plaisait, et elle…

— « Un type. » Mais tu ne lui as jamais précisé mon nom ? Elle n'a pas su que c'était le même qu'elle avait rencontré à la bibliothèque ?

Georgina pinça les lèvres, et il eut sa réponse.

— Tu sais quoi ? reprit Lucas. Il faut que tu grandisses. Je pensais que Londres t'aurait mis du plomb dans la cervelle, mais tu te comportes toujours en gamine gâtée, comme si on était encore au lycée ou je ne sais quoi. On a *vingt-neuf ans.* Je n'ai pas besoin de ces conneries.

— C-comment ça ? demanda-t-elle en clignant des yeux. On est amis depuis l'enfance, Lukey…

— Ne m'appelle pas comme ça. C'est fini entre nous.

— Fini… ?

— Oui, fini. Tu peux boire ce café si tu veux, mais après, je veux que tu partes.

Il s'approcha du frigo pour en sortir du lait, en versa dans la tasse avec un minimum d'effort, et y mit une sucrette. C'était éprouvant pour lui d'avoir dit tout ça, et cette douleur venait s'ajouter à celles provoquées par la fumée. Mais il aurait dû le faire depuis longtemps.

— Je ne peux plus faire partie de ta vie, et je ne veux plus de toi dans la mienne.

— Lukey, je t'en supplie…

— Arrête.

Quelque chose dans sa voix, dans ses yeux, dut faire clairement comprendre à Georgina qu'il était sérieux. Il s'était cramponné à leur amitié, car elle s'était inscrite dans la durée – Georgina était à ses côtés depuis qu'il était petit, cela s'était poursuivi jusqu'à l'âge adulte, et il avait cru que c'était le genre de choses dont on ne devait pas se séparer. À présent, il comprenait qu'il s'était fait avoir par cette illusion d'immuabilité, et qu'il avait rechigné à lâcher prise parce qu'elle avait été constamment présente dans sa vie, qu'il s'était toujours attendu à ce qu'elle soit là. Lorsqu'elle était partie à Londres, il avait espéré que les choses finiraient par s'estomper – avec le temps. Il aurait dû y voir le signe de la fin de leur amitié. Il ne pouvait pas rester ami avec quelqu'un qui ne respectait pas ses limites. Non, c'était non ; il n'était pas question qu'il change d'avis. Jamais il ne pourrait l'aimer comme elle le souhaitait. Il ignorait comment le lui faire comprendre autrement.

Malgré sa détermination, il ne put s'empêcher de s'en vouloir – désormais, les larmes coulaient librement sur les joues de Georgina. Il farfouilla dans un placard pour en sortir un paquet de mouchoirs et il lui en offrit un.

— Merci, dit-elle en reniflant et en se tamponnant le visage.

Reina s'approcha encore d'elle, s'assit à ses pieds et fourra sa truffe humide contre sa jambe.

— Bois ton café et reste un peu avec Reina – elle va te réconforter, dit-il, avec plus de douceur cette fois. Et après, je pense qu'il vaut mieux que tu partes.

Avec un hochement de tête, elle s'avança et prit le café entre ses doigts tremblants. Toutes sortes de paroles inexprimées flottaient dans l'air – l'incendie, ce qu'elle avait fait. Il ignorait si elle allait en parler à quelqu'un ; il savait que c'était la chose à faire. Ce que dictait la sagesse. Elle devait assumer la responsabilité de ses actes. Ce qu'elle n'avait jamais vraiment su faire.

— J'espère que tu feras ce qu'il faut, déclara-t-il, avant de quitter la cuisine.

*

Lorsqu'il redescendit une demi-heure plus tard, Georgina était partie, et Reina se blottissait dans son panier près de la porte du fond, la truffe entre les pattes. Elle leva la tête et remua la queue en apercevant Lucas, avant de replonger dans son sommeil.

Son téléphone vibra sur le plan de travail – il l'avait laissé là plus tôt. C'était un message de Clem.

Tu as lu le mail ? Celui des juges ?

Il fronça les sourcils, la poitrine un peu douloureuse. Un mail des juges, déjà ? Avaient-ils annoncé le nom du vainqueur ? Il ouvrit sa boîte de réception et en parcourut le contenu.

Il ne s'agissait pas d'une annonce, mais d'une invitation. Il la lut jusqu'au bout, puis répondit à Clem.

Lucas : Je viens de le lire. Je suis surpris qu'ils veuillent encore nous filmer.

Clem : Pas moi. C'est ce que tout le monde veut, et c'est la seule manière d'avoir une fin qui plaira à tous, public compris. S'ils ne le font pas, ils n'auront rien à montrer

Lucas : Même avec la merde dans laquelle ils sont, à cause de l'incendie ? Plein de gens sont furax

Clem : Je sais

Clem : J'espère qu'on saura bientôt qui en est à l'origine. J'ai de la peine pour les juges. Au moins, ce tournage devrait être assez relax. Tu penses y aller ?

Lucas se servit une autre tasse de café et en but une gorgée en soupirant – il avait atteint le parfait mélange de café et de lait. Une quinte de toux s'ensuivit. Tous deux étaient en convalescence, mais le tournage était prévu quelques semaines plus tard. Ils seraient d'attaque à ce moment-là. Pendant qu'il pianotait sur le plan de travail, son téléphone vibra encore dans sa main.

Clem : Je pense qu'on devrait s'y rendre. Il vaut mieux aller jusqu'au bout, après tout ce qu'on a traversé

Il ne l'avait pas revue depuis ce jour à l'hôpital, même s'il lui avait écrit pour s'assurer qu'elle allait bien après les analyses de sang, les radios des poumons et tout le reste. On leur avait conseillé de surveiller leur respiration, en précisant qu'ils risquaient encore de tousser et de manquer de souffle, peut-être même d'avoir des douleurs, pendant leur processus de guérison. Il lui répondit.

Lucas : J'y vais si tu me promets de te reposer et de dormir. Et si jamais tu constates les drôles de symptômes dont ils nous ont parlé à l'hôpital, va chez le docteur, d'accord ?

Clem : Bien sûr. Pareil pour toi
Lucas : OK. Tu vas bien ?
Clem : Je crois que oui
Lucas : Tu avais l'air secouée. Ça m'a inquiété
Clem : Je l'étais

L'écran afficha un « est en train d'écrire… », mais Clem dut décider de ne rien expédier, car il disparut. Cinq minutes plus tard, un autre message surgit.

Clem : Comment tu te sens aujourd'hui ?
Lucas : Très bien. Le café guérit tout, pas vrai ?

Elle lui envoya un GIF d'un chat nageant dans une tasse de café.

Il préféra ne pas lui parler de Georgina. Ce n'était pas qu'il cherchait à la protéger, mais plutôt qu'il ne voulait pas blesser Clem. Si Georgina prenait la bonne décision, Clem finirait par l'apprendre. Et sinon, Lucas ignorait ce qu'il ferait – irait-il voir la police ? Le pouvait-il, seulement ? Si on le questionnait au sujet de l'incendie, il savait pertinemment qu'il serait incapable de mentir pour elle.

Lucas : Il faudrait qu'on parle, aussi. En face à face
Clem : Je le pense aussi
Lucas : Tu es dispo dans les jours qui viennent ?

Une fois de plus, un « est en train d'écrire… » apparut à l'écran. Et disparut aussi sec. Il patienta, but son café, vida la moitié de sa tasse, et puis elle répondit.

Clem : Je pense qu'on devrait se retrouver après le tournage, quand on ira mieux.

Lucas éprouva une pointe de déception. Il avait espéré la voir plus tôt – à sa grande surprise, l'idée de passer plusieurs semaines sans elle lui rendait le monde un peu plus terne, comme s'il n'y avait rien de particulier à en attendre. Mais il ne voulait pas se montrer insistant, pas quand ils avaient tous les deux besoin de récupérer. Elle avait raison, ils avaient traversé bien des épreuves.

Lucas : Oui, bien sûr

Clem : Parfait. Que le meilleur chien (ou chat) gagne ☺

27

Le soleil était radieux quand Clem arriva à l'hôtel pour connaître les résultats avec Sylvie. Il ne faisait pas tout à fait aussi chaud que le jour de l'incendie, mais les températures restaient élevées. Alors qu'elles marchaient vers l'entrée – en empruntant le même chemin que la fois où elle était tombée sur Lucas quelques mois plus tôt, juste avant le casting –, elle emplit ses poumons de l'air frais de l'été. Elle allait beaucoup mieux, et elle se réjouissait d'avoir enfin cessé de tousser, mais éprouvait un sentiment persistant de malaise, comme si les événements récents ne l'avaient pas entièrement quittée. Ses nuits étaient agitées.

Le ciel était une toile bleu pâle rayée de traits de craie blanche, et un avion qui passait dessina une longue strie au travers. Il faisait bon, et elle avait choisi une robe d'été toute simple. Des accessoires à motifs de chats brillaient au soleil autour de ses poignets et de son cou. Sylvie aussi s'était parée de petits félins pour lui porter chance – son chignon était fixé par une barrette de chat étincelante, et ses chaussures plates arboraient deux visages rouges de matous enjoués.

Elle sourit à Clem alors qu'elles s'approchaient de l'accueil et pénétraient dans l'espace climatisé.

— Souviens-toi, dit-elle. Qu'on gagne ou qu'on perde, je suis fière de toi. D'accord ?

Clem lui rendit son sourire.

— Je sais.

Ils se retrouvèrent dans la même salle que lors du casting, rafraîchie par l'air conditionné. Pas de postes ce jour-là, rien que la scène et le podium. L'équipe de *C'est ma fournée* avait, bien sûr, apporté les trophées pour les première, deuxième et troisième places, et ils scintillaient sur une table au milieu de la scène.

Déjà présents, les juges circulaient de-ci de-là avec l'équipe de tournage. Viviana se faisait poudrer le visage et Jonathan pianotait sur son téléphone en discutant avec Laurette.

— Ah, vous êtes là ! s'exclama Ronan.

Une femme lui arrangeait les boucles. Il sourit et la chassa avec bonhomie. Lorsqu'il se tourna vers Sylvie et Clem, celle-ci trouva son sourire tendu et, sous les couches de maquillage, elle discerna des cernes grisâtres.

— J'espère que tu vas bien ? demanda-t-il à Clem.

— Très bien, merci, répondit-elle. Il n'y a pas eu de séquelles.

— C'est affreux, ce qui s'est passé. Ça n'aurait pas dû arriver. Je ne pourrai jamais m'excuser assez…

Il se gratta la tête. Même ses vêtements étaient moins ensoleillés, moins soignés. Il portait un costume gris, et l'unique touche de couleur était sa cravate rose pastel.

— Ce n'était pas votre faute, protesta Clem.

Elle savait ce qu'il ressentait – il semblait aussi affligé qu'elle l'avait été après coup. Il s'apprêta à répliquer, mais des pas résonnèrent derrière Clem et Sylvie. Lucas, Dwayne, Dinah et son associée venaient d'arriver. Clem se retourna ; elle n'avait pas revu Lucas depuis le jour où on les avait emmenés à l'hôpital. Elle s'était essentiellement reposée à la maison en compagnie de Misha.

Elle fut soulagée de constater qu'il avait l'air bien – et même plus que ça. Il était beau comme tout. Il avait bonne mine, comme si sa pâleur avait pris une teinte légèrement cuivrée au soleil, et ses cheveux étaient balayés derrière ses oreilles. Il portait un T-shirt bleu marine et un jean sombre. Elle eut envie de courir vers lui, de se pendre à son cou et de ne plus jamais le lâcher, de couvrir ses joues de baisers. Cela faisait-il vraiment si peu de temps qu'ils ne s'étaient pas vus ? Il lui avait sauvé la vie. Comment pourrait-elle le remercier ?

Les juges leur demandèrent de s'aligner devant la scène, positionnés sur des X blancs tracés sur la moquette à l'aide de ruban adhésif. C'était bien moins grandiose que ce qui avait été prévu avant l'incendie. Il n'y avait aucun spectateur, aucun parent qui attendait dans le public avec impatience. Sans doute Ronan avait-il pensé qu'il valait mieux donner dans la sobriété ? Même si les fans de *C'est ma fournée* voulaient les résultats, nombre d'entre eux blâmaient l'équipe du concours pour ce qui était arrivé. Un final plus excessif aurait risqué de nuire à sa réputation.

Quand les caméras se mirent à filmer et que les juges s'alignèrent sur scène, Ronan regarda autour de lui avec un sourire en demi-teinte.

— Bienvenue ! lança-t-il. Je suis ravi que vous soyez tous là, et que Clem et Lucas en particulier soient en bonne santé. (Il se racla la gorge.) Comme vous le savez, une enquête est en cours pour comprendre ce qui s'est passé dans cette tente – et nous espérons que la personne en cause sera tenue pour responsable.

Il poursuivit quelques minutes en expliquant combien la sécurité des candidats passait avant tout, et que *C'est ma fournée* le prenait très au sérieux.

— Mais passons à ce que nous attendons tous – le nom du gagnant ! Nous n'allons pas prolonger votre attente.

Ce qui ne l'empêcha pas de laisser un silence avant de continuer.

— Dinah, tes gâteaux ont toujours été réalisés avec art, et tout à fait savoureux. Les juges ont été très impressionnés par ton usage de la couleur pour recréer votre pâtisserie – ces superbes tons de rose ! – et la dextérité avec laquelle tu es parvenue à fabriquer une version miniature de votre van.

— Les détails étaient magnifiques, intervint Viviana.

— Cela dit, nous avons trouvé le gâteau un peu sec cette fois-ci, poursuivit Ronan. Il aurait pu être plus moelleux. Nous vous décernons la troisième place.

Dinah hocha la tête, les épaules légèrement voûtées. Les juges applaudirent, l'invitant à monter sur scène avec son associée pour récupérer le trophée de la troisième place, qui était assez petit pour tenir dans une main. Ils lui remirent aussi un panier garni, enveloppé dans un gros ruban en plastique rouge et brillant.

— Certains de vos ingrédients et friandises préférés, leur dit Jonathan avec un clin d'œil. Merci pour tout ce beau travail !

Une fois que Dinah et sa coéquipière eurent accepté le prix, certains des membres de l'équipe les entraînèrent vers le côté de la salle pour assister à la suite. Clem sentait son cœur battre dans sa gorge. Elle jeta un coup d'œil à Lucas, qui avait fourré les mains dans les poches de son jean. Ses mâchoires étaient crispées mais, sinon, son expression restait indéchiffrable. Dwayne aussi semblait calme, les bras croisés sur son large torse.

Loin d'être grisée par la perspective de gagner, Clem éprouvait un léger malaise. Pourquoi, au juste, avait-elle envie de décrocher cette victoire ? Elle s'était dit qu'il lui fallait cet argent, pour se prendre un logement. Ce qui était faux. Elle s'était trouvé des excuses pendant si longtemps parce qu'elle avait peur. Et sa mère avait raison, elle avait toujours eu tout ce dont elle avait besoin. Il lui avait seulement fallu prendre confiance en elle, et comprendre qu'elle était capable d'affronter tout ce que la vie lui réservait, même si elle n'en avait pas toujours l'impression.

— Lucas, ta reconstitution du *Papatte Café* était de la vraie dentelle. Nous avons vu tes compétences s'affirmer au cours de ce concours – tu as travaillé dur. Surtout quand on voit la finition de ces décors.

— Et le gâteau était franchement délicieux, déclara Laurette, les bras croisés. On a toujours su que ce n'était pourtant pas ton fort, tu l'as même précisé lors de ton inscription, mais le résultat était plus que convaincant. Il y a de quoi être fier.

— Le choix a été très difficile pour nous, avoua Ronan, et Viviana et Laurette approuvèrent d'un signe de tête. Sûrement le résultat le plus serré de toute l'histoire de *C'est ma fournée*. (Il marqua une pause théâtrale.) Seulement, celui de Clem était un tout petit peu plus soigné et accompli, et nous avons eu une préférence pour la représentation de *Chatpuccino*…

Lucas, nous te décernons donc la deuxième place. Bravo au *Papatte Café* !

La bouffée d'excitation à l'idée qu'elle ait *gagné* – qu'elle soit allée aussi loin – manqua de la faire tomber par terre. Quand elle se tourna vers Lucas, elle ne vit aucun changement dans sa manière d'être alors que, suivi de Dwayne, il montait sur scène pour accepter son trophée. Il s'en empara, inondé de la lumière des projecteurs, et Dwayne prit le panier garni en serrant la main de Ronan et des autres juges. Lucas souriait, mais ses lèvres se relevaient à peine aux commissures. Il pressait la coupe trop fort dans ses mains, à tel point qu'on voyait les stries de ses jointures. Il quitta précipitamment la scène, guidé sur le côté par l'un des membres de l'équipe.

— Ce qui veut dire que… Nous avons notre vainqueur ! Félicitations, *Chatpuccino* !

Les juges applaudissaient, lui faisaient signe de monter sur scène avec Sylvie. Elle trébucha devant la caméra qui saisissait chacun de ses gestes, et le sourire qui lui mangeait le visage était tellement large qu'elle en avait les joues douloureuses. Elle s'était prouvé à elle-même qu'elle en était capable. Elle avait réussi, malgré toutes ses erreurs, ses doutes et ses peurs. Certes, elle n'avait pas eu le cran suffisant pour s'inscrire elle-même à ce concours, mais voilà jusqu'où elle était arrivée. Quelqu'un – de l'équipe de *C'est ma fournée*, sûrement – jeta des confettis sur elle, aussi roses que le cerisier devant *Chatpuccino* au printemps, comme celui qu'elle avait confectionné à l'aide de guimauve et de noix de coco.

Le trophée de la première place était le plus gros. Les juges lui tapotaient l'épaule, la félicitaient. Elle les remercia, le tout dans un flou d'euphorie.

Et puis, Lucas fut à côté d'elle. Le sourire qu'elle affichait se figea sur son visage, et l'objectif de la caméra se focalisa sur eux dès que l'équipe de *C'est ma fournée* comprit ce qui se passait. Clem avait la bouche sèche, les paumes moites. Elle pria pour ne pas lâcher son trophée, et le brandit de plus en plus haut, le serrant de plus belle. Qu'allait-il dire ? Elle savait combien il avait convoité cette victoire, mais elle avait tellement l'impression de l'avoir méritée. Impossible de ne pas se réjouir. En même temps, l'inquiétude qu'elle éprouvait pour Lucas ternissait l'instant.

Au début, il resta muet. Il se contenta de lui sourire et de poser une main sur son épaule, de la serrer, et la chaleur de sa paume la traversa de part en part. Là-haut, sur cette scène, son profil se dessinait dans la lumière, et la teinte sombre de ses cheveux et de ses sourcils apportait un contraste saisissant.

— Clem, dit-il d'une voix rauque. Félicitations, je savais que tu y arriverais ! Ce diorama était une œuvre d'art. Et on a enfin un gagnant dans la bataille des chats contre les chiens.

Malgré la fierté qui l'envahit à ces mots, Clem vit la déception dans les épaules voûtées de Lucas. Une mèche de cheveux sombres lui tombait sur le front. Elle eut envie de tendre le bras pour la lisser en arrière, de lui dire que tout allait bien se passer – qu'ils trouveraient le moyen d'aider sa famille. Mais elle ne le pouvait pas. Le trophée était encore dans ses mains, et Sylvie s'était remise à parler, cette fois à Dwayne, qui avait rejoint Lucas sur scène. Les juges s'approchèrent tous à la fois, dans un tourbillon de commentaires.

Quand les caméras s'éteignirent enfin, ils continuèrent à bavarder, à lui dire quelle chance en or s'offrait à elle, malgré l'incendie, lui expliquant tout ce que leurs gagnants précédents en avaient retiré. Livres de cuisine, rubriques de journaux et apparitions télévisées. Elle hochait la tête et répondait à chacun, peinant à croire que c'était d'elle qu'ils parlaient, que c'était pour sa carrière qu'ils nourrissaient de si grands espoirs.

— Alors, Clem, que vas-tu faire de tes gains ? s'enquit Jonathan avec empressement. Tu as des idées ?

Elle ne put répondre. Elle regarda derrière eux, par-dessus leurs épaules, vers Lucas, qui se contenta de sourire et de lever les deux pouces en l'air.

*

Clem avait enfin échappé aux juges et aux membres de l'équipe. Elle n'avait pas voulu partir trop vite ni paraître grossière en refusant l'entretien filmé qu'ils lui réclamaient, et qu'ils avaient dû recommencer à plusieurs reprises car elle ne cessait de bafouiller. Après quoi, ils lui avaient tous glissé une carte de visite. Au milieu de tout cela, Lucas s'était éclipsé. Quand, enfin, Clem et Sylvie parvinrent à quitter la salle pour sortir dans l'air frais, il n'était nulle part, et elle arrivait à peine à se concentrer sur les paroles enthousiastes de Sylvie.

— Clem, tu dois être si fière de toi ! lui disait-elle avec entrain.

Elle parlait rapidement, comme si elle avait du mal à suivre son propre élan.

— Je savais que tu en étais capable – chez *Chatpuccino*, on en était tous persuadés ! Tu es tellement douée, et je pense que ce n'est qu'un début. Tant de portes vont s'ouvrir à toi après ça… Clem ?

— Euh… Quoi ?

Elle n'avait pas tout à fait entendu ces dernières phrases, trop occupée à scruter les alentours.

— Tout va bien ?

— Oui, super bien ! s'exclama Clem, sans exprimer ce qu'elle pensait vraiment.

Que Lucas pouvait-il éprouver après avoir appris qu'il ne pourrait pas aider ses parents ? Il devait avoir le sentiment de les laisser tomber. À sa place, elle serait très inquiète quant à la suite.

— Je… Je ne vois Lucas nulle part. Tu sais où il est allé ?

— Ah. Non, je n'en ai pas la moindre idée.

Sylvie regarda Clem avec des yeux pétillants, comme si la jeune femme venait de lui confier un secret.

— Quoi ? demanda Clem.

— Tu l'as dans la peau, pas vrai ? (Avant que Clem ait pu répliquer, Sylvie enchaîna :) Si tu partais à sa recherche ? On est venues séparément, de toute manière.

— Ça ne te dérange pas ?

— Bien sûr que non. Il faut que j'aille à *Chatpuccino*. (Sylvie la serra brièvement dans ses bras.) Bravo pour tout, ma chérie.

Étonnée, Clem l'étreignit à son tour contre elle.

— Merci, dit-elle en souriant contre l'épaule de Sylvie.

Cette dernière se dirigea vers le parking de graviers, et Clem la regarda s'éloigner en voiture en direction de *Chatpuccino*. Elle se tenait à côté du cours d'eau qui coulait le long du sentier principal – là où Reina avait failli la renverser la première fois qu'elle était venue. Lucas avait promis de lui parler à la fin du tournage, pourtant il n'était pas là. Une brise d'été agita les arbres et lui rafraîchit la peau. Elle lui écrivit un message.

Clem : Où es-tu ?

Une minute plus tard, il répondit :

Lucas : Au bout du chemin de graviers, j'ai passé le portail. Je suis allé récupérer Reina et je la promène. Tu me rejoins ?

Clem rangea son téléphone et longea l'allée, franchissant le portail en bois qui marquait l'entrée de l'hôtel. Sur la droite, un sentier de terre bifurquait vers les arbres, dont les feuilles s'étiraient pour créer une voûte touffue. Un panneau indiquait le chemin, ainsi qu'un sentier de randonnée très emprunté. Elle y jeta un coup d'œil – et aperçut Lucas, avec Reina qui trottinait autour de ses chevilles en reniflant l'herbe et la terre.

Elle courut vers lui.

— Lucas !

Il regarda par-dessus son épaule et, la voyant arriver, il attendit qu'elle le rattrape. Lorsqu'elle parvint à sa hauteur, elle était un peu essoufflée. Reina était ravie de sa venue, et sa queue se mit à tournoyer furieusement dans les airs alors qu'elle humait les pieds de Clem et enfouissait le museau dans ses mains.

— Salut, dit Clem en caressant la truffe de la chienne et en levant les yeux vers Lucas. Je te cherchais partout.

— Désolé, dit-il. J'avais besoin d'un bol d'air, alors je suis sorti promener Reina pendant que tu discutais avec les juges.

— Je peux me joindre à toi ? demanda-t-elle avec espoir.

— Bien sûr.

Il avait l'air effondré, et la lumière s'était éteinte dans ses yeux, même s'il essayait manifestement de paraître enjoué.

— On n'est pas obligés de parler de quoi que ce soit en particulier, précisa-t-elle rapidement. Je sais que tu dois être déçu.

— Je le suis. Mais je ne veux pas que tu aies de la peine pour moi. Je suis content pour toi, Clem, vraiment. Tu es incroyablement douée. Je n'ai jamais douté que tu réussirais.

— Tu es content pour moi ? Même si… (Clem se mordit la lèvre pour l'empêcher de trembler, craignant ce qu'il allait répliquer.) Même si je ne le mérite pas vraiment, vu que je ne le voulais pas au début ?

— Tu fais encore une fixation là-dessus ? s'étonna-t-il. Je t'ai déjà dit que ça n'avait aucune importance, Clem. Tu as gagné parce que tu es douée. Qu'est-ce que ça peut faire, comment ta candidature a pu atterrir dans les mains des juges ?

Elle en fut tellement soulagée qu'elle se sentit toute chose. Il n'avait donc pas fait semblant ; il se moquait réellement de savoir que sa présence était due à un coup du sort.

Elle chercha sa main et entremêla leurs doigts, reconnaissante d'avoir trouvé une personne aussi compréhensive. Mais le regard de Lucas était perdu dans le lointain.

— Tout va bien se passer, tu sais, lui assura-t-elle. Je n'ai pas besoin de cet argent. Je peux t'aider.

Il quitta du regard le champ ensoleillé pour la dévisager, et secoua la tête.

— Je ne pourrais jamais accepter ça de toi. Cet argent, tu l'as gagné, à la loyale, et tu l'as mérité.

— J'aimerais te le donner, insista-t-elle. Au moins une partie. Pour ton père.

— Je ne peux pas prendre ton argent, Clem. C'était sûrement idiot de parier sur ce concours, de toute manière. Ce n'était pas réaliste. Il faut que je trouve une autre solution.

— L'argent n'a aucune importance pour moi, Lucas. Mais la santé de ton père… Ça, c'est important.

Il ne réagit pas. Et elle savait qu'il ne recevrait jamais son argent de plein gré. Parce qu'il était bon, et gentil, et qu'il la respectait. Elle n'arrivait pas à croire qu'elle ait pu le soupçonner de vouloir saboter ses chances dans la compétition. D'autant plus quand il continuait de la soutenir même après sa défaite.

— Lucas, je t'en supplie, souffla-t-elle.

Mais il n'en ferait rien, elle le savait. Il posa une main sur la sienne.

— Cet argent t'appartient, Clem.

Des grains de pollen valsaient à travers les champs ; Reina déambulait sur le sentier et, la truffe pressée sur les bords, humait les innombrables odeurs. Une feuille voleta entre eux et s'éloigna en tourbillonnant. C'était tellement beau, par ici, mais Lucas semblait si abattu, et c'était insoutenable pour elle.

Elle tendit la main, caressa sa joue du bout des doigts. Il ne l'en empêcha pas. Il baissa les yeux sur elle. Ses cheveux sombres contrastaient avec le paysage ensoleillé, et elle eut envie d'effacer la tristesse dans la courbe de sa bouche. Le pouvait-elle ? Les choses avaient-elles changé ? Elle se rappelait la manière dont il l'avait tirée hors de la tente en flammes. La façon dont il lui avait tenu la main à l'hôpital, les multiples SMS qu'il lui avait écrits pour s'assurer qu'elle allait bien. Les regards qu'il lui réservait, comme si elle était précieuse.

— Je n'ai jamais pu vraiment te remercier de m'avoir sauvé la vie, chuchota-t-elle.

Clem pressa ses lèvres sur les siennes, doucement, en une invitation. L'accepterait-il ?

Oui. Il se fondit dans le baiser, posa ses mains sur sa taille. Ses paumes, douces, sûres, chaudes comme le soleil, l'attirèrent contre lui. Alors qu'elle lui rendait son étreinte, quelque chose en elle se dénoua, une tension qu'elle ignorait porter. Toute raideur sembla le quitter, et elle se réjouit de le sentir approfondir le baiser, presser sa bouche plus fort contre la sienne tout en la serrant plus étroitement. Elle avait la tête qui tournait, qui bruissait comme le pollen dans l'air, et ce baiser lui faisait perdre toute raison, toute pensée.

Ils s'écartèrent lentement, hors d'haleine. À présent, l'ombre d'un sourire flottait sur la bouche de Lucas.

— Je préfère ça, murmura-t-elle en nouant les mains derrière son cou, dressée sur la pointe des pieds. Je n'aime pas te voir triste.

— Je vais devoir te sauver la vie plus souvent si c'est ta manière de me remercier, dit-il en lui frôlant le nez avec le sien.

Il devait y avoir autre chose qu'elle puisse faire pour l'aider.

Elle songea à ce que les juges avaient dit, à propos de l'occasion en or qui se présentait à elle, et au fait que tout le monde avait voulu qu'elle et Lucas finissent ensemble.

Avant, elle l'avait vu comme une menace dont elle devait se méfier, car elle ne tenait pas à attirer l'attention. Mais il y avait eu des gens qui les avaient soutenus, tous les deux. C'était même encore le cas.

Peut-être y avait-il quelque chose qu'elle puisse faire, après tout.

Mais pour l'heure, elle ne voulait rien d'autre que l'embrasser. Alors, elle ne s'en priva pas.

*

Lucas avait passé plusieurs jours à effectuer des recherches sur des demandes de prêt rapide. Il avait décidé d'en contracter un pour aider ses parents à résoudre leurs soucis les plus immédiats, comme les problèmes de loyer ; ils s'occuperaient du reste plus tard. Cela ne plairait pas à sa mère s'il lui précisait d'où provenait l'argent, alors il se contenterait de prétendre qu'on lui avait versé une petite somme pour la deuxième place. Comme elle ne l'accepterait sûrement pas, il la déposerait directement sur son compte en banque. Il ne voulait pas qu'elle finisse dans le rouge.

Il venait de remplir une demande de prêt en ligne quand son téléphone vibra.

C'était sa mère.

Maman : Je compte emmener ton père demain au bar à chats. Tu nous y rejoins ? On aimerait te voir tous les deux

Lucas : OK, dis-moi quand

Lucas s'étira, tout en jetant un coup d'œil par la fenêtre au soleil qui perçait à travers les arbres. Il fallait qu'il parle à Clem, comme il le lui avait promis. D'eux, et de la suite. Voilà près d'une semaine qu'il était enfermé chez lui, à réfléchir à tout ça.

Il ne savait toujours pas quelle serait l'étape suivante, mais ces prêts étaient un début. Ils les aideraient à tenir pendant les prochains mois, le reste viendrait plus tard.

28

Le jour suivant, quand Lucas arriva à *Chatpuccino*, le parking était déjà à moitié plein. Il reconnut la voiture bleue de sa mère garée dans le coin avec, suspendu au rétroviseur, le porte-clés astronaute, dont les parties métalliques accrochaient la lumière. Il descendit et contourna le café pour passer par l'accueil, où il trouva Clem, qui l'attendait à l'intérieur, près de la grosse affiche indiquant le règlement de l'établissement.

— Salut ! lança-t-elle, le visage rayonnant.

Son sourire était éblouissant, et elle avait mis ce rouge à lèvres vif qui la rendait encore plus belle. Elle portait un T-shirt blanc et un short noir ; des barrettes-chat retenaient la moitié de sa chevelure.

— Ta mère et ton père sont déjà là, annonça-t-elle. J'ai insisté pour régler la note, alors vous pouvez commander tout ce que vous voulez. Entre.

— Tu n'avais pas à faire ça, protesta-t-il, mais elle balaya ses paroles d'un geste. Merci.

Avec un pincement de culpabilité, il la suivit jusqu'à la salle principale du café. Il lui avait écrit la veille pour lui suggérer qu'ils profitent de son passage pour se parler.

La salle était remplie, les tables entourées de clients qui buvaient des cafés glacés, et des milk-shakes fruités chargés de crème et de vermicelles. Le soleil qui ruisselait par les grandes fenêtres baignait la pièce de sa clarté. Une femme assise face à un ordinateur portable riait en regardant un chat gris aux yeux verts essayer de grimper sur son clavier – elle le chassa gentiment, et il alla s'affaler sur le siège voisin pour s'attirer des gratouillis derrière les oreilles. Un calico observait la salle depuis le sommet d'un arbre à chat en clignant paresseusement des yeux d'un air royal.

Clem entraîna Lucas vers une table dans un coin près de la fenêtre. Son père, installé dans un fauteuil confortable, agitait un oiseau en peluche sous le nez d'un matou aux longs poils orange et bruns qui flanquait des coups de pattes en l'air pour tenter de l'attraper. La mère de Lucas était assise en face. Tous deux avaient déjà des boissons chaudes : un café noir pour son père, un latte crémeux saupoudré de cacao pour sa mère.

— Lucas ! Viens t'asseoir, fit sa mère en tirant la chaise à côté de la sienne.

— On discutera après, déclara Clem.

Elle jeta un coup d'œil par-dessus son épaule au comptoir, où un jeune homme s'activait autour des machines à café derrière une rangée de présentoirs en verre.

— Tu veux quelque chose à boire ? lui demanda-t-elle. À manger ?

— Un café au lait, dit-il.

Il sortit quelques billets de son portefeuille et ajouta :

— Et quelques-uns de tes biscuits. Peu importe lesquels. Surprends-moi.

— On va en reprendre aussi, déclara sa mère en souriant à Clem. Ils sont délicieux, impossible d'y résister.

— Ça marche.

La mine réjouie, Clem se dirigea vers le comptoir.

Lucas étudia son père, qui jouait encore avec le chat. L'animal sauta et, manquant son coup, dérapa sur le plancher, ce qui fit rire son père. Parfois, on ne remarquait même pas qu'il avait mal, car il ne se plaignait jamais. D'autres jours, c'était évident – s'il ne pouvait pas quitter la maison pour se promener, ni faire quoi que ce soit à l'intérieur, tout le monde savait qu'il dégustait particulièrement. Ce jour-là, il avait réussi à sortir, ce qui ne voulait pas dire qu'il ne souffrait pas.

— Ça va, papa ? lui demanda Lucas.

— Très bien, répondit-il en agitant encore le jouet.

Le chat fit un bond, en une pirouette assez impressionnante.

— Qu'est-ce que tu voulais me dire ? lança Lucas en pivotant vers sa mère.

— Ah, il vaut sans doute mieux attendre le retour de Clem, affirma cette dernière en buvant une gorgée de café et en souriant par-dessus le rebord.

— Clem ? répéta-t-il, abasourdi.

Il devait lui parler après – mais c'était entre eux. Pourquoi ses parents tenaient-ils à l'inclure dans leur conversation ?

— Ta mère m'a fait des cachotteries toute la journée, grommela son père.

Il tendit le bras pour attraper sa tasse et Lucas remarqua son tressaillement, la vague lueur de souffrance sur son visage. Et puis, il se ressaisit aussitôt, comme un papier froissé qu'on lissait.

— Elle refuse de me dire quoi que ce soit, mis à part le fait qu'elle m'a amené ici pour me faire une surprise.

Son père haussa ses sourcils qui ressemblaient à deux chenilles blanches.

— Une surprise ? s'étonna Lucas en décochant un regard interrogateur à sa mère.

— Chaque chose en son temps ! répliqua-t-elle de manière cryptique.

Clem arriva avec son café au lait et quelques sachets de sucre, et distribua les biscuits. Pendant que chacun était occupé à grignoter les visages de chats colorés, elle s'empara d'une autre chaise et s'y installa, ses cheveux sombres brillant au soleil.

— Alors ? lança le père de Lucas.

— Le mieux serait que vous commenciez, Clem, dit sa mère.

Elle observait le chat – il avait fait tomber le jouet de la main de son mari pour le prendre entre ses griffes et rouler avec au sol.

— D'accord. (Clem prit une profonde inspiration, finit son biscuit et épousseta les miettes sur ses mains avant de regarder Lucas, puis son père.) Monsieur Bowen, je ne sais pas si vous avez compris quel a été le but de votre fils pendant toute cette compétition… Pourquoi il tenait tant à toucher l'argent de la récompense.

— J'avais mes doutes – nous en avions tous les deux, acquiesça le père de Lucas en portant sa tasse à ses lèvres. Mais je n'aurais jamais accepté d'argent de sa part. On s'en sortira tout seuls, et…

— Vous n'aurez pas besoin de faire ça, l'interrompit Clem.

À côté d'elle, la mère de Lucas rayonnait, les mains serrées contre la poitrine.

— Comment ça ? demanda le jeune homme.

— On a parlé, avec ta mère, lui révéla Clem, et je lui ai dit que je voulais l'aider. On a organisé ensemble une collecte de fonds – avec vous comme bénéficiaire, monsieur Bowen, précisa-t-elle.

Le père de Lucas baissa lentement sa tasse. Par terre, le chat émit un long miaulement pour faire comprendre qu'il voulait encore s'amuser, et flanqua un coup de patte au jouet sous la table. Lucas était sans voix.

— Tu n'as peut-être pas gagné le concours, Lucas, poursuivit Clem, mais des milliers de fans de *C'est ma fournée* nous soutiennent depuis des semaines. Et dès qu'on a mis la collecte en place, les dons ont commencé à affluer, du monde entier. J'ai également versé une part de mes gains. Je savais que tu ne l'accepterais jamais directement.

— Mais… Papa ne va pas…, bredouilla Lucas.

Il se tourna vers son père. S'il s'était attendu à de la résistance et à de l'entêtement, il n'en vit aucune trace. Son père était bouche bée.

— J'espère que tu l'accepteras, mon amour, dit l'épouse de ce dernier à voix basse en se penchant sur la table pour prendre sa main. Je sais que tu n'aimes pas demander de l'aide, ni en recevoir, mais… Eh bien, non seulement nous serions en mesure de résoudre notre problème de logement pour de bon, mais nous pourrions également décrocher une consultation chez un spécialiste plus rapidement, te faire traiter en privé. Clem, vous pouvez lui montrer ?

La jeune femme hocha la tête. Elle sortit son téléphone de la poche de son short et pianota quelques minutes sur son écran avant de le tendre au père de Lucas.

Il faillit renverser son café. Le chat, surpris par ce bruit soudain, bondit sur le siège près de la fenêtre. Lentement, le père de Lucas rendit son appareil à Clem, les pouces tremblants.

— Ce n'est pas tout, déclara Clem. (Elle glissa un coup d'œil à la mère de Lucas avec un pétillement malicieux dans le regard.) Je tenais à ce que ce soit aussi une surprise pour vous, Meredith, car je ne voulais pas que vous le sachiez avant Lucas…

— Que je sache quoi ? s'enquit-il.

Qu'y pouvait-il y avoir d'autre ? Il était déjà soufflé par l'ampleur de tout ce qu'elle avait fait pour lui. Il but une lampée de café pour défaire le nœud qui lui obstruait la gorge.

— Je suis en pourparlers avec un éditeur – et un agent, expliqua Clem en agitant les mains fébrilement, le rouge aux joues. L'éditeur m'a approchée après le concours pour me parler d'un livre… (Elle inspira un grand coup.) Ils m'ont proposé de publier un livre de recettes autour des chats… Mais j'avais une meilleure idée, et elle leur a tellement plu qu'ils m'ont offert encore plus d'argent. Je leur ai demandé d'attendre que je t'en parle moi-même, en personne, avant qu'ils te contactent…

— Un livre de recettes ? répéta Lucas.

Incrédule, il se repassait en boucle cette phrase : « Ils m'ont offert encore plus d'argent. »

La mère de Lucas plaqua sa main sur sa bouche. L'un des chats, qui était en train de se nettoyer sur une chaise tout près d'eux, leva la tête, les oreilles en arrière.

— Oh, Clem ! s'écria Meredith. Vous ne m'aviez rien dit de tout ça !

— Je voulais garder le secret jusqu'à ce que je puisse en parler à Lucas, expliqua Clem. L'idée que je leur ai soumise est celle d'un livre de recettes de pâtisseries autour des chats et des chiens. On pourrait y contribuer tous les deux, peut-être avec des réalisations tirées du concours. Ils ont dit que c'était une super idée, et qu'ils étaient persuadés que ça se vendrait très bien vu notre popularité sur *C'est ma fournée*. Vous saviez que l'émission a battu des records d'audience ? Bref, l'éditeur a dit qu'on présentait… Comment c'était, déjà ? (Elle baissa les yeux sur son téléphone, pressa de nouveau sur son écran.) « Une image médiatique de rêve. » Tiens, regarde l'avance qu'ils proposent de nous verser.

Clem fit glisser son téléphone sur la table vers Lucas.

Il étudia longuement les chiffres sous ses yeux. Sa part suffirait à payer un acompte pour une petite maison si lui et sa mère combinaient leurs revenus et déposaient le dossier ensemble. Il le savait, car il avait passé suffisamment de temps à étudier leurs finances au cours des derniers mois.

Clem avait accompli un vrai miracle. Elle aurait pu signer ce contrat toute seule, sans lui, mais avait réfléchi à la meilleure manière de l'inviter à la suivre, de l'aider, lui et sa famille.

— Clem, dit-il, la voix enrouée.

Ses deux parents se penchèrent pour lire le mail à leur tour, et tous deux étouffèrent un cri à la vue des sommes mentionnées.

Il voulut la remercier, mais les mots ne semblaient pas assez puissants pour décrire ce qu'il ressentait. Pendant qu'il bataillait pour trouver des paroles appropriées, sa mère se mit debout d'un bond, contourna la table et serra Clem dans une étreinte larmoyante. Clem lui tapota l'épaule en souriant.

— Pour la collecte de fonds, il vous suffit d'accepter, monsieur Bowen, et nous transférerons le tout directement sur votre compte, affirma Clem en reprenant le cours de la conversation. Quant au contrat d'édition, eh bien, la balle est dans ton camp, Lucas. Ça te dirait qu'on collabore ?

Les seules autres possibilités auxquelles Lucas avait songé impliquaient soit qu'il s'endette, soit que ses parents finissent à découvert. Et, après toutes les difficultés qu'ils avaient déjà traversées, cela ne lui avait pas paru l'idéal. Il n'arrivait pas à croire qu'elle ait fait cela pour eux. Elle lui offrait la solution parfaite sur un plateau. Et lui se sentait soudain bête d'avoir mis tant de distance entre lui et cette femme incroyable.

— Clem, bien sûr que je suis d'accord ! affirma-t-il.

Il se leva et, comme un simple remerciement n'aurait jamais suffi, il se pencha au-dessus de sa tasse de café pour l'embrasser.

Elle se tendit, sans doute surprise qu'il l'embrasse devant ses parents et la clientèle du café, mais il s'en fichait.

— Bon, on n'avait pas besoin de voir ça, décréta son père d'un ton bourru.

Son épouse éclata de rire et lui flanqua un petit coup sur l'épaule.

— Papa ! gémit Lucas.

Il ne dit rien d'autre, dans l'espoir que la supplication dans sa voix suffise – il n'avait plus envie de les voir en difficulté. Ils ne méritaient pas ça.

— D'accord, dit doucement son père, qui s'abandonna dans le fauteuil, comme pour se soulager du poids accumulé au cours de nombreux, nombreux mois.

Lucas ne se souvenait plus à quand remontait la dernière fois qu'il l'avait vu au bord des larmes.

— D'accord. Merci beaucoup, Clem.

*

Le cerisier devant *Chatpuccino* avait perdu ses superbes fleurs roses, mais les feuilles délicates étaient désormais d'un vert lumineux qui semblait particulièrement vif dans le soleil d'après-midi. Lucas se tenait devant le café avec Clem, à gauche de l'entrée principale, et le feuillage murmurait au-dessus de leurs têtes comme pour faire « chut ». Les parents de Lucas étaient assis à la fenêtre et parlaient avec animation, de grands sourires sur leurs visages. Sa mère riait en essuyant de la confiture de donut sur la joue de son mari à l'aide d'un mouchoir et celui-ci rit à son tour. Quand les avait-il vus aussi heureux ?

— Je ne sais pas comment te remercier, dit-il à Clem en se tournant vers elle.

— C'est inutile, déclara-t-elle. C'était ce qu'il fallait faire.

Il lui prit la main, entrelaça ses doigts aux siens et serra fort.

— Je ne pourrai jamais te remercier assez. Sérieusement. Et cette idée de livre de recettes ? Du génie.

— Bon, c'était un peu la tienne aussi. Tu avais parlé en plaisantant d'une BD de chiens et de chats. Je l'ai simplement adaptée en livre de pâtisserie.

— Je suis étonné que tu t'en sois souvenue !

Elle lui agrippa la main et le tira vers elle, jusqu'à ce qu'il puisse sentir le parfum de fraises dans ses cheveux. Il dut se retenir de balayer en arrière les mèches de la jeune femme.

— Que vas-tu faire de ta part de l'avance ? lui demanda-t-il. Tu n'as pas dit que tu voulais partir de chez ta mère ? Monter ta propre affaire ?

— C'était l'idée… Ça l'est encore, approuva-t-elle avec un hochement de tête, en levant les yeux vers le soleil qui brillait à travers les branches.

De toutes petites pointes de lumière lui mouchetaient le visage.

— En toute franchise, j'avais déjà mis de l'argent de côté. Je contribue aux factures pour la maison, mais j'ai pas mal économisé. (Elle inspira et poussa un profond soupir.) Je n'arrêtais pas de me dire que ce n'était pas suffisant. Que je n'étais pas prête. Mais c'étaient la peur et l'anxiété qui parlaient. Je crois que j'ai appris que je devrais… croire davantage en moi. J'étais terrorisée à l'idée de participer à *C'est ma fournée*, et ça ne s'est pas si mal fini que ça, pas vrai ?

Il esquissa un petit sourire.

— C'est vrai.

— Je suppose que j'avais oublié de me rappeler que je suis capable de faire face.

Elle s'approcha encore. Assez près pour le toucher. Il éprouva comme un choc, le murmure du souffle de Clem sur son visage.

— Bien sûr que tu en es capable. Regarde tout ce que tu as accompli. Et là-bas ? Tu parlais comme une vraie femme d'affaires ! (Il eut un sourire en coin.) Tu vas tout déchirer. C'est déjà le cas, d'ailleurs !

Il tendit la main et cala une mèche de cheveux noirs derrière son oreille, laissant ses doigts s'attarder sur la courbe en C.

— Tout va bien maintenant, avec ma famille. Grâce à toi.

— Alors… (Elle semblait incertaine et vulnérable.) Qu'en est-il de… Qu'en est-il de nous ? Je sais que tu disais ne pas être prêt pour une relation, mais ce baiser, à l'hôtel, et au café…

Elle retint son souffle, comme si elle marchait sur des œufs.

Il avait cru qu'une relation ne ferait que le distraire de l'essentiel, qu'il s'y noierait s'il n'y faisait pas attention. Mais ce n'était pas vrai, pas quand il s'agissait d'elle. Avec elle, il avait envie de plonger la tête la première, de s'immerger et de ne jamais remonter à la surface. Elle importait pour lui. Et il tenait à ce qu'elle le sache.

— J'imagine que, tout comme toi, c'était la peur qui parlait, reconnut-il. Je veux être avec toi, Clem. Et j'en ai assez de me retenir.

Il l'embrassa – avec fougue.

Surprise au début, elle resta immobile, puis elle lui rendit son étreinte en se serrant contre lui, faisant courir ses doigts sur ses épaules, son dos. Elle avait un goût de sucre glace. Il était pris de vertiges, comme s'il s'était élancé dans une mer chauffée par un soleil qui scintillait de promesses.

Lorsqu'ils se séparèrent, il était essoufflé – et elle aussi. Stupéfaite, elle le regarda, porta une main à son visage et éclata de rire.

— Quoi ? demanda-t-il en souriant.

— Tu es couvert de rouge à lèvres. On dirait un clown.

— Ah ! Toi aussi. Bon… Je ne peux pas retourner dans *Chatpuccino* avec cette tête-là.

Il l'attira à lui, en tirant sur les passants de son short, et elle se pressa contre lui avec un cri de joie.

— Et moi… Je viens de finir mon *shift* du matin. Alors, je suppose que je vais devoir partir aussi.

Elle affecta de faire la moue, et n'en parut que plus adorable encore avec les traces de rouge à lèvres.

— Qu'est-ce qu'on va bien pouvoir faire ? demanda-t-il.

— J'ai bien quelques idées en tête, répliqua-t-elle.

— J'aime bien cette nouvelle facette de toi, dit-il en riant.

— Il y a beaucoup de choses que tu ignores encore de moi…

— Il me tarde de les connaître, déclara-t-il, plantant un baiser sur ses lèvres avant de s'y attarder.

Elle glissa sa main dans la sienne. Les feuilles au-dessus de leurs têtes bruissaient dans la brise en murmurant sur l'avenir.

ÉPILOGUE

La lumière du soleil inondait le séjour quand Clem entraîna Lucas dans son cottage de location. Reina dansait autour de leurs chevilles en remuant sa queue dorée. Clem avait eu beaucoup de chance de trouver cet endroit : elle avait les fonds suffisants pour verser un acompte tout en conservant de quoi payer le loyer, même si une urgence survenait. Sans compter qu'ils avaient signé le contrat pour le livre de recettes et qu'ils avaient reçu leurs avances. Elle avait l'esprit tranquille. Les murs étaient blancs et crème, la fenêtre principale était haute, et elle y avait suspendu des rideaux soyeux et dorés qui scintillaient légèrement au soleil. Avec une partie de ce qu'elle avait gagné pour *C'est ma fournée*, elle s'était offert un joli canapé douillet, parsemé de coussins décoratifs, dont un en forme de renard. Elle était également parvenue à acheter une superbe bibliothèque en chêne auprès d'un particulier sur internet, à présent remplie de certains de ses livres préférés.

— Ça a bien avancé par ici, commenta Lucas en s'installant sur le divan et en essayant de calmer Reina. Assise !

La chienne obéit et s'affala par terre entre ses jambes tout en battant sa queue sur le plancher.

— Merci, dit Clem en s'installant à son tour et en se nichant contre lui – un de ses passe-temps préférés. Désolée pour le bazar, ajouta-t-elle. Le chaos de la planification.

Son ordinateur portable était posé sur la table, et toutes sortes de documents jonchaient le sol et l'un des accoudoirs du divan.

— Ça déborde de partout.

En plus de leur livre de recettes, elle recevait des demandes pour des gâteaux de mariage et d'anniversaire, ou encore pour des manifestations scolaires. Elle avait convenu avec Sylvie de réduire ses heures de présence, de sorte à pouvoir se concentrer sur ses projets parallèles et sur l'élaboration de sa propre affaire, même si cela impliquait qu'elle ne serait plus seule en cuisine au café. Sylvie allait recruter quelqu'un d'autre pour compenser la réduction de ses heures, et Clem lui apprendrait certaines de ses recettes.

Lucas la serra contre lui, balayant ses cheveux sur le côté pour pouvoir l'embrasser sur le front. Reina fourra la truffe dans sa paume, avide d'affection aussi, et il lui caressa la tête.

— Rappelle-toi à quel point tu es douée et géniale, déclara Lucas. Et tout ira bien. Je serai avec toi tout du long.

— Ooooh, merci.

— Et si jamais ça ne va pas, je suis là pour toi.

— Tant mieux.

Clem soupira d'aise, et Misha entra nonchalamment dans la pièce pour voir qui était là, sa queue rayée dressée dans les airs. En apercevant Reina, elle s'en approcha pour lui renifler les pattes. La chienne resta sans bouger – d'une immobilité respectueuse, comme Lucas le lui avait appris –, jusqu'à ce que Misha s'asseye. Alors, Reina lui flaira le dessus du crâne, et la chatte se blottit contre elle comme elle l'aurait fait si Clem l'avait grattée derrière les oreilles.

— Je suis tellement content qu'elles s'entendent bien. Gentille chienne, dit Lucas en caressant Reina vigoureusement entre ses oreilles pendantes.

Celle-ci leva la tête, savourant ses cajoleries.

— Tu l'as bien dressée. Qu'est-ce que tu voulais me dire ? demanda Clem.

Il lui avait écrit pour lui proposer de se voir, même s'ils n'avaient pas prévu de le faire ce jour-là – il avait précisé qu'il n'y avait rien de grave. Apparemment, il avait une bonne nouvelle à lui annoncer, et elle devinait de quoi il s'agissait.

Il lui jeta un regard et sourit.

— Mon père a reçu un diagnostic.

— Vraiment ?

— Oui, enfin ! C'est une polyarthrite rhumatoïde, et ils pensent qu'il l'a contractée assez jeune, ce qui explique pourquoi il souffre depuis si longtemps. Papa l'attribuait au stress ou à l'épuisement au travail. Et puis, ils ont cru à une fibromyalgie et lui ont prescrit des antidouleurs. (Il secoua la tête.) Cette chute, ces vertiges ? La polyarthrite. Sans toi, on aurait pu attendre une réponse éternellement.

— Je suis heureuse que vous en ayez enfin une.

— Il suit un nouveau traitement pour ses problèmes articulaires, avec des antidouleurs différents. Et il est suivi par un podologue. (Il lissa les cheveux de Clem, fit courir ses doigts sur les lignes de son visage.) Évidemment, il ne guérira jamais, mais on va au moins pouvoir mieux gérer ses douleurs maintenant qu'on sait à quoi elles sont dues. Il dit que tu es son ange gardien.

Elle lui toucha le bras.

— Ravie d'entendre que ta famille m'apprécie.

— Il y a autre chose aussi…

Il hésita. Misha sauta sur le divan, et il la caressa sous le menton. Reina le regarda faire de ses yeux brillants.

— Quoi donc ? demanda Clem en fronçant les sourcils, car le ton de Lucas laissait entendre que la suite n'augurait rien de bon.

— Tu te souviens de l'incendie ?

— Oui ? Ils ont découvert le responsable ?

Lucas poussa un gros soupir.

— Je ne voulais pas te le dire avant. Je tenais à ce qu'elle agisse d'abord.

Il lui expliqua que Georgina était partie fumer derrière la tente, qu'elle avait jeté son mégot de cigarette dans l'herbe sèche.

Lorsqu'il eut fini de tout raconter, Clem affichait un air sombre. Désormais, une ombre planait sur sa journée.

— Elle l'a fait exprès ? Je n'arrive pas à y croire ! C'est complètement…

— Au début, c'est ce que j'ai cru, poursuivit Lucas. (Sa voix s'était adoucie, comme s'il regrettait à présent cette accusation.) Apparemment, de l'essence avait été renversée dans l'herbe. Ça provenait du groupe électrogène. Les électriciens recrutés par Ronan et l'équipe de *C'est ma fournée* ont sérieusement déconné. Il va sûrement les poursuivre en justice.

— Comment tu le sais ?

— Georgina m'a écrit à ce sujet. Elle s'est présentée à la police et s'est dénoncée.

Clem relâcha son souffle.

— Mais ce n'était pas délibéré de sa part ?

— Non. Je m'en veux de l'avoir pensé au début. Ce n'était simplement pas de chance, que la cigarette tombe dans une flaque d'essence.

Clem hocha la tête.

— Je ne me suis jamais doutée que tu lui plaisais, tu sais. Elle faisait tout un mystère de ce type au bar étudiant, celui qu'elle avait connu enfant. Elle ne m'a jamais donné de détails. À croire qu'elle voulait te garder pour elle.

— C'était le cas.

Il attira Clem vers lui, l'entraîna sur ses genoux, et elle gloussa pendant qu'il la prenait par la taille. Reina avança la tête vers eux, mais Lucas lui dit de rester couchée, et elle obéit avec un air consterné.

— Dommage pour elle – c'est quelqu'un d'autre qui me mène par le bout du nez. Je lui ai déjà dit qu'on ferait mieux de partir chacun de notre côté.

— Tu es sûr de vouloir couper tous les ponts avec elle ? demanda Clem d'un air hésitant. Vous avez grandi ensemble.

C'était douloureux de rompre avec quelqu'un qui avait ponctué votre existence.

— Oui, affirma-t-il. J'aurais dû le faire il y a longtemps. Tant qu'on faisait partie de nos vies respectives, elle ne pouvait pas tourner la page – et elle continuait de m'entraîner vers elle. Elle retourne s'installer à Londres.

En un sens, Clem avait de la peine pour son ancienne amie. En même temps, elle estimait que c'était pour le mieux. À cause d'un simple malentendu, Genie l'avait tellement fait souffrir. Il valait mieux passer à autre chose, pour tout le monde. Même si Clem l'avait voulu, elle doutait de pouvoir réparer sa relation avec Genie, et ç'aurait été trop gênant à présent qu'elle fréquentait Lucas. Mais peut-être pourrait-elle demander le numéro de son ancienne amie à ce dernier, pour lui souhaiter bonne chance et la remercier d'avoir bien agi.

— Bref, oublie ça, déclara Lucas d'une voix un peu bourrue.

Il enfouit le nez dans le cou de Clem, l'embrassa le long de sa gorge jusqu'à atteindre sa mâchoire, et elle frémit.

— Il n'y a plus que toi, maintenant.

— Bien, approuva-t-elle, en tendant le cou pour qu'il le couvre de baisers. Parce que je suis toute à toi.

REMERCIEMENTS

Je n'en serais pas là où j'en suis aujourd'hui sans mon incroyable agente, Thérèse Coen, qui me soutient depuis si longtemps. Grâce à toi, des lecteurs partout dans le monde ont accès à mes histoires, et mon rêve est devenu réalité. Merci aussi à Una McKeown et au reste de l'équipe Susanna Lea Associates pour leur aide en matière de droits étrangers, ce qui a permis à mes récits de voyager loin. Et une grosse fournée des meilleurs biscuits-chats de Clem à tous les éditeurs internationaux qui se sont montrés si enthousiastes à l'égard de *Chatpuccino*. Je ne me doutais pas que mon petit bar à chats toucherait autant de cordes sensibles partout dans le monde, mais je suis ravie que ce soit le cas.

À Cara Chimirri, mon éditrice. Écrire une suite à mon premier roman était particulièrement intimidant, et l'enthousiasme dont tu as témoigné pour *Concours de pâtisserie au Cat Café* a beaucoup compté pour moi. Merci pour la perspicacité de tes idées éditoriales, et aussi pour ton soutien. Au reste de l'équipe Hodder & Stoughton, un grand merci d'avoir trouvé le titre parfait pour l'histoire de Clem et Lucas, et pour d'avoir créé des petits livres adaptés aux chats pour permettre aux vrais matous d'en profiter.

À Kelley McMorris, je suis admirative de ton talent, et si chanceuse que tu donnes vie à *Chatpuccino* avec tes superbes couvertures – notamment celle avec le cerisier de mes rêves ! Et une dizaine de donuts-chats chacune à Lucy Brownhill pour les enregistrements en audiobook, et à Helena Newton pour tes révisions.

Comme toujours, je suis très reconnaissante envers les autres écrivains qui m'ont tant encouragée pendant l'écriture, à la fois les anciens et les nouveaux visages : Isabella Hunter, Dave McCreery, Molly Aitken, Ian Peek, Dandy Smith, Amita Parikh, Bryony Leah, Karen Legge et, bien sûr, Donna Ashcroft et M. A. Kuzniar, qui ont écrit des commentaires tellement élogieux sur mon travail. Un grand merci au groupe des débuts de 2024 d'avoir prêté une charmante oreille critique avant que mes livres sur le bar à chats ne soient publiés. En particulier à Eliza Chan, qui m'a retrouvée autour d'un café et m'a aidée à me préparer émotionnellement à l'idée d'être publiée de manière traditionnelle, tout en m'accompagnant chez divers libraires. Et à Jack Strange, pour le soutien mutuel et de m'avoir donné un coup de boost, à moi et à *Chatpuccino*. À tous les écrivains, lecteurs et amis éditeurs indépendants qui se sont tellement passionnés pour le cat café et pour mon parcours dans l'édition traditionnelle – votre enthousiasme m'a beaucoup apporté !

À mon incroyable mari, Neil, mon inspiration pour les hommes bien qui traversent mes livres. Merci d'avoir toujours su apaiser mes inquiétudes et me faire rire. Je trinque aux quinze autres années à venir. Des gros câlins à nos félins à poils, passés et présents, qui sont loin de se douter que mes coups hasardeux sur mon clavier leur achètent des friandises (ni qu'ils m'ont donné l'idée d'écrire des livres portant sur les chats). Au reste de ma famille, je vous aime à l'infini. Je ne sais pas ce que je ferais sans un tel soutien de votre part.

Sans doute sans surprise, ce livre s'inspire en partie de *The Great British Bake Off*. La recette pour le petit pain-chaton de Clem se fonde plus ou moins sur l'une de celles figurant dans *Baking with Kim-Joy*, écrit par l'un des finalistes de *Bake Off*.

Pour finir, un grand merci à vous, chers lecteurs – d'avoir lu mon travail, de m'avoir taguée dans vos adorables chroniques et photos, et de m'avoir écrit que vous aviez adoré l'un de mes livres.

Je vous suis tellement reconnaissante d'avoir choisi de prendre place à *Chatpuccino*.

Retrouvez l'autrice sur son site :
https://racheljrowlands.com/

VOUS AVEZ AIMÉ CE ROMAN ?

Passez à nouveau les portes du *Chatpuccino* !

D'adorables petites boules de poils qui se baladent entre les chocolats chauds couronnés de guimauves et de délicieuses pâtisseries, c'est le quotidien d'Emmie depuis qu'elle travaille chez *Chatpuccino*, le bar à chats tenu par sa tante Sylvie. Et à l'approche de Noël, alors que guirlandes lumineuses et autocollants de flocons de neige ont rejoint les percolateurs et les arbres à chat, l'ambiance est encore plus magique que d'habitude.

Ce que personne n'avait prévu, c'est que la pire tempête de neige des dix dernières années attendait les fêtes pour frapper ! Coincée dans le café la nuit du réveillon avec un livreur un peu trop charmant et les facétieux chats qui règnent en maîtres sur les lieux, Emmie espère que la situation ne s'éternisera pas. Mais l'électricité est coupée, les entrées bloquées par la neige... et les chats vont peut-être devoir tenir la chandelle plus longtemps que prévu.

IMPRIM'VERT®

Cet ouvrage a été imprimé en utilisant des papiers composés de fibres naturelles, renouvelables, recyclables et fabriquées à partir de bois issus de forêts qui adoptent un système d'aménagement durable. En outre, les fournisseurs de papier s'inscrivent dans une démarche de certification environnementale reconnue.

Achevé d'imprimer en mai 2025
par CPI Bussière
À Saint-Amand-Montrond (18)
Dépôt légal : juin 2025
N° d'impression : 2083606
Imprimé en France